SCHWEDENGLUT

Jesper Lund ist »40 something« und lebt seit einigen Jahren an der deutschen Ostseeküste. Als Unternehmensberater arbeitet er für eines der größten Unternehmen Dänemarks. Er entwickelt Strategien und plant die Zukunft für Unternehmen im gesamten Ostseeraum. Das Schreiben verfolgt ihn seit mehreren Jahrzehnten. Seit 2006 hat er bereits mehr als zwanzig Romane veröffentlicht. »Schwedenglut« ist nach »Schwedensommer« und »Schwedenlicht« der dritte Fall mit dem Malmöer Kommissarenpaar Niklas Zetterberg und Emma Steen. www.jobst-schlennstedt.de

JESPER LUND

SCHWEDENGLUT

Kriminalroman

emons:

Bibliografische Information der Deutschen Nationalbibliothek
Die Deutsche Nationalbibliothek verzeichnet diese Publikation
in der Deutschen Nationalbibliografie; detaillierte bibliografische
Daten sind im Internet über http://dnb.d-nb.de abrufbar.

© Emons Verlag GmbH
Cäcilienstraße 48, 50667 Köln
info@emons-verlag.de
Alle Rechte vorbehalten
Umschlaggestaltung: Nina Schäfer
Gestaltung Innenteil: DÜDE Satz und Grafik, Odenthal
Lektorat: Hilla Czinczoll
Druck und Bindung: GGP Media GmbH, Pößneck
Printed in Germany 2025
ISBN 978-3-7408-2176-0
Originalausgabe

Unser Newsletter informiert Sie
regelmäßig über Neues von emons:
Kostenlos bestellen unter
www.emons-verlag.de

Die Bosheit trinkt die Hälfte ihres eigenen Giftes.

Lucius Annaeus Seneca

Frieden?

Das Meer lag spiegelglatt vor ihm. Kein Wellenschlag, nicht einmal ein leichtes Kräuseln. Als wäre das Wasser einfach eingefroren, was angesichts der Hitze natürlich vollkommen abwegig war.

Er konzentrierte sich auf den Stein in seiner rechten Hand. Er passte genau in die Handinnenfläche, wenn er sie schloss, und fühlte sich gut an. Weil er angenehm kühl war und ihn gleichzeitig auf eine sonderbare Weise erwärmte.

Steine waren nach Feuer das Ursprünglichste auf dieser Welt. Menschen waren nur eine Randerscheinung der Erdgeschichte, bestenfalls die Weiterentwicklung von Tieren. Das machte es auch so leicht für ihn.

Leben war vergänglich. Es kam und es ging. Immer wieder aufs Neue. Kein einziges Leben blieb für die Ewigkeit. Wenn überhaupt, dann blieben Erinnerungen. Erinnerungen an besondere Menschen, die ihren Fußabdruck hinterließen. Die auf dieser Welt etwas Einzigartiges geschaffen hatten. Sie nach ihren Vorstellungen verändert hatten.

Dieser Stein in seiner Hand würde aber bleiben. Er wäre noch da, wenn es Menschen wahrscheinlich längst nicht mehr gab. In ein paar hunderttausend Jahren würde er vielleicht nur noch aus einzelnen Sandkörnern bestehen, dennoch wäre die Materie noch da. Von den Menschen hingegen blieb nichts. Nach nicht einmal hundert Jahren unter der Erde gab es nichts mehr, was einen Hinweis darauf lieferte, überhaupt jemals existiert zu haben.

Er lächelte. So etwas Banales wie Angst kannte er nicht mehr. Schon gar nicht vor dem Tod. Nicht nach dem, was er erlebt hatte. Alles hatte seine Zeit. Er lebte *jetzt*, und wenn der Sensenmann irgendwann anklopfte, wollte er sich nicht den Vorwurf machen, seine Zeit auf der Erde nicht sinnvoll genutzt zu haben.

Dem Stein würde es egal sein, wo er seine nächsten Jahrtausende verbrachte. Ob hier am Strand oder am Meeresboden. Wie hoch der Meeresspiegel in ferner Zukunft stehen würde, wusste ohnehin niemand. Er würde sich verändern, so wie er das schon immer getan hatte. Und irgendwann würde es wahrscheinlich auch wieder eine Eiszeit geben, dann wäre dieses Meer vor ihm tatsächlich eine gigantische gefrorene Masse. Es würde dann längst eine andere Spezies auf diesem Planeten geben, die ihn dominierte. Nicht auszuschließen, dass die Dummheit der Menschen genauso schnell für ihren Niedergang sorgen würde, wie es ihnen gelungen war, die Welt zu beherrschen.

Ihm war das alles egal. Ihn interessierte nur das Hier und Jetzt. Sein Leben. Und seine Ziele für dieses Land. Umso mehr, seit er das Gefühl hatte, dass alles um ihn herum immer komplizierter und unsicherer wurde.

Er musste Lösungen suchen. Das fiel ihm nicht schwer, er hatte immer die passende Lösung gefunden. Hindernisse ließ er gar nicht erst zu Problemen werden, sondern räumte sie einfach beiseite. Notfalls mit allen Mitteln, die ihm zur Verfügung standen. Egal, wie unrechtmäßig sie waren. Aber diesmal war es anders. Das Hindernis war so groß, dass er Zweifel hatte, es ohne Weiteres lösen zu können. Denn ehrlicherweise fühlte es sich mittlerweile wie ein ausgewachsenes Problem an.

Lange Zeit hatte es nichts um ihn herum gegeben, was offenkundig Gefahr ausstrahlte. Jedes Glied in der Kette funktionierte, alle taten, was er ihnen befahl. Sie akzeptierten, dass er über sie bestimmte und alles nach seinen Vorstellungen und Regeln verlief. Nur so, und das hatte er ihnen immer und immer wieder eingebläut, würden sie ihr Ziel erreichen.

Und trotzdem beschlich ihn seit einigen Monaten dieses Gefühl von Misstrauen. Es kam aus mehreren Richtungen, und manchmal war er sich nicht sicher, ob er es sich nicht bloß einbildete. Eine seltsame Unruhe, die er nicht kannte, hatte ihn längst befallen. Und selbst das nahezu bewegungslose Meer schien ihm auf einmal falsch zu sein. Es heuchelte ihm vor, dass die Welt um ihn herum friedlich sei. Aber das war sie längst nicht mehr.

Seine Hand ballte sich jetzt immer fester um den Stein. Bis er Schmerzen verspürte. Er war in erster Linie unvorsichtig gewesen. Hatte auch die Augen davor verschlossen, was sich am Horizont zusammenbraute. Statt die Signale zu erkennen, war er blind gewesen. Hatte nicht sehen wollen, dass nicht alles wie geplant verlief. Er hätte viel früher gegensteuern müssen. Mit der Faust auf den Tisch hauen und alles einmal durchrütteln. Aber stattdessen hatte er geschwiegen.

Der Stein würde den Frieden, den ihm die Wasseroberfläche vorspielte, zerstören. Er war die Faust, die so dringend notwendig war. Langsam trat er ein paar Schritte zurück, ehe er ausholte. Er wollte zumindest diesen Scheinfrieden beenden.

Plötzlich zuckte er zusammen. Ein Eindruck, als schleiche sich jemand an. Im Grunde geräuschlos, und doch wahrnehmbar. Wie ein Tier. Beinahe panisch fuhr er herum, aber da war niemand.

Es dauerte ein paar Sekunden, bis er sich wieder beruhigt hatte. Ein Gefühl von Wut kam in ihm hoch. Wie konnte es sein, dass er sich derart aus der Bahn werfen ließ? Er, der doch immer alles im Griff und unter Kontrolle hatte. Der führte und das Sagen hatte. Der eigentlich anderen Angst einjagte.

Er kannte den Grund, doch genau das machte es nur schlimmer. Sein Blick verlor sich wieder auf dem Meer. Wollte er das alles überhaupt noch, fragte er sich schon seit einiger Zeit. Immer weiterkämpfen. Vorangehen. Lösungen finden. Probleme abwenden. Noch vor ein paar Wochen hätte er sich diese Frage niemals gestellt, aber die abstrakte Bedrohung, die sich in seinem Unterbewusstsein eingenistet hatte, hinterließ Spuren. Vielleicht musste sein Leben eine neue Wendung nehmen.

Wieso sollte er seine Bedürfnisse nicht einfach neu definieren? So wie er es ohnehin schon seit einer Weile tat. Hatte sein Leben nicht längst eine ganz neue Bedeutung? Wenn da nur nicht diese Zweifel wären. Wieder schrak er zusammen. Im nächsten Moment spürte er einen Luftzug neben seinem rechten Ohr. Aus dem Augenwinkel erkannte er einen Stein, der an ihm vorbeiflog und Sekunden später den heuchlerischen Frieden zerstörte, als er ins seichte Wasser fiel und Dutzende kleine Wellen auslöste. Wie winzige Tsunamis rollten sie zu allen Seiten und stürzten die Welt vor seinen Augen ins Chaos. Was zum Teufel passierte hier gerade?

Er kam nicht mehr dazu, sich umzudrehen und sich davon zu überzeugen, dass er mit seinem ungeheuerlichen Verdacht richtiglag. Etwas Hartes traf ihn am Hinterkopf. Mit einer solchen Wucht, dass sofort alles um ihn herum schwarz wurde. Instinktiv fasste er an die Stelle und fühlte das Blut zwischen seinen Fingern. Dann taumelte er nach vorn, bis er sich nicht mehr auf den Beinen halten konnte. Wie ein gefällter Baum stürzte er mit dem Gesicht voran ins flache Meer.

Der Frieden war endgültig vorbei.

Einstürzende Wände

Mit jeder Minute, die sie länger hier in diesem feuchtwarmen Keller hockte, verschwammen Raum und Zeitgefühl. In Wellen überkamen sie Schwindel und die Gewissheit, vielleicht schon bald das Bewusstsein zu verlieren. Ganz zu schweigen von den Schmerzen an ihren Hand- und Fußgelenken. Aber am schlimmsten stand es um ihr kaputtes Knie. Selbst wenn sie doch noch einmal das Tageslicht erblickte, dieses Mal würden die Ärzte ihr Bein nicht retten können.

In den ersten Stunden hatte sie noch versucht, die Minuten mitzuzählen, aber je erschöpfter sie wurde, desto weniger gelang es ihr, sich zu konzentrieren. Dass ihr Mund sich trocken anfühlte und der Magen knurrte, war noch ihr geringstes Problem. Am schlimmsten war die Dunkelheit. Die meisten Menschen mochten keine Dunkelheit. Aber bei ihr war es anders, sie fürchtete sich regelrecht davor. Ein Kindheitstrauma, nachdem sie eines Tages nicht rechtzeitig vom Spielen nach Hause gekommen war, weil sie sich im Wald verlaufen hatte. Mit der hereinbrechenden Dunkelheit hatte sie die Hand vor Augen nicht mehr sehen können. Sie hatte zwar nur eine knappe Stunde ausharren müssen, bis ihre Eltern und Nachbarn sie mit hellen Taschenlampen bewaffnet ausfindig gemacht hatten, aber es waren die schlimmsten Momente ihres Lebens gewesen. Momente, die sich tief in ihre Psyche gefressen hatten.

Sich allein in einem tiefschwarzen Wald zu befinden, ohne zu wissen, wie viel Zeit vergehen würde, bis sie jemand fand, war das pure Grauen gewesen. Bei jedem Geräusch, den der Wald von sich gab, zusammenzuschrecken und Todesangst zu verspüren. Bis heute litt sie unter Panikattacken, immer wieder kamen die Gedanken an damals hoch, wenn sie sich in einer Situation befand, in der sie die Kontrolle verlor. Wenn sie sich aus ihrer Komfortzone herausbewegen musste, weil etwas Unerwartetes eintraf.

Sie hatte immer versucht, diesen Situationen aus dem Weg zu gehen. Meistens gelang es ihr, ihr Leben so zu planen, dass sie Herrin der Lage war. Damit sie ihre Safe Places nicht verlassen musste. Aber bei dem, was sie tat, ließ es sich nicht komplett vermeiden. Und in diesem Fall sowieso nicht, nach allem, was passiert war.

In den letzten Monaten hatte sie oft darüber nachdenken müssen, wie sie es in jungen Jahren geschafft hatte, in der Öffentlichkeit zu stehen und sich unter höchster Anspannung zu messen. Aus heutiger Sicht war ihr das ein absolutes Rätsel. Welchen Mut sie aufgebracht haben musste. Sicherlich hatte sie sich auch damals immer in ihr bekannten Bahnen bewegt, mit Menschen an ihrer Seite, die ihr bestens vertraut waren. Trotzdem widersprach es allem, was sie innerlich an Angst und Unsicherheit verspürte. Aber sie war gut in dem, was sie gemacht hatte, wahrscheinlich war das der Schlüssel gewesen, aus sich rauszugehen und allen zu zeigen, was in ihr steckte.

Sie hörte in sich hinein. Irgendetwas war anders als sonst in diesen Momenten, wenn sie glaubte, alles bräche über ihr zusammen. Die Panik, mit der sie so fest gerechnet hatte, blieb einfach aus. Nur der Gedanke, dass sie irgendwann doch noch über sie käme, machte ihr Angst.

Es gab viele, die sie gewarnt hatten, nicht so weit zu gehen, wie sie es getan hatte. Und auch ihr selbst war immer bewusst gewesen, welches Risiko sie einging, immerhin hatte sie sich mit dem Teufel angelegt. Gerade in den letzten Wochen war sie besonders auf der Hut gewesen, weil sie wusste, wie sehr sie ihn gereizt hatte. Aber sie hatte keinen anderen Ausweg mehr gesehen, um sich zu befreien. Um dem, was sie selbst so sehr gewollt und was wie eine Droge gewesen war, wieder zu entkommen.

Dass es so für sie enden würde, hätte sie trotzdem niemals geglaubt. In einem dreckigen dunklen Loch dahinzuvegetieren, angekettet an ein Metallrohr. Vielleicht war sie zu naiv gewesen. Die Videos, mit denen sie ihn erpresst hatte, und ihre Drohung hatten das Fass offenbar endgültig zum Überlaufen gebracht. Jetzt musste sie also mit ihrem Leben bezahlen, obwohl er es war, der den Tod längst verdient hätte.

Es kratzte plötzlich in ihrem Hals. Sie unterdrückte ein Husten, weil sie vermeiden wollte, ihren Mund unter dem Tuch, mit dem man sie geknebelt hatte, zu öffnen. Aber der Reiz war zu groß, im nächsten Moment hustete sie in den Stoff und spürte sofort, dass sie jetzt gar keine Luft mehr bekam.

Die Panik kam von einem auf den anderen Augenblick. Und übermannte sie mit solcher Wucht, dass sie befürchtete, sofort das Bewusstsein zu verlieren. Obwohl sie nichts sah, glaubte sie, die Wände stürzten um sie herum ein, während sie starr vor Angst darauf wartete, dass ihr Kopf explodierte.

Sekunden vergingen, in denen sie verharrte und den Anfall über sich ergehen ließ. Aber es wurde nicht besser. Das Gefühl zu ersticken lähmte sie immer mehr. Und auf einmal war da noch etwas anderes, das ganz langsam bei ihr einsickerte. Es brauchte eine Weile, bis sie es einordnen konnte. Der Schock darüber, dass der Grund für ihren Hustenreiz der Rauchgeruch war, der wie eine sich schlängelnde Schlange in ihre Körperöffnungen vorstieß, ließ sie augenblicklich hyperventilieren.

In der Dunkelheit meinte sie plötzlich, helle Schwaden zu erkennen. Aber vielleicht waren es auch nur Bilder vor ihrem inneren Auge, die entstanden, weil ihr aufgrund der Atemnot immer schwindeliger wurde.

Sie hatte keine Chance mehr, darüber nachzudenken. Im nächsten Moment verlor sie das Bewusstsein und sackte in sich zusammen. Dass immer mehr Rauch aus kleinen Öffnungen in das Kellerverlies drang und der Sauerstoffgehalt in dem Raum binnen weniger Sekunden dramatisch sank, bekam sie gar nicht mehr mit. Sie starb bereits, bevor sich der Schwelbrand vollständig ausbreitete und ihren Körper förmlich verkohlen ließ.

Pechschwarz

In der blauen Plastikbox, die ihm Åsa heute Morgen gepackt hatte, lag ein kleiner Zettel, der Lennart Andersson zwischen zwei Sandwiches und etwas Obst beinahe gar nicht aufgefallen wäre. Überrascht griff er danach und faltete ihn auseinander. Ein paar aufmunternde Worte, dass das Schlimmste hinter ihm liege und er in ihrem Südfrankreich-Urlaub in wenigen Wochen mit Sicherheit die schrecklichen Bilder vergessen würde.

So war sie mit ihrer einfühlsamen Art und Empathie. Schon immer hatte sie die passenden Worte genau im richtigen Moment gefunden. Als könne sie seine Gedanken lesen und Teil seiner Gefühlswelt sein.

Ganz anders als er selbst. Er war meistens unaufmerksam, aber nicht aus Absicht. Åsa verdiente eigentlich jeden Tag einen Strauß Blumen und Frühstück ans Bett, doch egal, wie oft er sich schon vorgenommen hatte, ein besserer Ehemann zu sein, es gelang ihm einfach viel zu selten. Åsa schien sich zu seinem Glück nicht daran zu stören, zumindest hatte sie noch nie geäußert, dass sie sich mehr Aufmerksamkeit wünschte. Aber dass sie sich nicht beklagte, musste nicht heißen, dass sie nicht doch enttäuscht von ihm war.

Wenn die Sache hier vorbei wäre, würde er sie als Dankeschön zum Essen einladen, schwor sich Lennart in diesem Moment. Dafür, dass sie es ertrug, wenn er nach Einsätzen wie diesem zu Hause einfach nur stillschweigend am Tisch saß, weil er zu erschöpft war, um davon zu berichten, was er erlebt und gesehen hatte. Und auch dafür, dass sie ihn nicht mit Fragen löcherte, sondern lediglich für ihn da war, was das Wichtigste überhaupt war. Außerdem dafür, dass sie ihm jeden Morgen liebevoll die blaue Box packte. Und das schon seit mehr als zwanzig Jahren.

Seufzend verstaute er seine Sachen in der Tasche aus feuerfestem Stoff, die sein Chef anlässlich des hundertjährigen Bestehens der Feuerwehr in Bårslöv für alle Mitarbeiterinnen und Mitarbeiter hatte springen lassen, und stellte sie neben einer zusammengestürzten Backsteinmauer ab. Dann ging er zurück in die abgebrannte Ruine, auf der Suche nach letzten Glutnestern. Vor etwas mehr als achtundvierzig Stunden waren sie ausgerückt, weil ein Hof in Kvistofta in voller Ausdehnung brannte.

Beim Eintreffen hatten sie sofort gewusst, dass sie zu spät waren und die Flammen nicht mehr würden löschen können. Das große Haupthaus und eine angrenzende Scheune brannten lichterloh. Ihnen blieb eigentlich nichts anderes übrig, als das Feuer so kontrolliert wie möglich ausgehen zu lassen. Und zu hoffen, dass sich niemand mehr im Innern der zum Teil bereits eingestürzten Gebäude befand.

Selbstverständlich hatten sie nicht tatenlos dabei zugesehen, wie das Feuer wütete, sondern alles gegeben, um möglicherweise noch eingeschlossene Menschen zu retten. Wie schon so häufig hatten sie ihr eigenes Leben aufs Spiel gesetzt und unter schwersten Bedingungen gegen das Feuer gekämpft. Aber sie hatten in den Trümmern niemanden gefunden. Obwohl der Hof laut Polizei nicht leer stand, sondern von seinem Besitzer, der hier auch lebte, regelmäßig für Veranstaltungen genutzt wurde. Aber vielleicht hatte dieser Mann Glück im Unglück gehabt und war nicht zugegen gewesen, als das Feuer ausgebrochen war.

Lennart ließ seinen Blick schweifen. An manchen Stellen qualmte und loderte es tatsächlich noch immer. Er wusste aus Erfahrung, dass sie bei größeren Bränden manchmal selbst nach einer Woche noch nicht »Feuer aus« vermelden konnten.

Vorsichtig bewegte er sich zwischen verkohlten Holzbalken und zusammengestürzten Backsteinwänden, die Augen immer nach unten gerichtet. Einige Meter vor ihm schimmerte etwas Metallenes unter einem Haufen Asche. Lennart wischte mit dem Fuß über die Stelle, bis immer mehr Eisen zu erkennen war. Eine flache Platte, knapp einen mal einen Meter groß. In der Mitte befand sich ein Ring, in den wahrscheinlich eine Stange als Hebel eingehakt werden konnte. Offenbar der Zugang zu einem Keller, fuhr es ihm durch den Kopf. Zögerlich befühlte er das Metall. Es war warm, aber nicht heiß genug, um befürchten zu müssen, dass unter ihm noch ein Feuer loderte.

Lennart sah sich um, aber nirgends war eine Stange für die Platte zu sehen. Kurzerhand griff er mit seinen dicken Handschuhen nach dem Ring und versuchte, die Platte zu verschieben. Aber sie war schwer. Eigentlich zu schwer, doch die Situation entfachte so etwas wie Ehrgeiz in ihm. Unter lautem Ächzen zog er sie Zentimeter für Zentimeter beiseite.

Ein kleiner Spalt tat sich auf, und schon kroch dunkler Qualm hervor, der einen stechenden Schmerz in den Augen verursachte. Lennart wich zurück und zog rasch seine Atemschutzmaske herunter, die auf den Haaren saß.

Im nächsten Moment wurde er durch die Druckwelle der Detonation, die sich mit einem lauten, dumpfen Knall entlud, zu Boden geschleudert. Er fing sich mit beiden Armen ab, gerade noch rechtzeitig, um nicht mit dem Kopf voraus auf einem kleinen Haufen Schutt zu landen. Aus dem Augenwinkel erkannte er, dass die schwere Eisenplatte durch die Luft flog und mehrere Meter entfernt die Reste einer Backsteinmauer durchbrach.

Mühsam erhob sich Lennart und klopfte sich Staub von seiner Uniform. Es war nicht das erste Mal, dass ihn eine Verpuffung getroffen hatte, aber diesmal war er einfach viel zu unvorsichtig gewesen. Wie konnte er nur in einer Brandruine einen Zugang zu einem Kellerraum öffnen, ohne die notwendigen Vorkehrungen zu treffen! Er hätte überprüfen müssen, ob es dort unten zu einem Schwelbrand gekommen war und wie hoch der Kohlenmonoxidwert war.

Bestimmt zwei Minuten verharrte er und beobachtete das Loch im Boden. Noch immer drang Rauch hervor, aber es schien so, als hätte sich das Gasgemisch nur in einer heftigen Explosion entladen, ohne dass etwas in Brand geraten war.

Er wartete, bis sich die letzten Schwaden verzogen hatten, dann trat er direkt an die Öffnung, die pechschwarz vor ihm lag und ihn an das Tor zur Unterwelt erinnerte. Schließlich zog er seine Taschenlampe hervor und leuchtete hinein.

Er hatte sich keine Gedanken gemacht, was sich unter seinen Füßen befand. Wozu dieser Keller diente. Ein normaler Kellerraum, der vielleicht nicht mehr gebraucht und deshalb mit einer schweren Metallplatte abgedeckt worden war. Aber mit Sicherheit nicht das, was das Licht seiner Taschenlampe preisgab.

Ein kleiner Raum, kaum größer als zehn Quadratmeter, in dem sich nichts befand. Mit der einzigen Ausnahme eines menschlichen Körpers, hinten links in der Ecke. Und obwohl sie als solche kaum auszumachen war, hatte Lennart keinen Zweifel, dass es sich dabei um eine Leiche handelte. Doch was ihn noch viel mehr schockte, war die Tatsache, dass die tote Person ganz offensichtlich mit Händen und Füßen an einen Heizkörper gefesselt war.

Leere Augen

Schweißperlen bildeten sich auf Niklas Zetterbergs Stirn, obwohl er einfach nur reglos dasaß und auf zwei nackte Füße starrte. Ein Kleid fiel herunter, ein anderes wurde hochgezogen. Dieser Vorgang wiederholte sich mittlerweile bestimmt zum fünften Mal. Im nächsten Moment wurde der Vorhang aufgezogen, er musste eine kurze Einschätzung abgeben, fing sich einen Blick ein, der zwischen Skepsis und Unverständnis schwankte, und ohne dass er sich überhaupt äußern konnte, verschwand Emma schon wieder hinter dem samtenen roten Stoff.

Die kleine Vintage-Boutique besaß keine Klimaanlage, nicht einmal einen Ventilator, der für etwas Abkühlung gesorgt hätte. Die wenigsten Geschäfte waren auf diese Hitzewelle vorbereitet, die Skåne seit mehr als zwei Wochen fest im Griff hielt. Temperaturen jenseits der dreißig Grad und achtzehn Stunden lang strahlend blauer Himmel am Tag. Ein Jahrhundertsommer, wie »Expressen« und »Aftonbladet« nicht müde wurden zu titeln. Für die meisten Schwedinnen und Schweden gerade noch rechtzeitig, ehe die langen Ferien in einer Woche endeten.

Niklas war allerdings genau wie Emma seit einigen Tagen wieder im Dienst. Auch wenn sich der Büroalltag längst noch nicht wieder als solcher anfühlte und ihre Gedanken immer wieder abschweiften. Die Bilder und Erlebnisse ihres gemeinsamen Roadtrips durch Kalifornien waren präsenter als die wenig spannenden Akten von unspektakulären Überfällen und Einbrüchen. Viel lieber dachte Niklas zurück an San Francisco und den Pacific Highway, an Buckelwale und Orcas vor Santa Barbara und an die grandiose Landschaft im Yosemite National Park.

Niklas hatte sich einen Lebenstraum erfüllt und ihn gemeinsam mit Emma erlebt. Nicht mit Pernille, seiner langjährigen Lebensgefährtin, mit der er die Reise mal vor vielen Jahren geplant hatte. Damals war noch alles in Ordnung zwischen ihnen gewesen. Er hatte nie daran gezweifelt, Pernille eines Tages zu heiraten. Ihre Beziehung hatte den normalen Gang genommen. Nicht mehr so verliebt wie in der Anfangszeit, aber alles harmonisch und ohne irgendein Anzeichen dafür, dass er an ihr zweifeln sollte.

Doch irgendwann war etwas passiert, das sich Niklas bis heute nicht erklären konnte. Pernille hatte sich binnen weniger Monate stark verändert. Depressive Schübe und Panikattacken, die schon als Jugendliche bei ihr diagnostiziert worden waren, waren mit großer Wucht zurückgekommen und hatten sich immer mehr zu einer ernsthaften Bedrohung für ihre Beziehung entwickelt. Dazu kamen ihr stetig ausufernder Alkoholkonsum und eine immer problematischere Eifersucht, die so weit ging, dass sie ihm sogar während des Dienstes nachstellte. Innerhalb von nicht einmal zwei Jahren war alles, was sie miteinander verbunden hatte, kaputtgegangen.

Irgendwann hatte Niklas den Mut gefunden, die Reißleine zu ziehen und sie zu verlassen. Was allerdings alles noch viel schlimmer gemacht hatte, denn von dem Tag an waren bei Pernille endgültig alle Sicherungen durchgebrannt. Sie hatte betrunkenen Kopfes bei ihm im Vorgarten gestanden und von ihm verlangt, sie sofort in sein Haus zu lassen. Ein anderes Mal war sie auf seine Motorhaube gestiegen, als er sein Grundstück verlassen wollte, und schließlich sogar mit einem Messer auf ihn losgegangen. Und beinahe täglich hatte sie ihn mit Textnachrichten voller übler Beschimpfungen einerseits und hilflosem Flehen, dass sie ohne ihn nicht leben könne, andererseits vollgespammt.

All dies war nicht spurlos an Niklas vorbeigegangen. Pernille hatte sich in seinem Kopf festgesetzt. Ihr Konterfei war ihm auf einmal in den unpassendsten Momenten erschienen. Manchmal hatte er ihr Gesicht nur für wenige Sekunden gesehen, aber er hatte auch Visionen gehabt, in denen sie in sein Haus eingedrungen war, um auf ihn loszugehen. Sie hatte ernsthaft versucht, ihn zu töten. Dazu kamen noch die Alpträume, die ihn manchmal wochenlang begleitet hatten.

In der Zwischenzeit war es besser geworden. Pernille hatte sich in eine Entzugsklinik begeben, und seitdem hatte Ruhe geherrscht. Keine Anrufe mehr, keine Nachrichten, kein plötzliches Auftauchen vor seinem Haus. Je mehr Zeit vergangen war, desto seltener war sie in Tag- oder Nachtträumen erschienen. Nicht einmal während ihres letzten Einsatzes in Österlen, der ihn nicht nur wegen der Ermittlungen, sondern vor allem auch aufgrund des dramatischen Todes seines Vaters und der schockierenden Beichte seiner Mutter, vor sechzehn Jahren ein Kind überfahren und es bis heute verheimlicht zu haben, an seine Belastungsgrenze gebracht hatte.

Bis zum vergangenen Donnerstag.

Fünf Tage waren mittlerweile vergangen, seit er Pernille völlig unvermittelt über den Weg gelaufen war. Auf dem Weg ins Präsidium war sie ihm mit zwei Einkaufstüten in den Händen entgegengekommen. Im letzten Moment, bevor sie ihn bemerkt hätte, war er ihr ausgewichen und hinter einem parkenden Auto verschwunden. Er hatte dort ausgeharrt, bis er sich sicher gewesen war, dass sie ihn nicht gesehen hatte. Es hatte nicht lange gedauert, bis die Bilder des vergangenen Jahres wieder präsent gewesen waren, als sie völlig die Fassung verloren hatte.

Die wenigen Sekunden, in denen er sie beobachtet hatte, waren verstörend gewesen. Ihr Gesichtsausdruck war seltsam leer, ihr Blick starr, als würde sie ziellos durch die Straßen Malmös laufen. Sie hatte noch blasser und dünner gewirkt, als er sie in Erinnerung hatte. Ihre Kleidung und die gesamte Optik machten einen ungepflegten Eindruck. Von der attraktiven Frau, in die er sich vor langer Zeit verliebt hatte, war längst nichts mehr übrig.

»Ich nehme die ersten beiden Kleider, das hellblaue und das gelbe«, unterbrach Emma seine Gedanken. »Wenn du willst, kannst du schon bezahlen gehen.« Sie reichte ihm die beiden Kleidungsstücke durch den kleinen Schlitz zwischen Vorhang und Kabinenwand und warf ihm ein Lächeln zu, gepaart mit einem Zwinkern.

Seine Augen blieben einige Momente an ihrem braun gebrannten, fast nackten Körper hängen. Unter anderen Umständen hätte er nicht wenig Lust gehabt, zu ihr in die Kabine zu schlüpfen, aber die Hitze und die unschönen Gedanken an Pernille sorgten dafür, dass jede Lust im Keim erstickt wurde. Er nahm die beiden Kleider und bezahlte bei einer Frau in seinem Alter, die in überfreundlichem Ton immer wieder betonte, wie schön sie waren und wie unglaublich gut Emma darin aussah, als müsse sie ihn noch immer vom Kauf überzeugen. Niklas gelang es aber nicht, sich ein Lächeln abzuringen, er bedankte sich nur knapp und entschuldigte sich dann, dass er lieber draußen auf der Straße auf seine Freundin warten würde, wo es vielleicht etwas kühler war.

Er trat auf den Bürgersteig der Kärleksgatan und atmete tief durch. Die erhoffte Abkühlung wollte sich leider überhaupt nicht einstellen. Die Hitze hing wie eine Glocke über dem kleinen Stadtbezirk Davidshall südlich des Södra Förstadskanalen in nicht allzu weiter Entfernung der Altstadt, wo sich ein Second-Hand- und Vintage-Geschäft an das andere reihte. Das kleine Viertel war seit einiger Zeit bei jungen Menschen und vor allem auch bei Leuten seiner Generation äußerst beliebt. Emma fand hier jedes Mal einen neuen Lieblingsladen. Und zunehmend versuchte sie, auch ihn für die Mode vergangener Jahrzehnte zu begeistern, bislang allerdings ohne Erfolg. Nicht, dass ihm Mode egal war, aber er favorisierte es moderner und meistens schick.

Aktuell war ihm stimmungsmäßig allerdings eher nach Jogginghose und Schlabberpullover, nur die Temperaturen hatten ihn daran gehindert, dass er heute Morgen seine legeren Klamotten aus dem Kleiderschrank hervorgeholt hatte.

Das Handy in der hinteren Tasche seiner dunklen Chinohose vibrierte. Er wechselte die Tüte mit den Kleidern in die linke Hand und fingerte das Telefon mit der rechten hervor. Eine Nummer aus dem Präsidium.

Es war schon nach achtzehn Uhr, und eigentlich gab es aktuell nichts Dringliches. Also konnte das nur bedeuten, dass etwas passiert sein musste.

Gerade als er das Gespräch annahm und die Anruferin mit ernster Stimme ansetzte, erkannte er aus dem Augenwinkel eine dunkel gekleidete Gestalt, die sich ihm langsam auf dem Bürgersteig näherte.

»Es passt gerade nicht so richtig gut«, versuchte Niklas, die Kollegin aus der Einsatzzentrale des Präsidiums abzuwürgen. Er war abgelenkt durch diese Person. Und so wichtig würde es schon nicht sein, hoffte er.

»Eigentlich ist es ziemlich dringend«, sagte die Frau am anderen Ende der Leitung, die Niklas nur flüchtig kannte. »Es geht um diesen Hof bei Helsingborg, der vor zwei Tagen abgebrannt ist. Dort wurde eine Leiche gefunden, und es gibt offenbar Hinweise auf Fremdverschulden. Genaueres weiß ich aber auch nicht. Du sollst dich bei Larsson melden.«

Niklas verstand sofort, dass die ruhige Phase nach ihrem Urlaub in diesem Augenblick ein jähes Ende gefunden hatte. Wie aus dem Nichts öffnete sich die Tür zu einem neuen Fall. So war es eigentlich immer. Und auch jetzt spürte er sofort wieder das Adrenalin durch seinen Körper strömen. Zu ahnen, dass dies der Anfang einer nervenaufreibenden Ermittlung sein konnte, ließ augenblicklich sein Kopfkino starten.

Dennoch war etwas anders. Das eigentlich positiv-aufgeregte Gefühl wurde von einer unterschwelligen Nervosität verdrängt, die sich in ihm ausbreitete. Die fremde Person befand sich auf einmal nur noch eine Körperlänge von ihm entfernt. Trotz der Hitze trug sie einen Hoodie, dessen Kapuze tief ins Gesicht gezogen war.

Niklas trat einen Schritt zurück, damit der Unbekannte ihn nicht anrempelte. Aber dann verstand er, dass der das gar nicht vorhatte. Er blieb direkt vor ihm stehen und hob langsam den Kopf.

Es war kein Mann, der sich da vor ihm aufbaute. Es war

Pernille. Sie blickte ihn aus leeren Augen an. Aber da war etwas anderes, das ihm sofort Angst machte. Sie waren sich hier nicht zufällig über den Weg gelaufen. Er hatte keinen Zweifel daran, dass sie ihm aufgelauert hatte.

»Hallo, Pernille, wie geht es dir?«, fragte er vorsichtig, merkte aber, dass vor allem Unsicherheit mitschwang.

»Bestens, sieht man das nicht?« Sie wollte sarkastisch klingen, aber ihre Worte wirkten kraftlos. Immerhin schien sie einigermaßen bei Sinnen zu sein.

»Die Hitze ist kaum auszuhalten.« Außer ein paar Belanglosigkeiten wusste er nicht, was er zu ihr sagen sollte. Jedenfalls nicht die Wahrheit, nämlich, dass sie aussah wie ein Junkie, der sich eben erst einen Schuss gesetzt hatte und jetzt wie ein Zombie durch Malmös Straßen wankte.

»Ist sie noch da drinnen?«

Niklas schrak zusammen. Ihre Stimme hörte sich von einem auf den anderen Moment bedrohlich an. Sofort wich er einen weiteren Schritt zurück und versuchte, sich vor dem Eingang der Boutique so breit wie möglich zu machen.

»Ob die Schlampe noch in diesem Laden ist, habe ich gefragt«, wiederholte Pernille mit aggressiver Stimme.

Niklas' Hände verkrampften augenblicklich. Eigentlich spürte er das Verlangen, sie zu Fäusten zu ballen. »Hast du uns etwa beobachtet?«, brachte er unsicher hervor.

»Ich beobachte dich seit Monaten«, antwortete sie mit einer Kälte in der Stimme, die ihn trotz der Hitze innerlich frösteln ließ.

»Ich dachte, du hättest verstanden, dass das zwischen uns –«

»Verstehen heißt nicht akzeptieren«, fiel sie ihm ins Wort. »Ich warte nur auf den richtigen Moment.«

»Den richtigen Moment? Was soll das heißen?«

»Glaubst du ernsthaft, ich lasse mich durch dieses kleine Flittchen ersetzen? Ich kenne deine Schwächen und weiß genau, was zu tun ist.«

»Und was gedenkst du zu tun?«

»Netter Versuch«, antwortete sie, untermalt von einem fast diabolischen Grinsen.

»Ich könnte dich auf der Stelle wegsperren lassen«, sagte Niklas. »Ein Anruf genügt.«

»Wenn du meinst, dass das etwas ändert, bitte. Lass dich nicht aufhalten. Ich muss dich aber leider enttäuschen, es ist vollkommen egal, was du unternimmst.«

Niklas schüttelte den Kopf, er verstand nicht, worauf Pernille hinauswollte. Er rief sich wieder vor Augen, dass seine Ex verrückt war. Längst nicht mehr im Vollbesitz ihrer geistigen Fähigkeiten, und wahrscheinlich litt sie wieder unter Wahnvorstellungen. Dazu kamen ihrem Blick nach zu urteilen Alkohol und starke Medikamente. Dennoch zog sich sein Magen zusammen, wenn er darüber nachdachte, dass sie ihm drohte.

»Weshalb bist du wirklich hier?«, fragte er schließlich. »Was hast du vor?«

»Ich mache dir Angst, richtig?«

»Etwas. Vor allem mache ich mir aber Sorgen um deinen Zustand. Du wirkst, als würde es dir gesundheitlich nicht gut gehen.«

»Warum überrascht mich das nicht?«, reagierte Pernille müde lächelnd. »Mit diesen miesen Unterstellungen verfolgst du einzig und allein das Ziel, mich fertigzumachen. Mich als durchgeknallte Psychotante dastehen zu lassen.«

»Dafür hast du schon ganz allein gesorgt. Aber um das Ganze hier jetzt mal zu beenden: Wenn du mir noch einmal auflauerst oder Emma beleidigst, bist du schneller zurück in der Klinik, als dir lieb ist. Und ich werde dafür sorgen, dass du da nicht so leicht wieder rauskommst.«

»Wie gesagt, es würde sich nichts ändern, ich weiß ganz genau, wie ich dich treffen –«

»Was zum Teufel hat diese Person hier zu suchen?«

Niklas war versucht, sich abrupt umzudrehen und Emma ein Zeichen zu geben, sich zurückzuhalten. Aber stattdessen blieb er stehen und verharrte mit seinem Blick auf Pernilles

Gesicht. Was er sah, war eine Mischung aus Wut, vielleicht sogar Hass, aber auf jeden Fall auch Verunsicherung über die plötzliche Konfrontation mit Emma.

Aus dem Augenwinkel erkannte er, dass Emma sich plötzlich an ihm vorbeidrängte und direkt vor Pernille aufbaute.

Sekunden vergingen, in denen sich die beiden Frauen schweigend ansahen. Niklas musste etwas unternehmen, irgendwie diese Situation auflösen, bevor sie eskalierte. Pernille kam ihm zuvor. Sie wandte sich plötzlich ab und verschwand schweigend in die Richtung, aus der sie gekommen war.

»Was wollte sie?«, fragte Emma leise.

»Es scheint ihr wieder schlechter zu gehen. Ich befürchte, der nächste Zusammenbruch ist nur eine Frage der Zeit.«

»Egal, was er dir erzählt, es wird nicht die Wahrheit sein«, drang im nächsten Moment Pernilles Stimme zu ihnen herüber. »Oder hat er dir etwa erzählt, was der wahre Grund dafür ist, dass sein Vater sterben musste?«

Niklas erstarrte. Die Hoffnung, sich das alles nur einzubilden und augenblicklich aus diesem Alptraum wieder aufzuwachen, erfüllte sich allerdings nicht. Pernille hatte sich nicht einmal zu ihnen umgedreht. Sie ging einfach weiter die Kärleksgatan entlang.

Woher zum Teufel wusste sie, weshalb Krister Dahlin seinen Vater Richard umgebracht hatte? Er hatte ja nicht einmal Emma davon erzählt. Was er vor einigen Wochen während ihrer Ermittlung in Kivik erfahren hatte, sollte doch in Kivik verbleiben, hatte er sich geschworen. Kannte sie tatsächlich die wahren Umstände?

Er spürte förmlich, wie sich die Angst vor Pernille von den Haarspitzen und den Zehen gleichzeitig ausgehend in Richtung Körpermitte fraß. In einer Geschwindigkeit, die ihn für einen kurzen Augenblick schwindelig werden ließ. Ja, beinahe panisch. Wenn sie wirklich die Wahrheit kannte, hatte er ein Problem. Und zwar ein ziemlich großes.

Endzeitfilm

Obwohl es Niklas schwerfiel, hatte er sich dafür entschieden, Emma die Wahrheit zu sagen. Zumindest die halbe Wahrheit. Dass sein Vater dieses Mädchen damals totgefahren hatte und er das Ganze vor seiner Mutter und ihm, aber auch vor allen anderen Menschen verschwiegen hatte. Es sei ein Unfall gewesen, sein Vater habe unter Schock gestanden, weshalb er das tote Kind in den Kofferraum seines Wagens gelegt und an einem unbekannten Ort vergraben habe.

Die halbe Wahrheit.

Kein Wort darüber, dass es in Wirklichkeit seine Mutter gewesen war, die am Steuer gesessen hatte. Mit etwas Alkohol im Blut, aber genug, dass sie schuldig gesprochen worden wäre. Sein Vater hatte alle Spuren verwischt, und so hatten die beiden nie wieder ein Wort über die Sache verloren. Bis Krister Dahlin, der Bruder des Mädchens, ausgerechnet dann in dem kleinen Ort Kivik an der Südostküste Skånes aufgetaucht war, um sich zu rächen, als Niklas und Emma wegen eines Mordfalls in der Künstlerszene dorthin gerufen worden waren.

Dahlin hatte seinen Vater in dem festen Glauben getötet, er habe damals den Wagen gefahren. Erst Tage später hatte seine Mutter Niklas die ganze Wahrheit erzählt. Eine Last, die sie mit ihm geteilt hatte, ohne dass er sich dagegen hatte wehren können. Sie hatte sich ein Stück weit von ihr befreien können, während er nun ein nicht gerade kleines Päckchen mit sich herumtrug, auf das er gut und gern verzichtet hätte. Wie zum Teufel sollte er damit umgehen, dass seine Mutter ein Kind totgefahren hatte und sie das Ganze vertuscht hatten?

Doch ab jetzt war die Sache noch viel komplizierter. Pernille wusste mehr, als sie wissen durfte. Und sie war zweifellos eine Gefahr. Nicht für sein Leben, aber mit Sicherheit für seine Beziehung mit Emma, das war ihm vorhin in Davidshall klar geworden. Und letztlich auch für seine Mutter. Am meisten allerdings für ihn selbst. Für seine eigene seelische Gesundheit.

Emma hatte geschwiegen. Das tat sie immer, wenn sie sauer auf ihn war. Und dass sie sauer war, daran konnte kein Zweifel bestehen. Immerhin hatte er ihr wochenlang verschwiegen, was der tatsächliche Grund für den Mord an seinem Vater gewesen war.

»Können wir diese Sache vielleicht fürs Erste vergessen?«, fragte Niklas, als er die E 6 Richtung Helsingborg kurz vor Glumslöv verließ, um die restlichen Kilometer zum Fundort der Leiche in Kvistofta zu fahren. Landschaftlich geprägt durch Felder, so weit das Auge reichte. Die Gegend war nicht so lieblich wie die Südostküste in Österlen, aber sie erinnerte ihn an damals, als er eine unbeschwerte Kindheit und Jugend auf dem Land, einige Kilometer südlich von Malmö, erlebt hatte.

Niklas konnte an einer Hand abzählen, wie oft er in seinem Leben in Helsingborg gewesen war. Die Beziehung der beiden größten Städte in Skåne war speziell und sicherlich nicht die allerbeste. Zwar bestand die größere Rivalität zwischen Malmö und Göteborg, aber wenn es um die Vorherrschaft in Skåne ging, egal ob im Fußball, Eishockey oder was die regionale Bedeutung betraf, dann gönnten sich die Bewohner in der Regel gegenseitig nichts.

Emma schwieg noch immer, aber Niklas war sich sicher, aus dem Augenwinkel ein flüchtiges Nicken registriert zu haben.

Im nächsten Moment klingelte ihr Telefon. Emma kannte die Handynummer nicht, nahm das Gespräch aber sofort an.

»Magnus Strindberg hier, Polizeidirektion Helsingborg«, meldete sich eine tiefe Männerstimme. »Wo steckt ihr denn?«

»Sind auf dem Weg«, antwortete Emma knapp, nachdem sie einige Sekunden angestrengt darüber nachgedacht hatte, woher sie den Kollegen kannte, und ihr dann eingefallen war, ihn vor ein paar Jahren schon einmal im Rahmen einer Fortbildung kennengelernt zu haben. Unmittelbar kamen ihr

Bilder eines blonden Enddreißigers vor Augen, der ganz genau wusste, dass er im klassischen Sinne ziemlich gut aussah. Groß gewachsen, gut gebaut und ein nicht zu kantiges Gesicht mit einem Lächeln, das strahlend weiße Zähne freigab. Und trotz dieser Attribute war er ihr auf Anhieb unsympathisch gewesen, weil er mit jeder Faser deutlich gemacht hatte, dass er sich darüber im Klaren war, welche Wirkung er auf Frauen hatte.

»In zehn Minuten sind wir da«, antwortete sie so unterkühlt, dass Niklas sich bestimmt wundern musste. Aber er war nicht immer so aufmerksam, was subtile Gefühlsregungen betraf. Und seit der Sache mit Pernille schien er ohnehin neben der Spur zu sein.

Was sie am meisten irritierte, war allerdings die Sache mit seinen Eltern. Weshalb hatte er ihr nicht sofort vom wahren Grund des Todes seines Vaters erzählt? Oder zumindest kurz danach, als sie am Pazifikstrand gesessen und dem atemberaubenden Sonnenuntergang zugesehen hatten. Und wie konnte es sein, dass ausgerechnet Pernille davon wusste, wenn Niklas doch offenbar vorgezogen hatte, mit niemandem darüber zu reden?

»… der Hof übrigens August Björk gehört, nur dass ihr vorab schon Bescheid wisst. Noch scheint das zum Glück nicht in die Öffentlichkeit gedrungen zu sein, aber –«

»Moment«, fuhr Emma dazwischen. »Was hast du da gerade gesagt? Der Hof gehört August Björk?«

»Genau das sagte ich gerade«, entgegnete Strindberg leicht genervt.

»Ist er etwa der Tote?«, ignorierte Emma seinen Kommentar.

»Könnte durchaus sein, aber die Identifizierung des Opfers dürfte noch etwas dauern. Die Leiche befindet sich in keinem guten Zustand.«

»Ich hörte davon«, sagte Emma. Sie hatten vorhin kurz mit Petter Larsson, dem Leiter der Mordkommission, telefoniert. In seiner typischen, etwas flapsig-lapidaren Art hatte er ihnen davon berichtet, dass die Leiche offenbar stark verrußt und kaum mehr als menschliches Überbleibsel, wie er es nannte, zu erkennen war.

»Es gibt noch etwas anderes, das für die Ermittlungen nicht ganz unbedeutend sein dürfte, aber am besten seht ihr euch das selbst an. Also beeilt euch.«

Emma hatte keine Chance, Strindberg zu fragen, was genau er damit meinte. Er hatte bereits aufgelegt.

»August Björk?«, fragte Niklas argwöhnisch und sah Emma von der Seite an. Seine Stirn bildete sorgenvolle Falten. Nicht nur bei Emma schien das Gedankenkarussell sofort angesprungen zu sein.

August Björk war einige Jahre lang der bekannteste Politiker der Schwedendemokraten gewesen, einer rechtspopulistischen Partei, die mittlerweile ein fester Bestandteil der politischen Bühne Schwedens war. Vor allem in Skåne war Björk alles andere als ein Unbekannter. Für die Rechte in Schweden galt er lange Zeit als so etwas wie die Galionsfigur, bis er aufgrund mehrerer Skandale zurückgetreten war und sich vor drei Jahren komplett aus der Politik zurückgezogen hatte. Wenn sie sich richtig erinnerte, war Björk unter anderem vorgeworfen worden, Mitglieder der eigenen Partei unter Druck gesetzt und Gelder veruntreut zu haben.

»Ich habe erst vor ein paar Wochen einen Zeitungsartikel über Björk gelesen«, sagte Niklas nachdenklich. »So schnell er politisch emporgekommen ist, so heftig war auch sein Fall. Auch wenn die Anschuldigungen gegen ihn bis heute nicht aufgeklärt werden konnten. Interessant war aber vor allem der letzte Absatz.«

Niklas machte eine Pause, während sie das Ortsschild von Kvistofta passierten und er das Tempo drosselte. Links und rechts waren vereinzelte Gebäude und große Anwesen zu sehen, die ihn an seine Kindheit und das zweistöckige Haus seiner Eltern mit dem angrenzenden Schuppen und dem weitläufigen

Garten denken ließen. Dazwischen lagen immer wieder Getreide- und Maisfelder.

Bei einer Kreuzung im Dorfkern bog Niklas links ab. Aus dem Augenwinkel erkannte er, dass Emma ihn erwartungsvoll ansah.

»Es könnte sein, dass Björk sich diesen Ort hier ganz bewusst ausgesucht hat«, fuhr er schließlich fort. »In dem Artikel wurde spekuliert, dass ihn sein unfreiwilliger Rückzug und die Enthüllungen zwar hart getroffen haben, er aber seine politische Karriere längst noch nicht ad acta gelegt hat. Es wurde gemunkelt, er plane ein Comeback, das er ganz akribisch mit einer neuen Partei angehen wolle. Seiner eigenen Partei, in der nur er das Sagen hat. Wenn ich daran zurückdenke, wie er bei den Schwedendemokraten aufgetreten ist, will ich mir gar nicht vorstellen, was passiert wäre, wenn er tatsächlich eine eigene Partei gegründet hätte.«

»Sofern es sich bei der Leiche tatsächlich um ihn handelt«, sagte Emma nachdenklich. »Ich habe nämlich das ungute Gefühl, dass noch ein paar böse Überraschungen auf uns warten.«

Vielleicht hat sie recht, dachte Niklas, während sich rechts von ihnen eine Hofeinfahrt auftat. Sie passierten ein hohes Eisentor, das geöffnet war, und fuhren die leicht ansteigende Einfahrt hinauf. Das Bild des einsam gelegenen, pittoresken schwedischen Bauernhofs wollte sich jedoch nicht einstellen. Das bis auf die Grundmauern abgebrannte Haupthaus und ein weiteres durch die Flammen völlig zerstörtes Nebengebäude wirkten vielmehr wie die Kulisse eines Endzeitfilms.

Niklas wusste nicht, was er mehr fürchten sollte – dass die bösen Überraschungen hier auf sie warteten oder dass sie etwas mit der unheilvollen Begegnung mit Pernille und ihrer Drohung zu tun hatten. Eines stand jedoch fest: Wenn beides zutreffen würde, wollte er gar nicht erst an die nächsten Tage denken. Sofort sehnte er sich zurück in ihren Urlaub. Er versuchte, sich Bilder aus Monterey und vom Pismo Beach vor

Augen zu rufen, aber je mehr er sich anstrengte, desto düsterer wurde es um ihn herum.

Er blickte erneut zur Seite.

Pernille saß jetzt plötzlich auf dem Beifahrersitz. Sie sah krank aus. Ausgehöhlte Wangen. Blutleere Lippen. Und vollkommen ausdruckslose, tote Augen. Wie ein Zombie inmitten der Apokalypse, die sich vor ihm abzeichnete.

Zweifellos waren die Bilder zurück.

Unangenehm

Magnus Strindberg lehnte an einem Streifenwagen und sprach mit einem Unterton in der Stimme in sein Funkgerät, der Emma sofort wieder klarmachte, weshalb sie eine Aversion gegen ihn hegte. In jedem seiner Worte schwang etwas Abschätziges und Arrogantes mit. Vollkommen egal, wer gerade am anderen Ende der Leitung war, niemand verdiente es, dass so mit ihm gesprochen wurde.

Die leichte Nervosität, die Emma bei seinem Anblick verspürte, versuchte sie zu kaschieren, indem sie ihm professionell zunickte. Ein weiterer Polizeibeamter in Uniform erschien im nächsten Augenblick fast wie aus dem Nichts und trat auf die beiden zu.

»Ihr seid also die Verstärkung aus Malmö?«, fragte er direkt.

»Ich hoffe, das sieht man uns nicht an«, antwortete Niklas. Sofort bemerkte er, dass der Kollege keinen Spaß verstand und mit einer schiefen Grimasse auf seinen flapsigen Spruch reagierte.

»Ein guter Freund von mir kann aus hundert Metern Entfernung riechen, wenn sich jemand aus Malmö nähert«, sagte der Polizist. »Mir fällt das immer erst auf, wenn derjenige seinen Mund aufmacht. Und damit meine ich nicht euer breites Schonisch, sondern den miesen Humor.«

Niklas musterte den Mann. Vollkommen grundlos schien er ihnen alles andere als wohlgesonnen zu sein. Er beschloss trotzdem, nicht weiter auf dessen Kommentar einzugehen.

»Ich gehe mal rüber zu Strindberg und spreche mit ihm«, sagte Emma plötzlich.

»Soll ich nicht mitkommen?«

»Besser, ich mache das alleine.«

Niklas sah ihr irritiert hinterher, als sie sich rasch abwandte und auf den groß gewachsenen Kollegen aus Helsingborg zuging. Schon während ihres Telefonats vorhin im Auto hatte er das Gefühl gehabt, dass Emma seltsam zurückhaltend gewesen war. Er vermutete, dass die beiden sich kannten, anders konnte er sich ihr Verhalten nicht erklären.

Er verdrängte den Gedanken und ließ stattdessen seinen Blick kreisen. Die Erscheinung von Pernille vorhin im Auto wirkte noch immer nach, aber wenigstens war sie Sekunden später genauso schnell wieder verschwunden, wie sie gekommen war. Der Grund war allerdings heikel gewesen: Um ein Haar hätte er einen Unfall mit einem Einsatzwagen gebaut, den er übersehen hatte, weil Pernille auf dem Beifahrersitz ihn so sehr abgelenkt hatte.

Emma ärgerte sich über den Kloß in ihrem Hals. Warum zum Teufel überkam sie ein Gefühl von Beklemmung, nur weil sie sich diesem überheblichen Angeber näherte, um mit ihm über den Fund der Leiche zu reden?

Sie räusperte sich und versuchte, sich zusammenzureißen, dann trat sie auf Strindberg zu. »Können wir kurz sprechen?«, fragte sie, ohne darauf Rücksicht zu nehmen, dass der noch immer über Funk Anweisungen gab.

Der Kollege aus Helsingborg fuhr herum. Für einen kurzen Augenblick wirkte er konsterniert, dann kam sein breites Lächeln zurück, das sie noch unangenehm in Erinnerung hatte.

»Emma, wie schön dich zu sehen. Wie lange ist das her? Mindestens vier Jahre, oder?«

»Vier Jahre und sieben Monate.« Sofort ärgerte sie sich, dass sie den Eindruck vermittelte, sie könne sich auf den Tag genau an ihr letztes Aufeinandertreffen erinnern.

»Schade, dass ich dich damals nicht überzeugen konnte, zu uns nach Helsingborg zu wechseln. Stattdessen versauerst du jetzt in einem Team mit Zetterberg.«

»Wie kommst du denn darauf?«, fragte sie perplex. »Und woher kennst du überhaupt Niklas?«

»Ich kenne ihn nicht persönlich, aber man hört so einiges

über ihn. Mein Beileid, hätte ich fast gesagt.« Er lachte kurz auf, riss sich dann aber wieder zusammen. Wohl weniger wegen Emma, sondern weil er merkte, dass es für die Situation hier unpassend war.

»Ach ja, was hört man denn über ihn? Das würde mich ja wirklich interessieren.« Sie spürte, dass ihre Unsicherheit in Wut umschlug. Was erlaubte sich dieser Widerling eigentlich, so über Niklas zu sprechen?

»Wollen wir jetzt wirklich über diese Luftpumpe reden? Das hast du doch gar nicht nötig. Komm, ich zeige dir, was hier passiert ist. Und anschließend gehen wir gemeinsam etwas essen.«

»Niklas und ich sind nicht nur beruflich ein Team«, sagte Emma so ruhig und deutlich, wie es ihr aufgewühlter Gemütszustand zuließ. »Wenn du also meinst, dummes Zeug über ihn zu erzählen, legst du dich mit mir an. Und mit Sicherheit werde ich nicht mir dir essen gehen.«

»Ach herrje, da bin ich wohl voll ins Fettnäpfchen getreten«, wiegelte Strindberg ab. »Dann muss es für eine Frau wie dich in Malmö wohl ziemlich schlecht in Bezug auf adäquate Männer stehen.«

»Noch ein Satz, und du hast eine Dienstbeschwerde am Hals«, konterte Emma jetzt, ohne lange nachzudenken. Endlich löste sich die innere Handbremse, mit der sie früher im Umgang mit Menschen oft zu kämpfen gehabt hatte. Sie wusste, dass der Grund dafür ihr autoritärer Vater war, aber sie hatte es geschafft. Sich von ihm zu lösen. Offener und selbstbewusster als früher zu sein. Jedem klar und deutlich zu verstehen zu geben, wenn ihr etwas nicht passte.

Niklas half ihr dabei, ohne dass er etwas Besonderes tat. Es war einfach seine Art, die es ihr leichtmachte. Ganz anders als Bengt, ihr Ex-Freund, an dessen Seite sie sich immerzu eingeengt gefühlt hatte. Es war, als hätte sie damals nach ihrem Auszug zu Hause jemanden gesucht, der ihrem Vater möglichst ähnlich war. Fünf Jahre hatte sie gebraucht, um festzustellen, dass Bengt ihr nicht guttat. Er war sicherlich kein schlechter Mensch, aber an seiner Seite wäre sie auf Dauer wie eine Primel eingegangen. Zum Glück lagen diese Zeiten lange zurück.

Umso schlimmer war allerdings, wie sehr Strindberg Emma an ihren Vater erinnerte und sie in seiner Gegenwart in alte Rollenmuster fiel.

»Schade, aber dann machen wir eben professionell weiter.« Strindberg seufzte leise, bevor er ansetzte, Emma zu berichten, was an Erkenntnissen bislang vorlag.

Das Feuer hatte wirklich ganze Arbeit geleistet. Das große Backsteingebäude war komplett niedergebrannt. Niklas schätzte, dass es reetgedeckt gewesen war und die hölzernen Dachbalken und schließlich auch die Wände in kürzester Zeit eingestürzt waren.

Doch da war etwas anderes, das seine Aufmerksamkeit auf sich zog. Die längliche Scheune, in der man offenbar die Leiche gefunden hatte, schloss sich rechtwinklig im hinteren Bereich an das Haupthaus an. Allerdings lagen bestimmt zwanzig Meter zwischen den beiden Gebäuden. Niklas wusste, dass ein brennendes Reetdach starken Funkenschlag und hohe Flammen erzeugte, aber war es wirklich möglich, dass sie auf ein so weit entferntes Gebäude übergegriffen hatten?

Er erkannte zwei Feuerwehrmänner, die auf einem kleinen Rasenstück neben der Scheune saßen. Ihre Kleidung war voller Ruß, und sie machten einen erschöpften Eindruck. Er trat zu ihnen und stellte sich kurz vor. Der offenkundig Ältere der beiden, den Niklas auf Ende vierzig schätzte, hieß Lennart Andersson. Er kam direkt zur Sache und berichtete sichtlich aufgelöst davon, dass er die verrußte Leiche in einem Kellerverlies unterhalb der Scheune gefunden hatte.

»Eigentlich waren wir hier so gut wie fertig«, warf der andere Mann ein. Ein muskulöser Kerl mit kurzen blonden Haaren und stechend blauen Augen. Ein Schwede wie aus der Werbung, dachte Niklas innerlich schmunzelnd.

»Aber dann hat Lennart diesen Keller gefunden. Manchmal ist dieser Job wirklich undankbar. Lennart gibt immer alles und hat schon so oft sein eigenes Leben riskiert, um das anderer Menschen zu retten. Und dann muss er so etwas erleben. Diese Bilder wird er nie wieder aus seinem Kopf bekommen.« Er legte seinen kräftigen Arm um Andersson und schüttelte frustriert den Kopf.

»Das kommt mir durchaus bekannt vor«, sagte Niklas leise. »Die dunkle Seite der Medaille für Rettungskräfte und Ermittler, über die leider kaum jemand spricht.«

»Welcher Spinner tut denn so etwas?«, brach es nach einigen Sekunden der Stille plötzlich aus dem Mann heraus. »Ich meine, wer sperrt einen Menschen in einem Keller ein? Und kettet ihn dort an?«

»Angekettet?«, fragte Niklas überrascht nach. Offenbar war das die Information, die Strindberg gegenüber Emma am Telefon angedeutet hatte.

»Ja, mit Handschellen an einem alten Rohr«, bestätigte Andersson mit nüchterner Stimme. »Der Anblick selbst war nicht so schlimm, der Körper war als solcher kaum mehr zu erkennen. Es sind eher die Gedanken, die hochkommen und einen fertigmachen, wenn man daran denkt, was diese Person durchgemacht hat.«

»Ich verstehe, was du meinst. Bei jedem Fall versuchen wir aufs Neue, die persönlichen Schicksale und Grausamkeiten nicht zu nah an uns herankommen zu lassen. Leider gelingt mir das äußerst selten.«

»Das macht Mut«, entgegnete der Muskelmann knurrig, untermalt von einem sarkastischen Lächeln. »Der einzige Vorteil ist, dass wir jetzt raus sind und euer Job gerade erst anfängt. Viel Erfolg dabei.«

Niklas hob die Hände, um ihn zu beschwichtigen. Die beiden Feuerwehrmänner hatten achtundvierzig harte Stunden hinter sich. Kein Wunder, dass sie gereizt reagierten, auch wenn er ihnen eigentlich nur gut zureden wollte. Er nickte kurz und wandte sich ab, ehe er sich noch einmal kurz umdrehte. »Könnt ihr denn eigentlich ›Feuer aus‹ vermelden?«

»Ehrlich gesagt, ich weiß es nicht«, antwortete Andersson. »Ich habe vorhin noch ein paar Glutnester entdeckt. Die werden von allein ausgehen, wenn keine stärkeren Winde aufziehen. Aber wenn ich etwas zu sagen hätte, würde ich empfehlen, noch einmal großflächig zu löschen. Leider mussten die Kollegen heute Morgen schon wieder zu einem weiteren Feuer in Fjärestad ausrücken.«

»Irgendwelche Anzeichen, dass das etwas mit dem Brand hier zu tun hat?«

»Woher sollen wir das denn wissen?« Der andere Feuerwehrmann stand unvermittelt auf und sah Niklas mit einem Gesichtsausdruck an, der keinen Zweifel daran ließ, dass sie nicht mit weiteren Fragen belästigt werden wollten.

»Ich glaube, es ist besser, ihr geht nach Hause und ruht euch aus.« Kaum hatte Niklas den Satz beendet, merkte er, dass er schon wieder die falschen Worte gewählt hatte. »Oder ihr …« Er stockte. »Ihr wisst selbst am besten, was ihr tun müsst.«

»Natürlich wissen wir das. Ich hoffe, du auch.«

Seit Emma und er auf diesem Hof im Süden Helsingborgs angekommen waren, wurde Niklas das Gefühl nicht los, dass sie hier nicht gern gesehen waren. Als betrachte man sie als Eindringlinge aus Malmö, die so schnell wie möglich wieder verschwinden sollten.

Er fühlte sich verloren an diesem Ort, und noch immer wartete er auf die Anspannung, die er üblicherweise zu Beginn einer Ermittlung verspürte. Die ihn motivierte. Umso erleichterter war er, als er Emma sah, die offenbar ihr Gespräch mit Strindberg beendet hatte. Ihre Laune schien allerdings alles andere als gut zu sein.

»So wie du dreinschaust, war es wohl doch keine gute Idee, allein mit Strindberg zu sprechen. Ist er dir etwa blöd gekommen?«

»Ist ein seltsamer Typ, ich mag ihn nicht.«

»Aber du kanntest ihn schon, oder?«

»Wir sind uns vor einigen Jahren mal bei einer Fortbildung über den Weg gelaufen«, antwortete sie knapp.

»Warum hast du das denn nicht gleich gesagt?«

»Weil es keine Bedeutung hat.«

Niklas musterte sie und hob die rechte Augenbraue. Was meinte sie damit?

»Hast du mit den Feuerwehrmännern geredet?«, wechselte sie das Thema.

Niklas überlegte kurz, ob er das mit Strindberg noch vertiefen wollte, entschied sich aber dafür, das Thema auf später zu verschieben. »Ja, aber auch ich hatte schon angenehmere Gespräche. Liegt wahrscheinlich daran, dass die beiden ziemlich erschöpft sind. Und der Leichenfund war dann der negative Höhepunkt.«

»Hast du denn irgendetwas Wichtiges in Erfahrung gebracht?«

»Das Opfer wurde offenbar in diesem Kellerraum gefangen gehalten. Angekettet an ein Rohr.«

»Ja, das hat mir Magnus eben auch erzählt«, sagte Emma.

Magnus? Bildete er sich das bloß ein, oder klang es seltsam vertraut, wenn sie über ihn sprach?

»Die Kollegen der Kriminaltechnik waren bereits hier«, redete sie weiter. »Magnus hat von ihnen gehört, dass es sich aller Voraussicht nach nicht um eine männliche Leiche handelt.«

»Also nicht August Björk?«, fragte Niklas überrascht.

»Nein, offenbar nicht.«

»Dann stellt sich nicht nur die Frage, wer die Tote ist, sondern vor allem auch, wo Björk steckt. Ich würde gerne mehr über ihn und diesen Hof erfahren. Mit wem sollten wir darüber sprechen?«

»Wollen wir nicht zuerst mit der KT reden und einen Blick auf das Opfer werfen?«

»Du kennst mich doch inzwischen gut genug. Ich bin nicht

so scharf darauf, mir Leichen, noch dazu in diesem Zustand, anzusehen.«

»Ja, das weiß ich, aber ich kann es leider noch immer nicht nachvollziehen.« Emma verzog ihr Gesicht. »Ich möchte jedenfalls mit eigenen Augen sehen und verstehen, was hier passiert ist.«

»Diese Bilder wirst du nie wieder los, vergiss das nicht. Wenn es an der Leiche irgendein wichtiges Detail gibt, das für unsere Ermittlungen wichtig ist, wird es die Rechtsmedizin schon finden.«

Noch während er sprach, schenkte Emma ihm ein kurzes Lächeln, ehe sie sich wegdrehte und in Richtung der abgebrannten Scheunenruine ging. Zum zweiten Mal, seit sie hier waren, ließ sie ihn stehen, um ein Gespräch allein zu führen. Störte sie irgendetwas an ihm? Hatte er irgendetwas gesagt oder getan, von dem sie genervt war?

Vielleicht war ihr diese Nähe auch einfach zu viel. Immerhin hatten sie in den letzten Monaten jeden Tag zusammen verbracht. Es hatte nur wenige Momente gegeben, in denen Emma oder er Termine allein wahrgenommen hatten. Bislang hatte er allerdings nicht das Gefühl gehabt, als fühle sie sich eingeengt.

Aus dem Augenwinkel sah er, dass Strindberg sich ihm plötzlich näherte, mit einem leichten Grinsen auf den Lippen. Niklas war niemand, der vorschnell ein verfestigtes Bild von anderen Menschen im Kopf hatte, aber *Magnus* war ihm direkt unsympathisch.

»Tolle Frau an deiner Seite.«

»Wie bitte?«

»Emma«, sagte Strindberg und streckte ihm seine große Hand entgegen. »Du kannst dich verdammt glücklich schätzen. Sie ist eine großartige Polizistin. Und alles andere an ihr spricht ohnehin für sich.«

Niklas verzog schmerzverzerrt das Gesicht. Den Händedruck hatte Strindberg zweifellos als Duftmarke genutzt. Aus irgendeinem Grund wollte der Kollege aus Helsingborg sich vor ihm aufspielen. Emma und Magnus kannten sich also tatsächlich. Und er wusste sogar, dass sie und Niklas ein Paar waren.

»Danke«, sagte er kühl. »Das kann ich nur bestätigen. Können wir uns kurz darüber unterhalten, welche Erkenntnisse vorliegen? Ich hätte ein paar Fragen zu August Björk und zu diesem Hof hier.«

»Eigentlich wollte ich gerade mit den beiden Feuerwehrleuten sprechen, aber klar, lass uns reden. Was willst du wissen?«

Niklas widerstrebte es zutiefst, auch nur ein einziges Wort mit diesem aufgeblasenen Wichtigtuer zu wechseln, aber er schluckte hinunter, was ihm auf der Zunge lag. »Was weißt du über diesen Ort hier? Was genau hat August Björk hier getrieben?«

»Ich befürchte, dass ich dich da enttäuschen muss«, antwortete Strindberg. »Wir wissen leider selbst kaum etwas, darum seid ihr ja jetzt hier.«

»Stimmt es denn, dass Björk das Anwesen hier gekauft hat, kurz nachdem er sich bei den Schwedendemokraten zurückgezogen hat?«

»So etwas habe ich auch gehört, aber ehrlich gesagt ist das auch alles, was ich über ihn sagen kann. Wir haben in Helsingborg nichts über ihn oder diesen Hof mitbekommen, was uns auf den Plan gerufen hätte.«

»Ihr wart doch bestimmt schon gestern hier, oder nicht?«, fragte Niklas unbeeindruckt weiter.

»Natürlich, sogar schon vorgestern, kurz nachdem der Brand ausgebrochen war.« Zum ersten Mal verschwand das dauerhafte überhebliche Lächeln von Strindbergs Gesicht und wich einem argwöhnischen Ausdruck. »Was soll denn die Frage?«

»Ich wundere mich ein wenig, dass du gar keine Informationen für uns hast. Habt ihr denn mit niemandem in der Nachbarschaft oder aus dem Ort gesprochen?«

»Bis vor ein paar Stunden war das hier keine Mordermittlung, es bestand überhaupt kein Grund für so ein Vorgehen. Außerdem waren wir alle damit beschäftigt, erst mal einigermaßen für Ordnung zu sorgen.«

Niklas sah Strindberg tief in die Augen. Natürlich war es etwas anderes, in einem Mordfall zu ermitteln, als lediglich einen Brand aufzuklären, aber sich gar nicht umzuhören und dafür zu interessieren, was dahintersteckte, erschien ihm schon ziemlich fahrlässig. »Habt ihr denn eigentlich irgendetwas unternommen, um Björk zu informieren?«

»Wir wussten anfangs nicht einmal, wem der Hof hier überhaupt gehört«, antwortete Strindberg und klang dabei immer defensiver. »Im Rahmen unserer Möglichkeiten haben wir versucht, August Björk ausfindig zu machen. Leider erfolglos. Jetzt dürft ihr euch versuchen. Das ist doch das, was ihr wollt.«

Darum ging es hier also, fuhr es Niklas durch den Kopf. Strindberg hatte ein Problem damit, dass die Verantwortung für diese Angelegenheit nicht in Helsingborg verblieben war, sondern die offenbar ziemlich verhassten Kolleginnen und Kollegen aus Malmö hinzugezogen wurden.

»Wir gehen hier einfach unserem Job nach.« Niklas merkte sofort, dass das sehr nach Rechtfertigung klang. »Wäre gut gewesen, ihr hättet das auch getan«, schob er hinterher.

»Ich habe schon so einiges über dich gehört«, entgegnete Strindberg mit zusammengekniffenen Lippen. »Aber dass du ein mieses kleines …« Er hielt inne und verkniff sich mit größter Mühe seine Worte. »Von dir lasse ich mich nicht provozieren. Viel Glück bei den Ermittlungen, ihr werdet es brauchen.«

Niklas atmete tief durch, während Strindberg energischen Schrittes davonstapfte. Er hatte im Laufe der Jahre schon mit so einigen anderen Ermittlern in Skåne zusammengearbeitet, und niemals war es zu irgendwelchen Schwierigkeiten oder Machtgerangel gekommen. So etwas wie Strindbergs Verhalten hatte er jedenfalls noch nie erlebt. Es ließ ihn einigermaßen fassungslos zurück.

Emma ließ ihren Blick über die zerstörten Gebäude und das weitläufige Areal schweifen, während sie sich vorzustellen versuchte, was hier vor etwas mehr als zwei Tagen vorgefallen war. Und ob August Björk wohl etwas mit dem Feuer und der toten Frau zu tun hatte.

Sie hatte schließlich darauf verzichtet, selbst in das Kellerverlies unter der Scheune hinunterzuklettern. Nicht weil sie plötzlich doch noch Zweifel bekommen hätte, das Opfer mit eigenen Augen zu sehen, es waren die Techniker, die ihr davon abgeraten hatten. Dort unten war alles komplett verrußt und der Kohlenmonoxid-Wert noch immer viel zu hoch.

Sven Johansson, der Leiter der Malmöer Kriminaltechnik, hatte sich einige Minuten Zeit genommen und davon berichtet, was sie bislang herausgefunden hatten. Er hatte noch einmal bestätigt, dass es sich bei der Leiche zweifellos nicht um einen Mann handelte. Dann hatte er etwas gesagt, das eigentlich auf der Hand lag, worüber Emma bislang allerdings noch gar nicht nachgedacht hatte. Johansson ging davon aus, dass das Feuer vorsätzlich gelegt worden war. Erste Spuren deuteten offenbar darauf hin, dass Brandbeschleuniger benutzt worden waren. Und dann hatte er noch etwas anderes erwähnt, das für ihre Ermittlungen vielleicht wichtig sein konnte.

»Selten einen so unangenehmen Menschen wie Strindberg kennengelernt.«

Emma fuhr herum und blickte Niklas an, der ihre Gedanken abrupt unterbrach. Aber natürlich verstand sie sofort, was die Worte bedeuteten. Sie hatte gehofft, dass er nicht ausgerechnet das Gespräch mit Magnus suchen würde, aber das wäre wohl etwas naiv gewesen. Wahrscheinlich hatte er längst bemerkt, dass sie sich seltsam verhielt, wenn es um Magnus ging.

»Kann es sein, dass er auf dich steht?«

»Wie bitte?«

»Er spricht in höchsten Tönen von dir.«

»Tatsächlich?« Emma spürte sofort, dass ihre Reaktion emotionaler klang, als sie sein sollte. Fühlte sie sich ernsthaft geschmeichelt, weil Magnus sich gegenüber Niklas so geäußert hatte? Sie hasste diesen Gedanken, aber es fiel ihr schwer, ihn zu leugnen.

»Er bezog sich übrigens nicht nur auf deine Fähigkeiten als Kriminalpolizistin«, fuhr Niklas nüchtern fort. »Ich gebe zu, mich irritiert das Ganze etwas. Aber wir sollten nicht hier und jetzt darüber sprechen. Leider haben Strindberg und seine Leute rein gar nichts in Erfahrung gebracht, was uns bei den Ermittlungen helfen könnte. Sie haben nicht einmal eine Fahndung nach Björk ausgerufen. Ich verstehe überhaupt nicht, wie die Kollegen –«

»Wir haben es wohl mit Brandstiftung zu tun«, fuhr Emma dazwischen. »Johanssons Leute haben erste Hinweise gefunden, denen sie nachgehen.«

»Der Gedanke war mir eben auch schon gekommen. Die beiden Gebäude stehen so weit auseinander, dass ich mir nicht vorstellen kann, wie das Feuer übergesprungen sein soll. Stellt sich die Frage nach dem Motiv. Weshalb ist es jemandem wichtig, dass Haupthaus und Scheune dieses Hofs komplett niederbrennen? Wollte jemand Björk einfach nur Schaden zufügen, oder war es Björk selbst, der seinen Hof abgefackelt hat? Und hat derjenige in Kauf genommen, dass ein Mensch stirbt, der hier festgehalten wurde?«

»Gut möglich, dass wir die Antworten auf diese Fragen genau hier finden.«

»Wie meinst du das?«

»Johansson hat mir erzählt, dass die Schäden im Haupthaus längst nicht so schlimm sind wie in der Scheune. Ein paar Räume sind wohl noch einigermaßen erhalten geblieben.«

»Und auf was sollen wir dort stoßen? Hat August Björk von hier etwa eine große Revolution geplant?«

»So wie ich Johansson verstanden habe, deutet einiges zumindest darauf hin, dass Björk diesen Ort nicht nur genutzt hat, um hier ein beschauliches Leben zu führen. Was auch immer er damit meint.«

»Ein typischer Johannson«, seufzte Niklas. Er wusste, dass der Leiter der Kriminaltechnik erst dann Ergebnisse mitteilen würde, wenn er sich absolut sicher war.

Wortfetzen

Kvistofta war nicht mehr als eine Siedlung, die seit einigen Jahrzehnten zu Helsingborg gehörte. Der Ort selbst bestand aus nur wenigen Höfen und Häusern entlang zweier Straßen, die sich an einer T-Kreuzung trafen. Anscheinend lebten lediglich sechzig Menschen in Kvistofta, so hatte Emma es auf die Schnelle recherchiert. Sehenswürdigkeiten gab es hier keine, mit der Ausnahme der weiß verputzten Kirche aus dem 12. Jahrhundert, vor der sie jetzt standen und zwei Frauen um die sechzig beobachteten, die vor ein paar Augenblicken aus der Kirche gekommen waren und sich ihrer Gestik und Mimik nach zu urteilen über irgendetwas echauffierten.

Eigentlich hatten Niklas und Emma vorgehabt, an einigen Haustüren zu klingeln und sich ein wenig umzuhören. In kleinen Orten wie diesem wussten die Leute oftmals sehr genau über ihre Nachbarn Bescheid. Allerdings sprachen sie nicht gern darüber, schon gar nicht gegenüber der Polizei. Vielleicht würden sie bei den beiden leicht angegrauten, offenbar redseligen Frauen trotzdem Erfolg haben.

Während sie näher traten, erkannte Niklas, dass die Augen einer der beiden Frauen rot unterlaufen waren. Sie schien aufgewühlt und kurz davor, in Tränen auszubrechen. Trauerten die beiden um jemand Nahestehenden? Er wollte Emma noch ein Zeichen geben, zurückhaltend vorzugehen, aber dafür war es bereits zu spät.

»Entschuldigen Sie bitte, dass wir Sie hier stören, aber wir würden Ihnen gerne ein paar Fragen stellen.«

»Wir sind von der Kriminalpolizei Malmö«, ergänzte Niklas und zog rasch seinen Ausweis hervor.

»Malmö?«, fragte die andere Frau, die nicht so angefasst wirkte, argwöhnisch. Ihre schulterlangen Haare umrahmten ein Gesicht, das sehr harsch aussah. Nichts an ihr wirkte freundlich oder zumindest höflich. Überhaupt schienen beide Frauen ihr plötzliches Auftauchen mit einer großen Portion Argwohn zu betrachten.

»Meine Kollegin Kriminalkommissarin Emma Steen«, ignorierte Niklas ihren Einwurf. »Ich heiße Niklas Zetterberg. Wir sind von der Polizei aus Helsingborg hinzugerufen worden, um bei den Ermittlungen im Zuge des Brandes hier in Kvistofta zu unterstützen.«

»Ich kannte mal einen Autoverkäufer aus Malmö. Das war ein krimineller Ausländer, der mich über den Tisch ziehen wollte. Seitdem mache ich einen großen Bogen um diese Stadt. Mich wundern die Zustände dort keineswegs, die Gewalt schwappt mittlerweile selbst bis nach Helsingborg. Vielleicht sollten Sie sich lieber darum kümmern, als hier herumzuschnüffeln.«

Es blieb dabei, dachte Niklas. Niemand, dem er bislang hier begegnet war, hielt mit seiner schlechten Meinung über Malmö hinter dem Berg. In diesem Fall wusste er natürlich genau, worauf die Frau anspielte. Die Bandenkriminalität der vergangenen Jahre, die in Malmö ihren Anfang genommen und in der Zwischenzeit in manchen Stadtteilen beinahe bürgerkriegsähnliche Ausmaße mit Schießereien und Bombenexplosionen auf offener Straße angenommen hatte, war mittlerweile über das gesamte Land geschwappt. Erst in letzter Zeit gab es ein politisches Umdenken und härteres Vorgehen gegen die kriminellen Strukturen und deren Hintermänner. Dass es dafür die Schwedendemokraten in der Regierung benötigte, bereitete Niklas noch immer Bauchschmerzen.

»Leben Sie hier im Ort?«, fragte er.

»Sehen wir etwa nach Touristinnen aus? In Kvistofta stoßen Sie nicht auf Menschen, die hier nicht leben. Abgesehen von herumschnüffelnden Polizisten natürlich.«

»Wissen Sie, wem der abgebrannte Hof gehört?«, fragte Emma unbeeindruckt von der Ablehnung, die ihnen entgegenschlug.

»Ich glaube nicht, dass das ein Geheimnis ist«, antwortete die Frau. »Jeder hier weiß, dass August Björk vor einigen Jahren nach Kvistofta gezogen ist.«

»Sie kennen ihn also?«

»Natürlich kennen wir ihn«, warf jetzt die Frau mit den tränenunterlaufenen Augen ein. Sie wirkte etwas freundlicher als ihre Begleitung, aber dennoch strahlte auch sie deutlich aus, dass sie mit Fremden, noch dazu Polizisten aus Malmö, am liebsten gar nicht sprechen wollte.

»Aktuell wissen wir nicht, wo sich Björk aufhält«, erklärte Niklas. »Es gibt allerdings auch keinen Hinweis darauf, dass er bei dem Brand ums Leben gekommen ist. Haben Sie ihn in den vergangenen achtundvierzig Stunden vielleicht gesehen?«

»Sollten wir das? Wenn Sie ihn nicht erreichen, war er wohl nicht hier, als der Brand ausbrach.«

»Wann haben Sie ihn denn zuletzt gesehen?«

»Ist schon eine Weile her«, antwortete die Frau knapp.

»Was können Sie über ihn sagen?«, ließ Emma nicht locker. »Ist er hier im Ort integriert, oder hat er eher abgeschottet auf dem Hof gelebt?«

»Ich wüsste nicht, warum wir mit Ihnen darüber sprechen sollten. Gibt es einen Grund für diese Fragerei? Hat Björk irgendetwas verbrochen?«

»Wir können derzeit nicht ausschließen, dass das Feuer absichtlich gelegt wurde. Deswegen steht August Björk natürlich im Fokus unserer Ermittlungen.«

»In Kvistofta möchte aber niemand, dass hier ermittelt wird. Wir wollen einfach unser normales Leben weiterführen.«

»Genau deswegen sind wir hier«, sagte Niklas. »Wir wollen so schnell wie möglich aufklären, was passiert ist. Sagen Sie uns doch bitte einfach alles, was Sie über August Björk wissen.«

»Verstehen Sie denn nicht, dass uns gerade nicht danach ist?«, entgegnete die Frau jetzt scharf. »Wie Sie gesehen haben, kommen wir gerade aus der Kirche.«

»Natürlich, das verstehen wir, aber –«

»Dann hören Sie doch auf mit diesen Fragen und lassen Sie uns einfach in Ruhe.«

Aus dem Augenwinkel erkannte Niklas, dass Emma noch einmal ansetzen wollte, aber mit einer Handbewegung hielt er sie zurück. Er hatte das Gefühl, dass es besser war, das Gespräch abzubrechen. Die Frauen kannten August Björk, war er sich sicher, aber ob sie wirklich hilfreiche Hinweise geben konnten, bezweifelte er schon. Hier vor der Kirche in dieser kleinen Ortschaft einen Streit heraufzubeschwören, war jedenfalls sicherlich nicht die beste Idee.

Er zog zwei Visitenkarten aus seiner Jackentasche und hielt sie den Frauen hin. Doch bevor er noch seinen üblichen Spruch, dass sie sich bitte melden sollten, falls ihnen noch etwas einfiele, loswerden konnte, fiel sein Blick auf das hölzerne Portal der Kirche, das sich gerade öffnete.

Er brauchte einen Moment, ehe er erkannte, wer die Person war, die ins Freie trat. Es war einer der beiden Feuerwehrmänner, mit denen er vorhin gesprochen hatte. Seiner Uniform hatte er sich entledigt. Er trug lediglich ein geripptes weißes Unterhemd über seinem muskulösen Oberkörper und eine schwarze Stoffhose. Offenbar hatte ihn das, was er auf dem Hof erlebt hatte, hierhergetrieben.

Eine Kerze anzuzünden und zur Ruhe zu kommen, war etwas, das Niklas auch von Kollegen bei der Kriminalpolizei kannte. Er selbst glaubte an keinen Gott, konnte aber gut verstehen, wenn Menschen in schweren Zeiten Halt bei jemandem suchten, der keine guten Ratschläge gab, sondern einfach ein stiller und unsichtbarer Zuhörer war.

Er nickte dem Feuerwehrmann zu, als der an ihnen vorbeiging. Obwohl der Mann so stark und zumindest körperlich unverwundbar wirkte, zeigte seine Mimik ein ganz anderes Bild. Resignation, vielleicht auch Frustration und ganz bestimmt ein Gefühl von völliger Erschöpfung. Das, was geschehen war, ließ hier niemanden kalt. Und die Feuerwehrleute gehörten nun mal zu denjenigen, die es im ersten Moment am schlimmsten traf.

Niklas gab Emma ein Zeichen, gehen zu wollen, und verabschiedete sich kurz von den beiden Frauen. Ihre Reaktion war abweisend. Außer einem knurrigen Gemurmel, das er bestenfalls als *»hej då«* interpretierte, brachten sie nichts über ihre Lippen.

Als sie sich wieder auf dem Bürgersteig an der Hauptstraße befanden, brach Emma als Erste das Schweigen.

»Jede Wette, dass die beiden uns etwas über Björk hätten sagen können. Ich hätte ihnen gerne noch ein wenig auf den Zahn gefühlt.«

»So wie die gerade drauf waren, hatte ich kein gutes Gefühl dabei«, antwortete Niklas. »Wenn wir nicht weiterkommen, können wir sie uns noch einmal vorknöpfen.«

»Wir haben nicht einmal nach ihren Namen gefragt«, stellte Emma nüchtern fest.

»Es wird unser geringstes Problem sein, das herauszufinden. Aber vielleicht hast du recht, fragen wir sie einfach.«

Sie gingen zurück auf den Parkplatz vor der Kirche, wo die Frauen noch immer standen und recht temperamentvoll miteinander diskutierten. Erst als sie näher traten, erkannte Niklas, dass die Frau mit den tränenunterlaufenen Augen ein Handy am Ohr hielt und telefonierte.

Es waren nur Wortfetzen, die sie aufschnappten, aber Niklas war sich sicher, den Namen »August Björk« verstanden zu haben. Dass er offenbar verschwunden sei. Die Frau war beunruhigt, klang beinahe panisch. Kurz bevor sie bemerkte, dass Emma und er längst in Hörweite waren, sagte sie noch etwas, das Niklas nicht sofort einordnen konnte. Es dauerte ein paar Sekunden ehe er verstand, worauf sie offenbar hinauswollte. Die Frau hatte gerade den Verdacht geäußert, dass Björk diesmal »einen Schritt zu weit gegangen« sei.

Hochverrat

Gegen siebzehn Uhr hatten Niklas und Emma fast an einem Dutzend Häusern geklingelt. Einige Gespräche waren noch kürzer ausgefallen als das mit Therese Jönsson und Frida Mellegård, den beiden Frauen vor der Kirche. Vorwiegend ältere Ehepaare lebten hier, aber auch eine junge Familie, die auf einem hergerichteten alten Hof wohnte. Niemand hatte etwas über August Björk berichten können, das ihnen zu verstehen half, was hinter dem Brand steckte. Auch Hinweise darauf, wo er sich aktuell aufhielt – Fehlanzeige. Überhaupt schien es so, als habe Björk sehr zurückgezogen auf dem Hof in der Ryavägen gelebt. Die meisten waren froh darüber, wollten sie mit ihm, dessen politische Einstellungen sie entschieden ablehnten, doch nichts zu tun haben.

Die Bemerkung von Frida Mellegård, dass Björk »einen Schritt zu weit gegangen« sei, blieb derzeit die einzige Information, der sie nachgehen konnten. Selbstverständlich hatte Niklas die Frau sofort darauf angesprochen, aber sie hatte sich herausgeredet. Sie kenne Björk nicht näher und habe lediglich eine Vermutung geäußert, was sich auf dessen Hof abgespielt haben könnte.

Weder Niklas noch Emma hatten ihr geglaubt. Ihre Reaktion war viel zu prompt gekommen. Sie hatte gleichzeitig nervös und alles andere als glaubhaft geklungen. Auf die Frage, mit wem sie denn telefoniert habe, hatte sie beinahe ungehalten reagiert. Das gehe sie schließlich überhaupt nichts an. Für einen kurzen Moment hatte Niklas in Erwägung gezogen, sie direkt für eine polizeiliche Vernehmung aufs Präsidium in Malmö zu zitieren, aber sie hatten es dabei belassen, die Namen der beiden Frauen zu erfragen. Seinen ersten Eindruck jedoch musste Niklas revidieren. Ganz klar, die beiden Frauen verschwiegen etwas. Sie kannten Björk besser, als sie zugegeben hatten. Und Emma und er würden sich, sobald sie wieder in Malmö an ihren Schreibtischen saßen, intensiver mit den beiden beschäftigen.

Aber bei einem Haus wollten sie es heute noch versuchen. Es lag schräg gegenüber der Kirche. Sie waren vor zwei Stunden schon einmal dort gewesen, aber niemand hatte ihnen geöffnet. Jetzt stand ein schwarzer Kompaktwagen vor dem Gebäude.

Laut Briefkasten lebte in dem Haus ein gewisser Mikael Ekdal. Nur wenige Sekunden nach ihrem Klingeln öffnete ein eher klein gewachsener Mann die Tür. Niklas schätzte ihn auf um die vierzig, aber was ihm vor allem ins Auge stach, waren die Kleidung und die Tätowierungen am Hals und auf den Unterarmen, die bis zu den Handoberflächen reichten.

Er trug ein eng anliegendes schwarzes Hemd und eine dunkle Jeans. Seine dunkelblonden Haare waren akkurat mit einer Kante versehen, die sich von vorn nach hinten zog. Rechts davon waren die Haare mehr oder weniger komplett abrasiert, auf der linken Seite dagegen etwa zwei Zentimeter lang.

Niklas entschuldigte sich für die Störung und stellte Emma und sich vor, ehe er kurz erklärte, weshalb sie hier waren.

»Ich bin gerade erst nach Hause gekommen«, sagte Ekdal und versuchte, sich in der Tür breit zu machen, was angesichts seiner Statur allerdings vergebliche Mühe war. »Ich habe aber im Radio davon gehört, dass der Hof von August abgebrannt ist. Ihm ist hoffentlich nichts passiert?«

Na endlich, ging es Niklas sofort durch den Kopf. Sie hatten offenbar jemanden gefunden, der August Björk kannte.

»Momentan gibt es keinen Hinweis auf seinen Verbleib«, antwortete er. »Wir gehen derzeit aber nicht davon aus, dass er bei dem Feuer ums Leben gekommen ist, wenn Sie das meinen. Allerdings deutet einiges darauf hin, dass wir es mit Brandstiftung zu tun haben.«

Er registrierte sofort das kurze Blinzeln von Ekdal. Im nächsten Moment wich der Mann einen halben Schritt zurück.

»Sie sagten vorhin, Sie wären gerade erst nach Hause gekommen«, redete Niklas unbeirrt weiter. »Waren Sie denn länger weg?«

»Ehrlich gesagt weiß ich überhaupt nicht, was Ihre Frage soll«, antwortete Ekdal ungehalten, aber etwas zu aufgesetzt. Er war auf der Hut, daran hatte Niklas keinen Zweifel. Offenbar versuchte er, Zeit zu gewinnen, um sich eine passende Antwort zu überlegen.

Niklas seufzte innerlich. Wie oft er diesen Einwand schon gehört hatte, wenn sie mögliche Zeugen befragten. Ob sich die Leute eigentlich bewusst waren, dass sie sich damit sofort in eine Position manövrierten, in der Kriminalbeamte sie plötzlich mit anderen Augen sahen? Auch wenn er natürlich wusste, dass in den seltensten Fällen tatsächlich mehr dahintersteckte. Denn gesuchte Täter waren darauf eingestellt, dass sie irgendwann ins Visier der Polizei gerieten. Sie reagierten anders als Ekdal in diesem Moment.

»Wir versuchen, alles zusammenzutragen, was für unsere Ermittlungen wichtig sein kann«, wiederholte er seine üblichen Worte. »Uns interessiert, ob Sie vorgestern Nacht, als der Brand ausgebrochen ist, hier gewesen sind und womöglich etwas beobachtet haben.«

»Nein, ich war für drei Tage verreist.«

»Beruflich?«

»Nein, ich bin aktuell arbeitssuchend.«

»Sie haben Kvistofta also kurz vor dem Brand verlassen?«, hakte Emma noch einmal nach. »Verstehe ich das richtig?«

»Wenn Sie das sagen«, antwortete Ekdal. »Ich habe keine Ahnung, wann das Ganze hier passiert ist.«

»Darf ich fragen, wo Sie waren?« Niklas wählte seine Worte mit Bedacht. Er wusste, dass diese Frage im Rahmen einer solchen Befragung eigentlich etwas zu weit ging.

»Ich war in Stockholm, wo genau geht Sie allerdings nichts an.«

»Natürlich nicht. Im Zweifelsfall ist es allerdings immer gut, wenn jemand Ihre Aussagen bezeugen kann.«

»Ach ja? Und weshalb?«

»Sie wissen schon, wie wir das meinen«, wiegelte Niklas ab. Ekdal war ihm vom ersten Moment an unsympathisch gewesen, deshalb juckte es ihn in den Fingern, ihn ein wenig zu provozieren. »Kommen wir jetzt zu unseren eigentlichen Fragen. Sie benannten vorhin August Björk mit seinem Vornamen. Heißt das, Sie kennen sich gut?«

»Ja, wir kennen uns«, antwortete Ekdal knapp. Seine Gesichtszüge schienen sich wieder etwas zu entspannen. »Ich war einige Male bei ihm.«

»Was war der Grund dafür?«

»Was soll schon der Grund gewesen sein?«, erwiderte Ekdal genervt. »Sie wissen doch ganz genau, wer August Björk ist. Dass er auf seinem Hof Mais angebaut hat, glauben Sie doch wohl selber nicht.«

»Was soll das heißen?«

»Ich schätze nicht, dass Sie so dumm sind und ich Ihnen das erklären muss.«

»Doch, so dumm bin ich. Bitte sagen Sie uns also, was Sie damit meinen.«

»Denken Sie ernsthaft, er hätte sich aus der Politik zurückgezogen? Vielleicht aus der Politik, die im Reichstag sitzt und die wir im Fernsehen sehen. Aber er ist hierhergekommen, um etwas viel Größeres aufzubauen. Keine Partei im klassischen Sinne. Eher eine Bewegung.«

Niklas schluckte schwer. Aus dem Augenwinkel erkannte er, dass es Emma ähnlich ging. Beide ahnten, worauf Ekdal hinauswollte. Den meisten Schweden war klar, dass August Björk politisch stramm rechts außen stand. Mit seinen Reden im Fernsehen und auf Marktplätzen hatte er viele verängstigt, nicht wenige aber auch fasziniert. Es gab Menschen, die an seinen Lippen gehangen hatten, wenn er seine hetzerischen Reden vom Stapel ließ. Wie er die Gesellschaft wieder schwedischer machen wollte, Migranten nicht mehr ins Land lassen und konsequent abschieben wollte. Selbst diejenigen, die schon lange in Schweden lebten und sich längst bestens integriert hatten.

Er hatte einen Ton getroffen, der nicht nur in Schweden auf immer mehr Zustimmung stieß. In ganz Europa gelangten zunehmend rechtsextreme Parteien in die Parlamente und teilweise sogar in die Regierungen. Aber Björk war selbst bei den Schwedendemokraten als Hardliner umstritten gewesen, und nicht wenige hatten offen gegen ihn rebelliert. Die Gründe für seinen nicht ganz freiwilligen Rücktritt waren jedoch ganz andere gewesen. Niklas erinnerte sich an Veruntreuung von Geldern. Doch hatte es da nicht auch noch andere persönliche Fehltritte gegeben, über die Björk gestolpert war? Vorwürfe, dass er angeblich gegenüber Parteikolleginnen übergriffig gewesen sei, sie bedrängt und belästigt habe?

»Welches Ziel genau verfolgt Björk?«, fragte Emma, die sich als Erste wieder gesammelt hatte, während Niklas' Gedanken noch bei Björk und seiner Vergangenheit hängen geblieben waren. »Was will er mit dieser Bewegung bezwecken?«

»So richtig weiß ich das auch nicht«, antwortete Ekdal. »Deswegen war ich auch nur ein paarmal dort. Er klang zwar immer so, als plane er von hier den großen Umsturz, aber ehrlich gesagt hatte ich von Anfang an das Gefühl, das meiste ist nur heiße Luft.«

»Den ›Umsturz‹?«, hakte Niklas verwundert nach.

»So wie ich ihn verstanden habe, wollte er die Regierung stürzen. Wie er das anstellen wollte, weiß ich allerdings nicht. Damit wollte ich auch nie etwas zu tun haben.«

»Können Sie das etwas genauer erklären?«

»Ich habe nur Bruchstücke aufgeschnappt. August war der Meinung, den Reichstag besetzen zu können und sich anschließend zum Ministerpräsidenten ernennen zu lassen.«

»Wissen Sie denn, wie konkret diese Pläne waren? Gab es einen Zeitplan?«

»Wenn, dann war er mir nicht bekannt. Wie gesagt, ich bin da schnell wieder ausgestiegen.«

»Was genau war der Grund, weshalb Sie nichts damit zu tun haben wollten?«, ließ Emma nicht locker. Sie hatte wohl schon aufgrund von Ekdals Aussehen keinen Zweifel an seiner rechten Gesinnung, auch wenn er durch seine Wortwahl geschickt vermied, sich verdächtig zu machen.

»Denken Sie etwa, ich würde jemanden unterstützen, der gegen unsere Regierung putschen will?«

»Wann waren Sie das letzte Mal bei Björk?«, fragte Niklas jetzt.

»Das müsste an Midsommar gewesen sein, er hat dort ein kleines Fest gegeben.«

»Wer war alles eingeladen? Die Leute hier aus Kvistofta oder alte Parteifreunde?«

»Ich kannte dort kaum jemanden«, antwortete Ekdal. »An Leute aus dem Ort kann ich mich nicht erinnern.«

Er schien auf alles Antworten zu haben. Aber auf eine gewisse Art und Weise wirkten sie auch beliebig, ging es Niklas durch den Kopf. »War es denn ein Treffen von Gleichgesinnten, mit denen er seine Pläne umsetzen wollte?«, bohrte er weiter nach. »Das muss Ihnen doch aufgefallen sein.«

»Möglich, aber wie gesagt, ich kannte niemanden. Im Grunde war es ein ganz normales Fest, es wurde eben Midsommar gefeiert.«

»Und haben Sie Björk seitdem noch einmal gesehen?«

»Gute Frage, ich glaube nicht.«

Sie bekamen den Mann einfach nicht richtig zu fassen, ärgerte sich Niklas. Jede Frage wurde von ihm pariert.

»Vorhin erwähnten Sie, dass Sie einige Male bei ihm gewesen seien«, setzte Emma noch einmal an. »War Björk dann allein, oder haben Sie noch andere Personen auf dem Hof angetroffen?«

»Da waren immer ein paar Frauen und Männer im Hintergrund, aber ich habe sie nicht richtig zu Gesicht bekommen.«

»Im Hintergrund?«

»Genau, es kam mir fast so vor, als dürfte ich sie nicht sehen.«

»In Ordnung«, sagte Niklas. »Im Moment habe ich keine weiteren Fragen, aber wir würden –«

»Moment, ich würde gerne noch etwas anmerken«, unterbrach Emma ihn. »Laut Ihren Aussagen hat August Björk hier von Kvistofta aus einen Putsch gegen die schwedische Regierung geplant. Sie wussten das offenbar seit geraumer Zeit, ohne dass Sie sich mit dieser Information an die Polizei gewandt haben. Ist Ihnen eigentlich klar, dass Sie sich damit strafbar gemacht haben? ›Mitwisserschaft‹ nennt man das. In diesem Fall von Hochverrat. Das könnte übel für Sie ausgehen. Wir werden uns mit Sicherheit noch einmal wiedersehen.«

Niklas blickte Emma perplex von der Seite an. Er hatte nicht erwartet, dass sie Ekdal plötzlich so in die Enge drängen würde. Allerdings hatte sie vollkommen recht mit dem, was sie sagte.

Hatte der Mann ihnen einfach nur helfen wollen und sich keine Gedanken über seine Aussagen gemacht? Oder gab es andere Gründe, weshalb er ihnen von den Umsturzplänen von August Björk erzählt hatte?

Granit

Er beobachtete ihn schon eine ganze Weile. Es fiel ihm alles andere als leicht, diesen Mann so sehen zu müssen, aber es blieb ihm nun mal keine andere Wahl, als ihn hier festzuhalten. Er saß regungslos auf dem harten Holzstuhl, die Hände mit einem Tuch hinter dem Rücken verknotet. Mit einem weiteren schwarzen Tuch hatte er ihm die Augen verbunden, und noch eines bedeckte seinen Mund.

Vielleicht schlief er. Oder er dachte über die Situation und das, was geschehen war, nach. Mit Sicherheit ahnte er längst, dass *er* dahintersteckte.

Das Ganze war eine Kurzschlussreaktion gewesen, die er trotz aller Befürchtungen der letzten Monate nicht ansatzweise vorhergesehen hatte. Das gesamte Wochenende war er schon angespannt gewesen, weil er längst nicht mehr überzeugt davon war, dass der von ihm eingeschlagene Weg der richtige war. Trotzdem waren sie wie so oft in das kleine Ferienhaus in Falsterbo, der Halbinsel ganz im Südosten von Skåne, gefahren. Hier versuchten sie, sich bei langen Spaziergängen am Strand entlang der bunten Badehäuser oder auch zwischen Heideflächen im Inselinneren die Köpfe durchpusten zu lassen. Neue Energie zu sammeln und sich zu fokussieren. Seine Hoffnung war gewesen, auch ein paar Dinge zwischen ihnen aus dem Weg zu räumen. Aber dazu war es nicht mehr gekommen.

Er war im Haus geblieben und hatte ihm gesagt, er solle allein an den Strand gehen, weil er nachdenken müsse. Er hatte nur genickt und war gegangen. Vielleicht war auch er froh gewesen, eine Weile allein zu sein und seine Gedanken zu sortieren. Ob er bewusst sein Handy im Haus zurückgelassen oder es vergessen hatte, wusste er nicht. Aber als es plötzlich auf dem Küchentisch liegend aufblinkte und vibrierte, weil gleich mehrere Nachrichten eingegangen waren, hatte er seine Neugier nicht im Griff gehabt. Er kannte die PIN, um das Telefon zu entsperren, und nach kurzem Zögern hatte er schließlich die WhatsApp-Nachrichten abgerufen. Nicht das erste Mal, dass er ihn kontrolliert hatte.

Doch dieses Mal war alles anders gewesen. Drei Videos und eine kurze Textnachricht.

Schon an dem Vorschaubild erkannte er, worum es sich bei den Videos handelte. Nach dem ersten kurzen Schock war im nächsten Moment eine unbändige Wut in ihm aufgestiegen. Als er die Nachricht mit der Drohung gelesen und sich bewusst gemacht hatte, was sie in der Konsequenz bedeutete, hatte er komplett die Kontrolle über sich verloren und das Handy auf den Fliesenboden geschmettert, sodass es sich in Einzelteile zerlegte.

Anschließend war er raus an den Strand gerannt und hatte nach ihm gesucht. Eigentlich hatte er ihn zur Rede stellen wollen, aber dann hatte es diesen einen Augenblick gegeben, der alles veränderte. Ein Blitz in seinem Kopf. Eine kurze Schwärze, auf die grelles Licht folgte. Ihm war schwindelig geworden, für einen Moment hatte er geglaubt, er hätte einen Schlaganfall erlitten. Aber es war die Erkenntnis, dass die Zeit des Redens vorbei war, die ihn getroffen hatte.

Die Videos waren der Tropfen zu viel gewesen, der das Fass zum Überlaufen gebracht hatte. Schon seit längerer Zeit hatte er kein Vertrauen mehr in die gemeinsame Sache. Immer öfter zweifelte er daran, dass er es ernst meinte. Dass er noch den nötigen Willen und die Entschlossenheit besaß.

Er hatte es Dutzende Male auf andere Weise versucht. Ihn mit Argumenten dazu gedrängt, verdammt noch mal vorsichtiger zu sein. Und sein Vorgehen zu hinterfragen. In Betracht zu ziehen, dass es so, wie es für richtig hielt, nicht funktionieren würde. Und er seine Argumente vor allem zu ihrer beider Bestem auch nicht einfach beiseitewischen sollte. Aber er hatte bei ihm auf Granit gebissen. Er war fest entschlossen gewesen, genau so weiterzumachen wie bislang.

Irgendwann war es laut zwischen ihnen geworden. Es war zum Streit gekommen, der beinahe in einer Schlägerei geendet hätte. Aber im letzten Moment hatte er sich doch noch zusammengerissen. Es musste andere Wege geben, um die Sache nicht zu gefährden, hatte er sich geschworen. Statt weiter zu insistieren, sprach er das Thema nicht mehr an. Er hatte einfach selbst die Fäden in die Hand genommen und im Stillen die Pläne auf seine Weise vorangetrieben. Alles schien in die richtige Richtung zu laufen, und dennoch blieb das Misstrauen, ob er sich noch auf ihn verlassen konnte.

Ab dem Moment in dem Haus in Falsterbo war alles anders gewesen. Die Erkenntnis, die ihn auf dem Weg an den Strand getroffen hatte, war wie eine Offenbarung gewesen. Schlagartig war ihm bewusst geworden, dass er umdenken musste. Andernfalls würde nicht nur alles auffliegen, auch er selbst würde daran kaputtgehen, wenn das Video an die Öffentlichkeit geriete.

Vielleicht hatte diese Einsicht dafür gesorgt, dass die Entschlossenheit in ihm noch weiter gewachsen war. Sie war das fehlende Puzzleteil gewesen. Er hatte nun keinen Zweifel mehr daran, wer ihm schadete, wer seinen Ideen im Weg stand und wen er loswerden musste.

Ihn am Leben zu lassen, hatte er nie in Zweifel gezogen. Viel zu eng war das, was sie miteinander verband. Aber er gab sich nicht der Illusion hin zu denken, dass das, was er getan hatte, nicht auch zwischen ihnen alles verändern würde. Und wenn er ehrlich war, konnte er nicht einmal ausschließen, dass er ihn am Ende sogar auch aus dem Weg räumen musste. Denn natürlich waren die Probleme, in denen sie nun steckten, auch durch ihn entstanden. Er hatte nicht auf ihn gehört. War blindlings immer weiter in die falsche Richtung gerannt. Und hatte sich mit den falschen Menschen umgeben, wie sich jetzt endgültig herausgestellt hatte.

Am liebsten hätte er sich zu erkennen gegeben. Ihm erklärt, weshalb er so wütend auf ihn gewesen war, dass er ihm einen

Stein an den Kopf geworfen hatte und ihn jetzt hier festhielt. Warum er diese Dinge tun musste, die leider unvermeidlich geworden waren. Aber er konnte das nicht. Ihm in die Augen zu sehen und zuzugeben, dass er ihn bewusstlos geschlagen hatte, war unmöglich.

Nach dem Vorfall war alles ganz schnell gegangen. Er wusste, um wen er sich als Erstes kümmern musste, und er hatte nicht gezögert zu handeln. Das Mittel seiner Wahl war drastisch gewesen. Er hatte keine Alternative gesehen, als diesen Ort, der ihm von Anfang an ein Dorn im Auge gewesen war, zu vernichten. Und gleichzeitig musste er dafür sorgen, dass jede Person, die ihm schaden wollte, eliminiert wurde.

Der Anfang war also gemacht. Aber da draußen gab es vielleicht noch mehr Menschen, die ihm gefährlich werden konnten. Die zu viel wussten oder gesehen hatten. Er musste schnell sein, denn sie würden keine Skrupel haben, auch ihn mit diesen Videos bloßzustellen. Etwas, das er um jeden Preis verhindern musste. Denn sonst wäre alles vorbei. Alles, wofür er in den letzten Jahren gekämpft hatte.

Kalter Schauer

Auf der Fahrt zurück nach Malmö am frühen Abend hatten Niklas und Emma kaum ein Wort miteinander gewechselt. Das, was sie in Kvistofta über August Björk und seine angeblichen Pläne zum Umsturz der schwedischen Regierung erfahren hatten, war für sie beide schwer zu fassen, aber Emma wusste genau, dass da noch etwas anderes war, das sich wie ein Keil zwischen sie gebohrt hatte.

Genau genommen waren es sogar zwei Keile. Da war die Situation mit Pernille, die für sie beide belastend war. Während Emma aber einen Weg gefunden hatte zu akzeptieren, dass es einen Menschen gab, der ihnen in regelmäßigen Abständen das Leben zur Hölle machte, litt Niklas offensichtlich mehr darunter, als er zugeben wollte. Pernilles Eskapaden und die Bedrohungen hatten ihm zugesetzt. Er redete nicht darüber, aber Emma war sich sicher, dass er Angst vor Pernille hatte. Angst davor, dass sie eine gewisse Schwelle überschreiten und vielleicht sogar gewalttätig werden würde.

In den letzten Monaten war es besser geworden. Je mehr Zeit verging, in der Pernille nicht auftauchte, desto gelöster wirkte Niklas. So wie zu der Zeit, als sie sich nähergekommen waren. Doch spätestens seit heute Morgen war alles anders. Pernille hatte ihn augenblicklich in einen fast panikartigen Zustand versetzt. Obwohl ihre Drohungen vor allem gegen Emma gerichtet waren, war er es, den dieser Zwischenfall sichtlich aus der Fassung gebracht hatte. Vor allem nach Pernilles Bemerkung, sie kenne den wahren Grund dafür, dass sein Vater sterben musste.

Und noch bevor er diese Sache auch nur ansatzweise verdaut hatte, war auch noch ihre Begegnung mit Magnus dazugekommen. Vollkommen aus heiterem Himmel. Vielleicht hatte sie sich mehr anmerken lassen, als ihr lieb war. Dass dieser Mann etwas in ihr auslöste, das sie nicht einmal richtig beschreiben konnte. Hinzu kam, dass sie nicht wusste, worüber Magnus und Niklas gesprochen hatten, während sie mit dem Leiter der Kriminaltechnik im Gespräch gewesen war. Immerhin vermutete Niklas, dass Magnus auf sie stand, und ahnte nicht, dass es *ihr* Herz war, das schneller schlug, wenn sie dem Kollegen aus Helsingborg in die Augen sah.

Das durfte nicht sein. Sie musste dagegen angehen. Ihn so zum Kotzen finden, wie es der Verstand ihr sagte. Und vor allem auch verhindern, dass Niklas etwas davon merkte. Zum Glück war Magnus weit genug entfernt, als dass sie sich ständig über den Weg laufen würden, aber im Laufe dieser Ermittlungen ließen sich weitere Begegnungen wahrscheinlich nicht vermeiden.

»Ich überlege, heute Nacht bei mir zu Hause zu schlafen«, durchbrach Niklas plötzlich ihre Gedanken. Sie hatte nicht einmal mitbekommen, dass er gerade schon in die Straße im nördlich gelegenen Stadtteil Kirseberg abgebogen war, in der sie wohnte.

»Warum denn das?«, fragte sie überrascht. »Lass uns doch schnell was kochen und dann noch eine Serie gucken. Oder wir machen es uns anderweitig gemütlich.« Sie warf ihm ein Lächeln zu und wollte einen verführerischen Blick aufsetzen. Aber tatsächlich fühlte sie sich so, als müsse sie ein schlechtes Gewissen haben, was natürlich kompletter Schwachsinn war. Sie hatte nichts getan und nichts gutzumachen.

»Der Tag hat mich ziemlich geschlaucht«, antwortete Niklas mit müder Stimme. »Ich glaube, ich brauche mal ein paar Stunden für mich.«

»Hat es irgendetwas mit mir zu tun?«

»Nein, wieso denn das?«

»Ich dachte, vielleicht hast du …« Sie biss sich auf die Zunge. »Ach egal, dann ist es ja gut.«

»Was ist gut?«

»Willst du nicht doch hier schlafen? Wir können auch einfach nur reden, wenn du möchtest. Oder wir vergraben uns in den Fall. Wir müssen so viel wie möglich über Björk herausfinden. Und darüber, was auf diesem Hof vorgefallen ist.«

»Letzteres habe ich tatsächlich vor.« Jetzt lächelte auch Niklas.

»Aber nicht mit mir?«

»Lief da mal etwas zwischen dir und Strindberg?«, brach es plötzlich aus Niklas hervor. Seine Stimme bebte auf einmal.

»Wie bitte?«, entgegnete sie entgeistert.

»Glaubst du, ich hätte dein Verhalten nicht bemerkt, nachdem ihr beide miteinander gesprochen habt?«

»Ich verstehe nicht einmal, was du meinst.« Sie versuchte, so ahnungslos wie möglich zu klingen, hatte aber das Gefühl, dass jeder, der sie einigermaßen gut kannte, sie sofort durchschauen musste.

»Eigentlich wollte ich das Thema heute gar nicht mehr ansprechen«, sagte Niklas zögerlich. »Lass uns ein andermal darüber reden. Aber bitte versuche nicht, mich zu verarschen. Vielleicht merkt man mir das nicht immer an, aber ich habe feinere Antennen, als du denkst. Irgendetwas ist da zwischen dir und diesem Typ, und weil er so ein Widerling ist, bin ich umso enttäuschter.«

»Aber das stimmt doch gar –«

»Dann sag mir, weshalb er in höchsten Tönen von dir schwärmt und du so seltsam wortkarg bist, wenn es um ihn geht«, fuhr er dazwischen.

Emma merkte, wie sich ihr Mund öffnete, um eine weitere für ihn unbefriedigende Antwort zu geben. Im letzten Moment hielt sie inne. Und schwieg.

»Keine Antwort ist auch eine«, sagte Niklas nüchtern. »Vielleicht überlegst du dir noch einmal, ob du mir sagen willst, was wirklich zwischen dir und diesem Arschloch gelaufen ist. Ich denke, das ist das Mindeste, was ich verlangen kann.«

»Verdammt, was redest du da eigentlich?«, platzte es jetzt auch aus Emma heraus. »Du tust ja fast so, als wäre ich dir fremdgegangen. Ehrlich gesagt weiß ich überhaupt nicht, was das Ganze jetzt gerade soll.«

»Dann sag doch einfach, was los ist. Wo ist das Problem?«

»Gar nichts ist los. Ich habe Magnus vor vielen Jahren bei diesem Lehrgang kennengelernt und heute zum ersten Mal seitdem wiedergesehen.«

»Das klang bei ihm aber ganz anders«, entgegnete Niklas. »Da hörte es sich nämlich so an, als hättet ihr beide –«

»Das kann und will ich mir nicht länger anhören. Halt sofort an!« Emma schnallte sich ab und öffnete im nächsten Moment die Beifahrertür, obwohl der Wagen noch ausrollte. »Wir sehen uns morgen früh im Präsidium.«

Niklas wollte noch etwas erwidern, wobei ihm gar nichts Passendes einfiel, aber die Tür knallte auch schon wieder zu.

Er lehnte sich zurück und schloss die Augen. Was für ein Scheißtag, durchfuhr es ihn. Als wäre es nicht schlimm genug, was in Kvistofta vorgefallen war, hatte er jetzt auch noch vollkommen überreagiert und Emma etwas unterstellt, für das es im Grunde kaum einen Anhaltspunkt gab. Und selbst wenn es so wäre, dass die beiden vor Jahren eine Affäre gehabt hatten, ging ihn das in der Tat gar nichts an. Was sollte *sie* denn erst sagen, bei dem ganzen Theater mit Pernille?

Er atmete tief durch, dann gab er Gas, um nach Hause zu fahren.

Das Haus, das er von seinen Großeltern geerbt hatte, lag im ruhigen Marieholmsvägen nahe dem Pildammsparken. Jetzt gerade schien es hier aber alles andere als ruhig zu sein. Das Blaulicht von mindestens zwei Streifenwagen war ein untrügliches Zeichen. Und je näher er kam, desto unruhiger wurde Niklas. Bis er schließlich erkannte, dass tatsächlich vor seinem Haus etwas vor sich ging. Er parkte mitten auf der Straße, weil die Einsatzwagen seine Einfahrt versperrten, und sprang hektisch aus dem Wagen.

»Was ist denn los?«, rief er aufgeregt den Kollegen von der Streife entgegen, die in seinem Garten standen und den Eindruck vermittelten, sie suchten nach etwas. Aber bereits im nächsten Moment verstummte er, als er sah, weshalb die Kollegen hier waren. Die gesamte Front seines Hauses war mit großen rotfarbigen Graffiti-Schriftzügen besprüht worden. Auch an der Haustür und selbst auf den Fenstern prangten Buchstaben und Zeichen. Auch ohne dass er die Schmierereien entziffern konnte, wusste er sofort, was dahintersteckte.

»Ist sie noch hier?«, fragte er einen jungen Polizisten mit deutlich ruhigerer Stimme. Er war sich einigermaßen sicher, dass er Vincent hieß.

»Wer?«, fragte Vincent überrascht.

»Meine Ex, die dürfte hierfür verantwortlich sein.«

»Wir sind gerufen worden, weil Nachbarn eine Person beobachtet haben, die lautstark an die Tür deines Hauses geklopft und, nachdem niemand öffnete, eine Spraydose aus ihrer Jacke gezogen hat. Als wir hier ankamen, war diese Person allerdings schon geflüchtet.«

»Die Person? Es war natürlich Pernille. Ich kann euch ein Foto von ihr geben. Aber ihr wisst ja selbst, was hier vor sich geht. Ist leider nicht der erste Einsatz.«

An Vincents irritiertem Blick erkannte Niklas, dass der keine Ahnung hatte, wovon er sprach. »Egal«, schob Niklas nach. »Aber heißt das, niemand hat beobachtet, dass es eine Frau war?«

»Soweit ich weiß, wurde eine schwarz gekleidete Person mit einem Kapuzenpulli beobachtet. Bezüglich des Geschlechts wurde keine Aussage getroffen.«

»Ihr sucht Pernille …«, wiederholte Niklas. »Seht einfach zu, dass ihr sie so schnell wie möglich findet. Sie befindet sich in einem psychischen Ausnahmezustand.«

Er wandte sich ab und ließ seinen Blick über die Front seines Hauses schweifen. Augenblicklich lief ihm ein kalter Schauer kopfabwärts über den ganzen Körper. Was Pernille dort mit einer Spraydose hinterlassen hatte, war eine weitere Eskalationsstufe. Sie hatte weitergemacht, so wie sie es heute Morgen angekündigt hatte.

Ihre Drohung richtete sich eindeutig gegen Emma. Sie beleidigte sie als »Schlampe« und »Flittchen«. Als »dreckiges kleines Luder« und mit noch schlimmeren Begriffen, die er gar nicht an sich herankommen lassen wollte. Aber das Schlimmste stand in etwas kleineren Lettern an der Haustür geschrieben.

Dein Tod ist nur eine Frage der Zeit.

Einen kurzen Augenblick glaubte er, die Drohung ziele auf ihn, aber dann verstand er, dass in Wirklichkeit Emma damit gemeint war. Bis gerade eben noch hatte er diesen Wahnsinn in eine Schublade stecken können, die nur ihn betraf, aber jetzt wurde ihm mit voller Wucht bewusst, dass Pernille es auf Emma abgesehen hatte.

Und da war noch etwas, das er verstand: Pernille hatte endgültig den Verstand verloren und würde nicht davor zurückschrecken, Emma tatsächlich etwas anzutun.

Auslöser

»August Frans Björk, ledig und nach meinem Kenntnisstand kinderlos, wurde am 22. September 1977 in Oskarshamn geboren, wo er auch seinen Schulabschluss gemacht hat. Nach einem Auslandsaufenthalt in den Vereinigten Staaten hat er in Uppsala Politikwissenschaften studiert. Anschließend hat es ihn erneut in die USA verschlagen, wo er einen Job an einem Institut für International Politics in Boston angenommen hat. Ich versuche noch herauszufinden, was sein Forschungsschwerpunkt war.«

Tommy Wallner, der erfahrenste Ermittler aus dem Team der Mordkommission, machte eine kurze Pause, fuhr sich durch seine angegrauten, leicht gewellten Haare und nahm seine Brille ab, ehe er fortfuhr.

»2005 kam er allerdings zurück nach Schweden und engagierte sich relativ schnell bei den Moderaten. Jobmäßig lief es dagegen weniger gut, wenn man seinem Lebenslauf glaubt. In dieser Zeit hat er sich mehr oder weniger mit zeitlich befristeten Jobs über Wasser gehalten. Vielleicht wurde das eine oder andere Arbeitsverhältnis auch gekündigt, das kann ich aus den Unterlagen nicht herauslesen. 2008 trat er jedenfalls bei den Moderaten wieder aus, ehe er kurz darauf bei den Schwedendemokraten anheuerte und sich dort in kürzester Zeit bis in den Vorstand hocharbeitete. Der Erfolg bei der Wahl 2010 mit dem Einzug in den Reichstag spülte ihn dann ganz nach vorne. Von nun an war er das Gesicht der Partei. Er saß selbst im Reichstag und konnte dort seine Reden vortragen, die wir wohl alle kennen.«

Tommy blickte in die Runde und erkannte an den ernsten Gesichtern, dass die anderen sehr wohl wussten, wovon er sprach.

»Mit Björk an der Spitze begann der rasante Aufstieg der Partei«, fuhr er fort. »Bis dann 2020 für ihn alles zusammenbrach. Jemand hatte dem ›Expressen‹ gesteckt, dass er Gelder veruntreut hat. Und er soll Mitarbeiterinnen aus seinem eigenen Büro nicht angemessen behandelt haben. Im Sommer 2020 ist er dann schließlich vom Posten als Parteivorsitzender zurückgetreten, auch sein Mandat als Reichstagsabgeordneter hat er abgegeben. Im weiteren Verlauf des Jahres trat er bei den Schwedendemokraten aus, lieferte sich aber noch mit einigen Mitgliedern der Partei eine mediale Schlammschlacht. Irgendwann ist er dann komplett abgetaucht, bis er sich in diesem Kaff Kvistofta niedergelassen hat.«

Tommy Wallner hatte mit Mitte fünfzig alles erlebt, was einem Kriminalbeamten widerfahren konnte. Auf Knopfdruck konnte er abendfüllende Geschichten über Einsätze und Ermittlungen erzählen, und alle hingen an seinen Lippen. Vor ein paar Jahren hatte er allerdings den Wunsch geäußert, nicht mehr an vorderster Front zu ermitteln, sondern sich auf Recherchearbeiten zu konzentrieren.

Anfangs waren die anderen noch argwöhnisch gewesen, dass sich Tommy auf diese Weise aufs Altenteil verabschieden wollte. Aber nach ein paar Monaten gab es niemanden mehr, der seine Arbeit nicht extrem schätzte. Egal, in welchem Fall, er fand alles heraus, was sich auf legalem Wege herausfinden ließ. Und manchmal sogar noch ein wenig mehr über andere Kanäle, von denen Niklas lieber erst gar nichts wissen wollte.

Auch in dieser Angelegenheit war Tommy sofort hinter seinen Monitoren verschwunden und hatte seine besonderen Recherchefähigkeiten eingesetzt. Er hatte seit gestern Nachmittag so viel wie möglich über Björk zusammengetragen.

»Worum ging es eigentlich bei dieser Schlammschlacht?«, fragte Emma, die als Erste die Informationen verarbeitet hatte.

»Gegenseitige Vorwürfe. Björk beschuldigte die Partei, seinem Kurs nicht zu folgen. Die andere Seite behauptete wiederum, dass Björk die gesamte Partei innerlich zersetzt habe. Ob das ein Motiv sein könnte, würde ich aber bezweifeln, immerhin liegen diese Streitigkeiten schon ein paar Jahre zurück.«

Niklas lehnte sich zurück und versuchte seine Gedanken zu ordnen. Die Szenen des gestrigen Abends sorgten immer wieder dafür, dass er sich kaum konzentrieren konnte. Er hatte die Kollegen von der Streife gebeten, die schlimmsten Schmierereien vom Haus zu entfernen und dann den Einsatz zu beenden. Er wollte so wenig Aufhebens wie möglich um die Sache machen. Die Eskapaden von Pernille waren ihm ohnehin schon unangenehm genug.

Mittlerweile gab es bei der Polizei Malmö wohl kaum jemanden, der nicht davon wusste, dass seine Ex-Freundin eine ihn terrorisierende Psychotante war, wie er es schon ein paarmal auf den Fluren hatte rumoren hören.

Er hatte seinen Plan, in Ruhe in den Fall und die Person August Björk einzutauchen, kurzum über den Haufen geworfen und war wieder zurück zu Emma gefahren. Beide hatten sie versucht, ihr Gespräch von der Rückfahrt aus Kvistofta zu verdrängen, aber so richtig war es ihnen nicht gelungen. Viel hatten sie sich nicht mehr zu sagen gehabt, was vielleicht auch besser war. Niklas hätte wahrscheinlich nur noch mehr Öl ins Feuer gegossen, aus einer seltsamen Eifersucht heraus, die hoffentlich vollkommen unbegründet war.

»Warum ist Björk ausgerechnet nach Kvistofta gezogen?«, fragte jetzt Petter Larsson, der Leiter der Mordkommission, in gewohnt desinteressierter Tonlage.

Zu Beginn der Besprechung hatte er in knappen Sätzen berichtet, was bislang an Informationen vorlag, sodass alle auf demselben Stand waren. Zur Identität des Todesopfers gab es bislang noch keine Neuigkeiten. Die Fahndung nach August Björk lief längst auf Hochtouren, aber der Mann schien wie vom Erdboden verschluckt. Auf seinen Namen waren zwei Autos registriert. Ein Land Rover älteren Jahrgangs und ein SUV der Marke Volvo. Beide hatten allerdings auf dem Hof gestanden, sodass sie nicht nur keinen Anhaltspunkt besaßen, wo Björk sich befand, sondern auch, wie er unterwegs war.

Mit einem erwartungsvollen Blick in die Runde hatte Larsson nach diesen Informationen deutlich gemacht, die Gesprächsleitung schnell wieder abgeben zu wollen. Er war froh, als Tommy reagiert und übernommen hatte.

»Ich habe bei August Björk bislang weder eine politische noch eine persönliche Verbindung aus früheren Zeiten nach Skåne finden können«, antwortete Tommy, nachdem er kurz nachgedacht hatte. »Aber was auffällig ist: Tatsächlich hatten die Schwedendemokraten hier in Skåne immer die höchsten Zustimmungswerte.«

»Wir haben gestern am späten Nachmittag noch mit einigen Bewohnern von Kvistofta gesprochen«, mischte sich nun auch Niklas in die Diskussion ein. »Die meisten Gespräche haben nicht viel ergeben, aber unser letzter Versuch war dann doch noch einigermaßen aufschlussreich. Der Mann erwähnte, dass er ein paarmal bei Björk zu Besuch gewesen sei. Und an Midsommar gab es eine Art Feier auf dem Hof, zu der auch er eingeladen war. Allerdings behauptete er, keinen der anwesenden Gäste gekannt zu haben. Hast du irgendwelche Informationen darüber, wer dort gewesen sein könnte?«, fragte er Tommy.

»Fehlanzeige. Ich versuche aber, alle Verbindungen von Björk zu ehemaligen Parteifreunden der Schwedendemokraten oder auch anderen einschlägig bekannten rechten Größen im Land zu überprüfen.«

»Das ist gut, denn hier haben wir möglicherweise einen Ansatzpunkt«, sagte Niklas. »Mikael Ekdal, dieser Nachbar, mit dem wir gesprochen haben, hatte noch mehr zu berichten. Vorsichtig ausgedrückt, ziemlich unglaubliches Zeug. Er erwähnte, dass Björk angeblich den Plan hat, einen politischen Umsturz in Schweden herbeizuführen. Er will das Parlament besetzen und sich anschließend zum Ministerpräsidenten ausrufen. Keine Ahnung, ob der Mann uns nur einen Bären aufbinden wollte, aber er klang durchaus glaubhaft. Er gab allerdings zu bedenken, dass Björks Plan wenig durchdacht schien.«

»Würde mich nicht überraschen, wenn Björk tatsächlich von Umsturzphantasien schwadroniert hat«, sagte Tommy nachdenklich. »Meine Recherchen fielen mir diesmal vergleichsweise leicht, was es gleichzeitig aber auch schwer zu ertragen gemacht hat. Ich habe Björks politische Laufbahn seit Jahren ziemlich genau verfolgt, weil mir von Anfang an klar war, dass dieser Mann für unser Land und unsere Demokratie sehr gefährlich werden kann. In meinem Bericht vorhin habe ich die Zeit zwischen dem Moment, in dem er den Vorsitz bei den Schwedendemokraten übernommen hat, und seinem Fall übersprungen. Aber es war die Zeit, in der er sich selbst und die Partei immer weiter radikalisiert hat. Seine Sprache war das eine, ich denke, das haben wir alle mit Sorge betrachtet. Aber noch schlimmer waren die Methoden, mit denen er und seine Helfer in den sozialen Medien über Troll-Accounts, wie wir es sonst nur aus Russland kennen, Stimmung gegen Migranten und die anderen Parteien gemacht hat. Er hat niemals einen Hehl daraus gemacht, dass es sein Ziel ist, an die Macht zu kommen. Und dazu war ihm jedes Mittel recht.«

Er hielt kurz inne, um seine Worte wirken zu lassen. Nachdem er einen Schluck Wasser getrunken hatte, setzte er noch einmal an.

»Dass er schließlich über persönliche Dinge wie Veruntreuung und so etwas wie Belästigung gestolpert ist, zeigt, wie unangreifbar er sich irgendwann fühlte. Wie die meisten war auch ich ziemlich froh, als er in der Versenkung verschwunden ist, allerdings hatte ich immer die Befürchtung, dass er eines Tages zurückkommt. Und dann vielleicht noch extremer. Im Grunde ist er immer noch in einem Alter, die Idee von einem Schweden nach seinen Vorstellungen umsetzen zu können. Auf dem normalen politischen Weg wird ihm das nach allem, was er sich geleistet hat, allerdings kaum mehr möglich sein. Deshalb halte ich es durchaus für denkbar, dass er andere Möglichkeiten der Machtergreifung in Betracht zieht.«

»Das mit Björk ist ja alles schön und gut«, warf Reza Azadeh Zandi plötzlich ein. Eigentlich war er nicht bekannt dafür, seine Stimme zu erheben, aber in diesem Moment wirkte er ungewohnt energisch. »Aber sind wir nicht dazugerufen worden, weil eine Leiche gefunden wurde? Was hat es denn damit auf sich? Haben wir irgendeinen Hinweis darauf, um wen es sich bei dem Opfer handeln könnte?«

»Nein.« Jetzt war es Emma, die das Wort ergriff. »Ich habe alle Vermisstenfälle in Schweden gecheckt. Es kann natürlich sein, dass eine dieser acht vermissten Frauen die Tote aus Kvistofta ist, allerdings müsste das Opfer dann bereits seit knapp eineinhalb Jahren auf diesem Hof gelebt oder besser gesagt eingesperrt gewesen sein. So lange liegt die letzte Vermisstenmeldung nämlich zurück. Wann genau hat Björk das Anwesen erworben?«

»Das war …« Tommy hielt kurz inne und blätterte in seinen Unterlagen, die vor ihm auf dem Tisch lagen. »Anfang 2022, genauer gesagt am 15. Februar.«

»Dann wäre es also zumindest möglich, dass die vermisste Frau hier festgehalten wurde. Ich halte es allerdings für ziemlich unwahrscheinlich, dass sie die Tote ist.«

»Was, wenn das Opfer eine dieser Frauen ist, die ihm vorgeworfen haben, dass er sie schlecht behandelt hat?«, sagte Niklas. »Immerhin haben ihn die Anschuldigungen seine politische Karriere gekostet.«

»Ich habe nicht viel geschlafen, sondern mir alles durchgelesen, was ich über die Vorwürfe gegen Björk finden konnte«, sagte Emma. »Bei keiner der Frauen gibt es eine Übereinstimmung mit den Namen der in Schweden vermissten Personen. Aber natürlich könnte an deiner Theorie etwas dran sein. Wir müssen prüfen, ob diese Frauen wohlauf sind. Was mich aber bei allem, was wir bislang wissen, interessiert, ist die Frage, weshalb jemand einen Menschen in ein Kellerverlies einsperrt und dann ein Feuer legt. War das alles so geplant? Oder ist etwas vollkommen aus dem Ruder gelaufen?«

»Jemand?«, fragte Reza überrascht. »Zweifelst du daran, dass Björk die Person ist, die wir suchen?«

Plötzlich war es mucksmäuschenstill im Raum. Sekundenlange Stille, weil allen klar zu werden schien, dass Reza soeben die entscheidende Frage gestellt hatte. August Björk war der Schlüssel zur Aufklärung dieses Falls. Sie mussten ihn so schnell wie möglich finden. Aber war er auch derjenige, der seinen eigenen Hof in Brand gesetzt hatte? Hatte er die unbekannte Frau in einem Loch unter der Scheune eingesperrt? Und vor allem, weshalb?

»Gibt es denn irgendeinen Grund, anzunehmen, dass eine andere Person für diese widerliche Tat verantwortlich ist?« Petter Larsson gab sich keine Mühe zu verbergen, wie wenig er von einer Diskussion über einen Täter hielt, der nicht Björk hieß. »Die Sache scheint doch ziemlich eindeutig zu sein. Finden wir diesen Dreckskerl und sperren ihn ein für alle Mal hinter Gitter.«

»Ich finde deine Frage nicht ganz unberechtigt, Reza«, ignorierte Emma ihren Chef. »Wir wissen nicht, was vorgefallen ist. Wie lange diese Frau in dem Keller ausharren musste. In welcher Verbindung sie zu Björk stand. Und ob vielleicht noch weitere Menschen außer Björk auf dem Hof gelebt haben. Platz genug wäre auf jeden Fall gewesen. Und mich macht ehrlich gesagt stutzig, dass seine beiden Autos auf dem Hof stehen. Wenn er der Täter ist, wie ist er dann geflüchtet?«

»Vielleicht sollten Johansson und seine Leute einmal ganz genau nachsehen, ob sie nicht noch irgendwo eine Leiche finden.« Larsson lächelte schief und schüttelte den Kopf. »Volle Konzentration auf August Björk, alles andere ist für mich jetzt erst mal zweitrangig, solange wir nicht wissen, wer die Tote ist.«

Er stützte sich mit beiden Händen auf dem großen Besprechungstisch ab und erhob sich langsam. »Ich würde es am liebsten sehen, wenn die Sache eine Helsingborger Angelegenheit bleibt. Tauscht euch also mit den Kollegen dort aus. Strindberg ist manchmal etwas anstrengend. Wer ihn kennt, weiß, was ich meine. Ich kann mir aber gut vorstellen, dass die Kollegen eine Ahnung davon haben, was sich auf diesem Hof abgespielt und wer sich da sonst noch so herumgetrieben hat. Auf keinen Fall will ich, dass wir die Reichsmordkommission dazurufen müssen.«

Larsson stand auf und verließ für seine Verhältnisse beinahe dynamisch den Raum. Niklas hatte eigentlich noch dagegen protestieren wollen, dass sie sich eng mit Strindberg abstimmen sollten, richtete seine Worte dann aber an die anderen im Raum.

»Mit Strindberg werde ich nicht sprechen, so viel steht fest. Ein wirklich unangenehmer Typ. Reza, ich glaube, das wäre etwas für dich. Nimm ihn dir mal richtig zur Brust. Gestern hat er uns gar nicht weiterhelfen wollen, aber vielleicht bekommst du etwas aus ihm heraus.«

»Wenn er mehr über Björk weiß, bringe ich das in Erfahrung.« Reza verzog seinen Mund zu einem leichten Grinsen.

»Dann schlage ich vor, wir drei fahren gleich noch einmal Richtung Norden. Reza schmeißt Emma und mich in Kvistofta raus. Wir haben noch ein paar Gespräche im Ort, die wir führen müssen. Außerdem will ich mit Johansson reden. Er ist heute Morgen schon um sieben Uhr mit seinen Leuten aufgebrochen, um sich um das Haupthaus zu kümmern. Meine Hoffnung ist, dass wir dort noch etwas finden, das Rückschlüsse darauf zulässt, was vorgefallen ist. Tommy, du machst hier weiter?«

»Natürlich.« Tommy setzte seine Brille wieder auf und begann, in seinen Unterlagen zu blättern. »Eine Sache habe ich aber noch, die vielleicht nicht ganz unwichtig sein könnte.«

Niklas, der schon seine Kaffeetasse vom Tisch genommen hatte und aufgestanden war, blickte Tommy erwartungsvoll an.

»Ich habe bei meiner Recherche ein Interview vom ›Aftonbladet‹ mit August Björk gefunden. Es ist schon etwas älter und stammt aus der Zeit, als Björk gerade zum Vorsitzenden der Schwedendemokraten gewählt worden war. Es sollte ihn offenbar als Menschen und nicht nur als Politiker sichtbarer machen. Die meisten seiner Antworten waren ziemlich belanglos, alles klang weichgespült und wie zurechtgelegt, so ein richtiger Politiker-Slang. Schon verwunderlich, wenn man bedenkt, wie er später bei seinen Reden aufgetreten ist. Ich hätte den Artikel fast schon weggeklickt, bis ich über einen kurzen Abschnitt stolperte. Hier antwortet Björk auf die Frage des Journalisten, ob er einen bestimmten Auslöser nennen könne, weshalb er in die Politik gegangen sei, dass es eine sehr einschneidende Phase in seinem Leben gegeben habe. Moment, ich zitiere.«

Tommy fingerte einen Zettel aus seinem Stapel hervor und begann, eine gelb markierte Stelle vorzulesen.

»›Wissen Sie, ich war früher eine andere Person. Ich war gutgläubig und naiv. Das hätte mich um ein Haar mein Leben gekostet. Ich war schwer krank und bin dem Tod damals gerade so von der Schippe gesprungen. Daraus habe ich meine Lehren gezogen.‹
›Möchten Sie mehr davon erzählen?‹
›Nein, besser nicht.‹«

Nettigkeiten

Das Polizeipräsidium in Malmö war architektonisch alles andere als ein Highlight. Siebzigerjahre-Charme. Funktional, viel verbauter Beton, kaum Grünflächen. Manch einer fühlte sich beim Anblick des Gebäudes an einen Bunker erinnert.

Der einzige Vorteil bestand darin, dass es einigermaßen zentral in der Stadt lag, weshalb sich die meisten Kolleginnen und Kollegen im Großen und Ganzen dort trotzdem wohlfühlten. Oder sich damit arrangierten.

Während Reza den großen Kasten betrachtete, in dem sich das Helsingborger Pendant befand, fragte er sich, weshalb Polizeibeamte grundsätzlich in den hässlichsten Gebäuden einer Stadt untergebracht wurden. Gab es ein ungeschriebenes Gesetz, dass Ermittlungsarbeit und lichtdurchflutete, Kreativität fördernde Räumlichkeiten einen Widerspruch darstellten? Jedes Unternehmen heutzutage sorgte dafür, dass die Beschäftigten ein möglichst angenehmes Arbeitsklima vorfanden. Mit Lounges, Kaffeeflatrates, stylischen Konferenzräumen, Tischtennisplatten, Kicker-Tischen, Obstkörben und Fitnessgeräten. Und was hatten sie? Bestenfalls ein Raucherkabuff und schlechten Filterkaffee. An guten Tagen brachte Larsson Zimtschnecken für alle mit.

Nachdem er das Präsidium, das weiter außerhalb des Stadtzentrums als das in Malmö lag, betreten und sich am Empfang ausgewiesen hatte, fuhr Reza hoch in den vierten Stock. Er hatte sich vorher nicht angekündigt, auch weil Niklas ihm davon abgeraten hatte. Es sei besser, Strindberg zu überraschen. Vielleicht würde Reza ihm aus der Emotion heraus etwas über Björk entlocken können.

Sein eigener Ansatz war eigentlich ein anderer. Wenn dieser Strindberg etwas wusste, dann würde er es herausfinden. Vollkommen egal, ob der sich auf das Gespräch innerlich vorbereitet hatte. Von Taktiererei hielt Reza nicht viel. Er schätzte das offene Wort. Und je ehrlicher er zu seinem Gegenüber war, desto eher gab es auch ehrliche Antworten. Dass er dabei etwas resoluter auftrat als seine Kollegen, kam ihm dabei meistens zugute. Er hatte nie verstanden, warum in Schweden immer so viel Rücksicht auf Befindlichkeiten genommen wurde. Worte und Sätze wurden weichgespült und verdreht, bis sie keinen Sinn mehr ergaben, statt einfach Klartext zu sprechen.

Als sich die Fahrstuhltür öffnete, hatte er das Gefühl, er befände sich auf ihrem eigenen Flur in Malmö, ähnlich schlicht und kühl war hier alles gehalten.

Im nächsten Moment trat aus einem der Büros zu seiner Rechten ein groß gewachsener Mann, dessen muskulöser Körper sich unter dem hellblauen Kurzarmhemd deutlich abzeichnete. Reza hatte nicht gewusst, wie Magnus Strindberg aussah, war sich allerdings sofort sicher, dass er der Mann war, der mit langsamen Schritten und ernster Miene auf ihn zukam.

»Ein kurzer Anruf im Vorwege wäre nett gewesen«, sagte Strindberg ohne ein Wort der Begrüßung.

»Ist ein sehr spontaner Besuch.« Reza blieb gelassen – da bedurfte es schon eines anderen Tons, um ihn auf die Palme zu bringen. »Ich habe die Kollegen in Kvistofta rausgelassen, und wir waren der Meinung, dass es vielleicht helfen könnte, noch einmal hier mit euch zu sprechen.«

»Emma und ihren großmäuligen –«

»Ich gehe davon aus, du meinst Niklas?«, ging Reza direkt dazwischen. »Auch wenn deine Beschreibung alles andere als zutreffend ist.«

»Da hackt die eine Krähe der anderen kein Auge aus, schon verstanden«, winkte Strindberg ab. »Aber lassen wir das. Weshalb bist du hier?«

Reza musterte den Mann. Niklas und Emma hatten ihn vorgewarnt, dass er aus seiner Ablehnung ihnen gegenüber keinerlei Hehl machte. Aber mit dieser offensiven Wucht hatte auch er nicht gerechnet. Er würde dennoch möglichst ruhig bleiben.

»Reza Azadeh Zandi.« Er streckte Strindberg die Hand hin, aber der machte keine Anstalten, zuzugreifen. »Wollen wir uns vielleicht irgendwo in Ruhe unterhalten?«

»In meinem Büro ist kein Platz, und alle anderen Besprechungsräume sind belegt.«

»Und ich dachte immer, bei uns wäre es schon schwierig, ein ruhiges Plätzchen zu finden. Aber kein Problem, dann sprechen wir einfach hier auf dem Flur.«

»Es wird ja wohl nicht allzu lange dauern. Ich habe in zehn Minuten ohnehin einen anderen Termin.«

»Dann verschwenden wir besser keine Zeit mehr mit dem Austausch von Nettigkeiten, würde ich sagen.« Reza zog seine Hand zurück und malte Gänsefüßchen in die Luft, als er das Wort »Nettigkeiten« aussprach. Dann trat er einen weiteren Schritt vor und baute sich vor Strindberg auf. Aber dominant aufzutreten fiel ihm deutlich schwerer, als er es gewohnt war. Sein Gegenüber konnte es hinsichtlich Größe und Muskelmasse beinahe mit ihm aufnehmen. »Reden wir über August Björk. Es erscheint uns irgendwie schwer vorstellbar, dass ihr gar keine Berührungspunkte mit ihm hattet, seit er hier nach Skåne gezogen ist.«

»Berührungspunkte?« Strindberg stieß ein verächtliches Lachen aus. »Redet ihr in Malmö etwa so?«

»Wir reden so, wie es die Situation erfordert. Das kann sich aber auch ganz anders anhören.« Zum ersten Mal verschärfte auch Reza seinen Zungenschlag.

»Alles, was ich weiß, habe ich bereits Emma und Zetterberg gesagt. Ist nun mal nicht sonderlich viel, tut mir leid.«

»Als die beiden sich gestern ein wenig in Kvistofta umgehört haben, haben sie erfahren, dass Björk nach seinem Ausscheiden bei den Schwedendemokraten eigene Pläne geschmiedet hat. Und die haben es in sich.«

»Aha, und was soll das heißen?« Strindberg runzelte die

Stirn und trat einen Schritt nach hinten. Offenbar wirkte Rezas Präsenz jetzt.

»Er wollte offenbar die schwedische Regierung stürzen, um sich selbst zum Ministerpräsidenten zu krönen.«

»Warum nicht gleich zum König?« Das abschätzige Lachen von Strindberg hallte über den Flur.

»Wir können noch nicht einschätzen, ob an diesen Vorwürfen gegen ihn wirklich etwas dran ist, aber die Aussage, die –«

»Wer behauptet das denn?«, fiel Strindberg Reza ins Wort.

»Ein Bewohner Kvistoftas.«

»Nenn mir den Namen.«

Reza kramte in seinem Gedächtnis. Er hatte den Namen nur einmal während ihrer Besprechung heute Morgen gehört. »Ekdal heißt der Mann«, sagte er schließlich.

»Etwa Mikael Ekdal?«, fragte Strindberg ungläubig.

»Richtig.«

»Wegen Ekdal sind Kollegen von der Streife schon ein paarmal nach Kvistofta ausgerückt. Er ist so ein kleiner, unbedeutender Nazi. Wenn er zu viel getrunken hat, randaliert er gerne herum oder bepöbelt seine Nachbarn. Die Vergehen reichen leider nicht aus, um ihn mal für eine Weile wegzusperren.«

»Stellt sich die Frage, wie glaubhaft es ist, wenn er über August Björk sagt, der plane einen Putsch.«

»Solchen Typen würde ich grundsätzlich gar nichts glauben.«

»Björk war aber nie ein Thema, wenn es mal wieder einen Polizeieinsatz bei Ekdal gab?«

»Keine Ahnung, ich war nicht dabei.«

»Keine Ahnung?«, platzte es jetzt aus Reza hervor. »Willst du mir ernsthaft weismachen, ihr hättet euch niemals die Frage gestellt, ob es einen Zusammenhang zwischen einem auffälligen Rechtsextremen und dem ehemaligen Vorsitzenden der Schwedendemokraten gibt, die noch dazu in fußläufiger Entfernung zueinander leben?«

»Hier gibt es in jedem Dorf irgend so einen Spinner«, antwortete Strindberg sichtlich genervt von der Unterhaltung.

»Es gab auf dem Anwesen von Björk immer wieder größere Treffen«, fuhr Reza fort. »Vielleicht auch konspirativer Natur. Zusammenkünfte der Rechtsextremen in Schweden. Irgendetwas in dieser Richtung.« Die Worte sprudelten nur so aus ihm heraus. Viel mehr, als er eigentlich wusste. Er musste sich zügeln.

»Und dafür habt ihr Beweise?«, fragte Strindberg so, als wisse er genau, dass Reza übertrieben hatte.

»Bislang sind es nur Zeugenaussagen, aber wir haben die Beweise dafür schneller vorliegen, als du gucken kannst.« Reza spürte, dass allmählich seine Hutschnur platzte. Tatsächlich schneller, als er gedacht hatte. »Besser wäre es allerdings, wenn sie längst vorliegen würden, weil ihr eure Arbeit gemacht habt«, schob er hinterher.

»Du redest genauso daher wie Zetterberg«, schnaubte Strindberg. »Ihr seid doch alle gleich.« Er winkte ab und drehte sich um, als wolle er das Gespräch sofort beenden.

»Moment! Ich verstehe, dass ihr keine Lust auf uns habt, weil ihr lieber selbst in dieser Angelegenheit ermitteln würdet. Fakt ist jedoch nun mal, dass wir für Mordermittlungen in Skåne verantwortlich sind. Wenn wir es aber womöglich mit einer politisch motivierten Tat zu tun haben, dann steht hier morgen die Reichsmordkommission auf der Matte.«

»Vielleicht würden die wenigstens die richtigen Fragen stellen«, sagte Strindberg und biss sich sofort auf die Lippen.

Reza runzelte die Stirn. Zum ersten Mal schien Strindberg etwas herausgerutscht zu sein. »Und dann bekämen wir Antworten, die uns weiterhelfen?«

Strindberg zuckte die Schultern. An seinem Gesichtsausdruck war deutlich zu erkennen, dass er seinen Kommentar bereute.

»Wir können das hier einfach abkürzen«, sagte Reza und ging erneut einen Schritt auf Strindberg zu, sodass nur noch wenige Nasenlängen sie voneinander trennten. »Sag mir einfach, was du weißt, dann verschwinde ich, und niemand wird erfahren, dass ihr die Ermittlungen behindert.«

»Lächerlich«, erwiderte Strindberg. »Glaubst du etwa, ich lasse mich von jemandem wie dir –«

»Was weißt du über Björk?«, schnitt Reza ihm das Wort ab. Er hatte es eigentlich nicht so weit kommen lassen wollen, aber nur auf die freundliche Tour funktionierte es bei diesem Typen nicht. Sanft, aber deutlich schob er seinen Oberkörper noch ein Stück weit vor, bis er und Strindberg sich berührten.

Für einige Sekunden verharrten beide und sahen sich tief in die Augen. Dann kam Strindbergs Lächeln zurück. Dieses Mal als hinterlistiges Grinsen, während er ganz leicht, aber ohne Unterlass den Kopf schüttelte.

Was stimmte mit diesem Mann bloß nicht? Einem Kriminalbeamten, der dazu verpflichtet war, alles für seinen Job zu tun. Der doch das Feuer in sich tragen musste, für Gerechtigkeit zu kämpfen. Für die Sicherheit der Menschen zu sorgen und Verbrecher hinter Gitter zu bringen. Einfach auf der richtigen Seite zu stehen.

Die Gedanken in Rezas Kopf überschlugen sich auf einmal. Die plötzliche Erkenntnis, was womöglich hinter Strindbergs Verhalten steckte, ließ ihn erstarren und einen Schritt zurückweichen. Eigentlich hatte die Erklärung wie ein offenes Buch vor ihnen gelegen, doch es schien so unvorstellbar, dass niemand die Wahrheit gesehen hatte.

In diesem Moment hatte er allerdings keinen Zweifel mehr: Magnus Strindberg sympathisierte mit August Björk. Mindestens. Und vielleicht war er sogar in die Pläne, von denen Mikael Ekdal berichtet hatte, eingeweiht.

Staatsfeind Nummer eins

Über der Ruine des Hofes lag eine gespenstische Stille. Nachdem Reza sie abgesetzt hatte, waren Emma und Niklas einmal um das gesamte Areal und die abgebrannten Gebäude herumgelaufen, in der Hoffnung, vielleicht irgendeinen Hinweis zu finden, der ihnen weiterhalf. Aber es war wie gestern. Sie fühlten sich hier in gewisser Weise wie Fremdkörper. Wie Störenfriede, die herumschnüffelten, ohne dass es jemanden gab, der ihnen half.

Johansson und zwei seiner Techniker arbeiteten lautlos und konzentriert in den Trümmern des Haupthauses, wie Niklas beobachtet hatte. Hätten sie nicht gewusst, dass die Spurensicherung überhaupt vor Ort war, hätten sie sich hier richtig einsam gefühlt.

Sven Johansson war ein Kriminaltechniker der alten Schule. Eher wortkarg und erst dann bereit, etwas preiszugeben, wenn er sich der Ergebnisse seiner Analysen sicher war. Auch sonst war er eher unscheinbar und drängte sich mit seinen Erkenntnissen niemals in den Vordergrund. Eigentlich eine Eigenschaft, die Niklas gefiel, aber manchmal wünschte er sich schneller deutlichere Aussagen, auf die sie ihre Ermittlungen stützen konnten.

Johansson war erst vor drei Jahren zu ihnen gestoßen, nachdem er vorher jahrelang für die Kriminalpolizei in Göteborg gearbeitet hatte. Bislang hatte Niklas noch nicht allzu viel mit ihm zu tun gehabt, aber von den anderen im Team hatte er nur Positives über ihn gehört.

»Gut, dass ihr hier seid.« Offenbar hatte Johansson sie bemerkt. Der Mann mit dem drahtigen Körper und der kühlen Ausstrahlung trat durch die große Öffnung in der zur Hälfte eingestürzten Frontseite des Haupthauses. Hier musste sich vor drei Tagen noch ein großes Dielentor befunden haben.

»Meine gestrige Hoffnung, dass wir hier noch etwas Brauchbares finden, war nicht ganz unbegründet«, sagte er, nachdem er die Kapuze seines weißlich-transparenten Schutzanzuges heruntergezogen hatte. »Wenn derjenige, der diesen Brand gelegt hat, möglichst alles vernichten wollte, das beweisen könnte, was hier vorgefallen ist, dann hat er seinen Job nicht gründlich genug erledigt.«

Niklas hatte Probleme, Johanssons Worten zu folgen. »Ihr habt also etwas gefunden, verstehe ich das richtig?«

»Du bringst es auf den Punkt. Mit jeder Leiche, egal in welchem Zustand, komme ich gut zurecht. Manchmal faszinieren mich sogar Tatorte auf eine besondere Art und Weise. Aber das hier ist echt ziemlich kranker Mist, der es mir kalt den Rücken runterlaufen lässt. Am besten, ihr kommt mit und schaut es euch selbst an.«

Niklas und Emma tauschten einen verunsicherten Blick. Wollten sie sich das überhaupt ansehen? Hatten Johansson und seine Leute etwa eine weitere Leiche gefunden? Womöglich August Björk?

»Nicht so zögerlich, es ist verdammt wichtig für eure Ermittlungen.« Johansson verschwand wieder in der Ruine, nicht ohne einen prüfenden Blick auf die Reste der Backsteinmauer über ihm zu werfen.

»Also schön«, sagte Emma. »So schlimm wird es schon nicht sein.«

Sie folgten dem Leiter der Kriminaltechnik in die Überreste des Hauses. Noch immer lag beißender Geruch von verbrannten Materialien in der Luft. Unter ihren Füßen knirschten Asche und Schutt. Die große Diele, die sich vor ihnen abzeichnete, war kaum mehr als solche zu erkennen. Das eingestürzte Dach hatte das meiste der Einrichtung unter sich begraben.

Mühsam bewegten sie sich über die Trümmer bis ans andere Ende des bestimmt zehn Meter langen Raums. Von oben brannte die Sonne bereits wieder mit einer solchen Kraft, dass Niklas glaubte, auf seiner Glatze ein Spiegelei braten zu können.

Johansson bewegte sich wie eine Katze durch die Trümmer, ehe er hinter einer schweren Eisentür in den Resten eines angrenzenden Raums verschwand.

»Warte mal!«, rief Niklas hinter Emma her, die es Johansson gleichtat. »Ich stecke hier fest.« Doch sie hörte ihn nicht.

Sein linker Fuß hatte sich zwischen zwei verkohlten Brettern verkeilt. Er versuchte, sich zu befreien, was erst nach einigen Sekunden gelang. Allerdings mit der Folge, dass seine Hose unterhalb des Knies aufriss und er sofort spürte, dass sich ein Nagel in seine Haut gebohrt hatte. Mit schmerzverzerrter Miene ging er weiter, auch wenn er am liebsten laut geflucht hätte.

Der zweite Raum war deutlich kleiner. Hier war das Ausmaß der Zerstörung erheblich geringer, auch weil das Dach nicht vollständig eingestürzt war. In der Mitte stand ein großer Holztisch, den das Feuer einigermaßen verschont hatte. Thelin und Rosengren, die beiden Kriminaltechniker aus Johanssons Team, standen vor einer Art altem Sekretär, der ebenfalls noch größtenteils unversehrt geblieben und nur von einer dicken Ascheschicht bedeckt war.

»Dieser Bereich hier stellt eine Besonderheit dar.« Johansson stellte sich ans Kopfende des Tisches und verschränkte die Arme vor seinem Körper. Es sah aus, als könne er mit seinen langen Armen einmal komplett um seinen hageren Körper herumgreifen.

»Es scheint fast, als hätte das Feuer einen Bogen um diesen Raum gemacht. Der Hauptgrund dafür dürfte in der schweren Eisentür liegen, die wie ein Schutzschild gewirkt hat. Alles andere hier auf diesem Hof bestand aus Reet und Holz und leicht brennbaren Materialien.«

»War die Tür denn verschlossen, als ihr hier reingegangen seid?«, fragte Emma.

»Ja, das war sie. Wir haben sie aufbrechen müssen.«

»Was bedeuten könnte, dass dieser Raum ganz bewusst verschlossen wurde?«

»Möglich«, antwortete Johansson. »Vielleicht war es aber auch ein dauerhafter Zustand.«

Johansson wollte offenbar andeuten, dass dieser Raum grundsätzlich nicht ständig begehbar gewesen war. Wenn, dann nur für bestimmte Zwecke.

»Ich kann nicht mit absoluter Bestimmtheit sagen, was sich hier im Detail zugetragen hat, aber ich bin mir relativ sicher, dass an diesem Tisch Themen besprochen wurden, die eure Ermittlungen ganz entscheidend beeinflussen. Björk hat sich hier mit Mitstreitern getroffen, um gemeinsam Pläne zu schmieden und die politische Macht in Schweden auf kriminelle Weise zu übernehmen, gegebenenfalls auch Gewalt anzuwenden.«

»Und was macht dich da so sicher?«, fragte Emma. Es passte alles zu den Aussagen von Mikael Ekdal, aber sie wollte es wohl von Johansson hören.

»Das hier.« Er trat an den Sekretär und griff nach einem ledergebundenen Heft, das auf dem Schreibtisch lag. »Ein Notizbuch, wir haben es hier in der untersten Schublade gefunden. Ich habe längst noch nicht alles gelesen, aber hierin wird ein möglicher Putschversuch skizziert. Das Erschreckendste für mich ist aber die Tatsache, dass die Pläne sehr konkret sind und der Umsturz noch in diesem Jahr erfolgen soll.«

»Dann stimmt es also, was Ekdal erzählt hat«, sagte Niklas nachdenklich. »Geht aus den Aufzeichnungen hervor, dass sie von Björk stammen?«

»Soweit ich das beurteilen kann, nicht direkt. Aber ich würde schätzen, dass es sich um eine männliche Handschrift handelt.«

»Fallen denn weitere Namen?«, hakte Emma nach. »Vielleicht von Personen, die in diese ganze Sache involviert waren. Die hier mit am Tisch gesessen haben.«

»Wie gesagt, ich habe das Buch bislang nur überflogen. Aber wenn ich es richtig gesehen habe, werden nur Initialen erwähnt. Lest euch einfach alles selbst in Ruhe durch. Wir müssen das Buch noch auf Fingerabdrücke und Spuren untersuchen, aber wir haben alle Seiten bereits abfotografiert. Können wir euch gleich schicken.«

»Danke.« Niklas nickte Johansson und den beiden anderen zu. »Was ist eigentlich mit Computern, Handys oder sonstigen Geräten? Habt ihr hier nichts dergleichen gefunden?«

»Nein, Fehlanzeige.«

»Schade.«

»Stattdessen haben wir aber noch etwas anderes entdeckt.« Johanssons ohnehin schon ernster Gesichtsausdruck verfinsterte sich plötzlich noch mehr. Er ging um den Tisch herum und gab ihnen ein Zeichen, ihm erneut zu folgen. In der völlig zerstörten Diele trat er nach links auf eine weitere Eisentür zu.

»Dahinter liegt noch ein Raum. Wir haben die Tür noch nicht öffnen können, weil sie extrem massiv ist. In etwa wie von einem Tresor. Wahrscheinlich brauchen wir dafür schweres Gerät. Allerdings hatten wir heute Morgen noch mal eine Drohne im Einsatz, die uns von oben Bilder geliefert hat.« Johansson hielt inne und blickte Niklas und Emma abwechselnd mit ernster Miene an.

»Das Dach in dem Raum ist ebenfalls nur zum Teil eingestürzt«, fuhr er fort. »Aber das, was wir sehen konnten, lässt keinerlei Zweifel zu. Wir haben es mit einer nicht gerade kleinen Waffenkammer zu tun. Hier lagern Dutzende Lang- und Kurzfeuerwaffen, Handgranaten und sogar Panzerfäuste. Und wir haben auf dem Drohnenvideo nur einen kleinen Ausschnitt sehen können.«

Niklas stöhnte innerlich auf. Es war also noch viel schlimmer, als er befürchtet hatte. August Björk hatte von hier tatsächlich einen gewaltsamen Putsch geplant, ohne dass jemand Wind von der Sache bekommen hatte. Es gab keinen Zweifel: Er war Schwedens Staatsfeind Nummer eins. Die Person, die die Regierung stürzen und das Land in eine dunkle Zukunft führen wollte.

Koffer mit Geld

Eigentlich hatten sie sofort zurück ins Präsidium fahren wollen, um jedes einzelne Foto aus dem Notizbuch zu besprechen und Hinweise zu finden, die ihnen weiterhalfen. Sie mussten in Erfahrung bringen, wie weit die Pläne tatsächlich fortgeschritten waren und was genau August Björk geplant hatte. Außerdem brauchten sie Namen von möglichen Mitwissern. Den Personen, die sich an dem Putsch beteiligen wollten. Und vor allem ging es darum herauszufinden, wo sich Björk befand.

Als Niklas und Emma den Hof in Kvistofta verlassen hatten, war dieser Plan gesetzt gewesen. Doch dann hatten sie nur hundert Meter entfernt einen älteren Mann auf der Straße angetroffen, der mit seinem braunen Labrador unterwegs war. Mit einem kurzen Nicken hatte Emma zugestimmt, dieses eine Gespräch noch zu führen, ehe Reza sie abholen würde, um zurück nach Malmö zu fahren.

»Kripo Malmö«, sagte Niklas, nachdem er ausgestiegen und auf den Mann zugegangen war. »Dürfen wir Sie kurz stören?«

»Tun Sie ja bereits. Wenn es etwas mit dem Brand und August Björk zu tun hat, dann lieber nicht.« Der Mann mit den angegrauten Haaren und der leicht gebückten Körperhaltung schien sofort auf der Hut zu sein.

»Tatsächlich geht es genau darum«, antwortete Niklas. »Wir versuchen, uns ein Bild von der Lage zu verschaffen, aber es sind noch jede Menge Fragen offen. Kennen Sie Björk persönlich?«

»Habe ich mich nicht klar genug ausgedrückt?«, erwiderte der Mann unfreundlich. Er wirkte gebrechlich, aber seine Stimme klang unmissverständlich. Sein Hund war dagegen weniger kontaktscheu und rannte an der Leine auf Niklas und Emma zu. Sein Bellen fing Emma sofort mit beruhigenden Worten und ein paar Streicheleinheiten ein.

»Würden Sie uns denn verraten, warum Sie nichts zu der

Sache sagen wollen?«, hakte sie ein. »Wir möchten gerne diesen Brand, der möglicherweise vorsätzlich gelegt wurde, aufklären, und dabei kann uns jede noch so kleine Information helfen.

»Verstehen Sie das wirklich nicht?«, entgegnete der Mann barsch. »Sind Sie so naiv, oder denken Sie wirklich …?« Er brach ab und zog stattdessen unmotiviert an der Hundeleine.

Niklas dachte noch darüber nach, was der Mann meinte, während Emma bereits verstanden hatte, worauf er hinauswollte.

»Sie fühlen sich also bedroht und sagen nicht, was Sie wissen? Ist es das?«

Der Mann antwortete nicht und versuchte stattdessen, seinen Hund unter Kontrolle zu bringen, der die Stimmung seines Herrchens auffing und auf einmal aufgebracht bellte.

»Wir verstehen, dass Sie möglicherweise eingeschüchtert sind«, sagte Emma beruhigend, »aber bedenken Sie bitte, dass Ihre Aussage für uns von großer Bedeutung sein kann. Wenn Sie also etwas zu sagen haben, dann …«

»Einen Scheißdreck verstehen Sie«, schnaubte der Mann. »Ich will nichts mit dieser ganzen Sache zu tun haben. Björk ist ein Teufel. Was er vorhat, wird dieses Land ins Chaos stürzen.«

»Wir haben eine Vorstellung, worauf Sie hinauswollen.«

»Ach ja?«

»Wir wissen, dass er vorhat, an die Macht im Land zu kommen und Ministerpräsident zu werden«, erklärte Niklas ruhig. »Allerdings nicht, indem er sich legitim wählen lassen will, sondern durch einen Putsch. Möglicherweise sogar mit Waffengewalt.«

Emma warf Niklas einen kritischen Blick zu. Für ihren Geschmack hatte er gerade zu viele Informationen preisgegeben.

»Dann wissen Sie ja sogar noch mehr als ich«, erwiderte der Mann kopfschüttelnd. »Was wollen Sie dann noch von mir?«

»Vor allem suchen wir fieberhaft nach Björk. Haben Sie eine Ahnung, wo er sich aufhalten könnte?«

»Nein, es interessiert mich auch nicht. Erst recht nicht, nachdem der Hof abgebrannt ist.«

»Noch einmal die Frage: Kennen Sie Björk näher?«, ließ Niklas nicht locker. »Waren Sie mal bei ihm auf dem Hof?«

»Verdammt, dieser Hof hat mir einmal gehört. Ich habe ihn an Björk verkauft.«

»Wie bitte?«, fragte Niklas völlig überrascht.

»Das hätten Sie doch gleich sagen können«, platzte auch Emma heraus. »Dann erzählen Sie uns doch bitte, wie es dazu gekommen ist.«

»Ich muss jetzt mit Helle ihre Runde gehen. Sie sehen doch selbst, wie unruhig sie ist.«

»Kein Problem, wir kommen einfach mit. Und dann erzählen Sie uns in Ruhe alles, was Sie über Björk wissen. Zuallererst verraten Sie uns aber Ihren Namen.«

Der Mann hieß Joakim Ingesson und machte körperlich einen älteren Eindruck, als es seine einundsiebzig Jahre vermuten ließen.

Vor drei Jahren hatte er sich entschlossen, den Hof zu verkaufen, auf dem er schon seit einer ganzen Weile nicht mehr gelebt hatte. Nachdem seine erste Frau früh verstorben war, waren deren Schwester, die ebenfalls in Kvistofta lebte, und er sich nähergekommen. Irgendwann waren die beiden ein Paar geworden, und Ingesson war in ihr kleines Eigenheim eingezogen. Das wäre ganz im Sinne seiner Frau gewesen, beteuerte er, als müsse er sich rechtfertigen. Niklas und Emma hatten sich die Geschichte geduldig angehört. Sie wussten, dass sie Ingesson jetzt nicht mehr drängen sollten. Er würde ihnen alles erzählen, in seinem Tempo.

»Ich hatte den Hof einfach auf so einem Immobilienportal annonciert, ein Bekannter hat mir dabei geholfen. Die Gebäude waren in keinem guten Zustand mehr, also waren meine Erwartungen nicht sonderlich hoch. Und tatsächlich tat sich eine ganze Weile nichts. Aber dann, nach etwa zwei Monaten, gab es diesen Anruf, ich erinnere mich noch ganz genau daran.«

Ingesson machte eine kurze Pause, in der er stehen blieb und Helle ein paar Leckerlis gab, die er aus seiner Hosentasche hervorkramte.

»Eine Frau, die ihren Namen nicht nennen wollte, bat um einen Besichtigungstermin«, fuhr er fort. »Sie stellte überhaupt keine weiteren Fragen und klang so selbstverständlich und von sich überzeugt, als sei *sie* die Verkäuferin. Bereits am nächsten Tag kam sie vorgefahren, in so einem teuren Mercedes Cabrio. Sie stellte sich als Sara vor, aber ihr Name spiele keine große Rolle, weil sie ohnehin nur so etwas wie eine Vermittlerin sei. Ich muss wirklich sagen, dass mir das alles ziemlich merkwürdig vorkam. Am liebsten hätte ich ihr sofort abgesagt, aber dann ...« Er hielt erneut inne.

»Was dann?«, drängte Emma jetzt.

»Sie nannte mir einen Preis, der weit über dem lag, den ich mir vorgestellt hatte. Die Frau ist einmal über den Hof gegangen, hat sich im Haus noch etwas länger umgesehen, und dann hat sie diese Zahl genannt. Ich dachte, ich höre nicht richtig. Aber sie meinte es wirklich ernst. Ich bat um einen Tag Bedenkzeit, doch sie sagte, sie würde in vierundzwanzig Stunden wiederkommen und gleich einen Notar mitbringen. Das tat sie dann auch, und das Geld hatte sie direkt in einem Koffer in Tausend-Kronen-Scheinen dabei. Wie in so einem Mafia-Film, aber für mich schien die ganze Sache gut auszugehen. Bis ich den tatsächlichen Namen des Käufers im Vertrag las.«

»August Björk«, sagte Niklas leise.

»Richtig.«

»Sie wussten sofort, um wen es sich handelt?«

»Natürlich, wer kennt diesen Mann und seine widerlichen Ansichten denn nicht! Ich bin seit meinem zwanzigsten Lebensjahr Mitglied bei den Sozialdemokraten und immer politisch aktiv gewesen. Typen wie Björk sind brandgefährlich und können ganz leicht zum Sargnagel für unsere Demokratie werden. Beispiele dafür hat es in der Vergangenheit immer wieder gegeben. Und sehen Sie sich bloß an, was aktuell auf dieser Welt los ist.«

»In dem Moment, als Ihnen klar wurde, dass Björk der Käufer ist, wollten Sie nicht mehr unterschreiben?«, ignorierte Niklas Ingessons Ausführungen.

»Eigentlich nicht, aber es war, als hätte ich überhaupt keine Chance mehr, mich dagegen zu wehren. Diese Frau und der Notar haben mich komplett überrumpelt.«

»Oder lag es doch eher am Geld?«, fragte Niklas provokant.

»Glauben Sie mir, ich habe es längst bereut, an ihn verkauft zu haben. Das Geld erleichtert mir sicherlich meinen Lebensabend, aber es fühlt sich verdammt dreckig an.«

Niklas verzichtete auf jeden weiteren Kommentar, doch es fiel ihm schwer, Verständnis für die Jammerei des Mannes aufzubringen. Auch Emma machte nicht den Anschein, auf Ingessons fragwürdige Beweggründe, den Hof trotzdem an Björk zu verkaufen, eingehen zu wollen.

»Meine Frau und ich werden aus Kvistofta weggehen.« Ingesson blieb vor einem Doppelhaus stehen, dem einzigen im Ort, das Niklas bislang aufgefallen war. »Meine Frau verkauft diese Haushälfte hier, und gemeinsam mit dem Geld, das ich mitbringe, werden wir uns etwas Neues kaufen. Viel weiter im Norden, wahrscheinlich irgendwo am Vänern.«

»Haben Sie Björk persönlich kennengelernt, nachdem der Kauf abgeschlossen war?«, brachte Emma das Gespräch zurück auf das eigentliche Thema.

»Von hier bis zu meinem früheren Hof sind es fußläufig keine fünf Minuten. Ich komme jeden Tag an der Einfahrt vorbei, wenn ich mit Helle meine Runde mache. Aber tatsächlich war ich nur ein einziges Mal wieder auf dem Grundstück, das war etwa vier Monate nach dem Verkauf. Ich war ziemlich überrascht darüber, wie viel in der kurzen Zeit bereits saniert und teilweise umgebaut worden war. Es waren jede Menge Handwerker zugange, überall wurde gehämmert und gebohrt. Da wurde richtig Geld in die Hand genommen, um die Gebäude auf Vordermann zu bringen. Das hat mich trotz allem natürlich auch ein wenig gefreut.« Er zuckte halbherzig mit den Schultern und streichelte Helle, die offenbar zurück ins Haus wollte.

»Um auf Ihre Frage zurückzukommen: Eigentlich hatte ich gar nicht vorgehabt, Björk zu treffen und mit ihm zu sprechen. Ich war lediglich etwas neugierig, was er mit meinem Hof vorhatte. Aber dann kam es doch zu meiner einzigen Begegnung mit ihm, die unangenehmer nicht hätte sein können. Als er mich sah, stürmte er aus dem Haus und kam drohend auf mich zu. Ich bin mir sogar sicher, dass er eine Pistole in der rechten Hand hielt, die er aber schnell wieder in seiner Jacke verschwinden ließ. Es folgte eine Salve aus Beleidigungen und Drohungen, was ich dort zu suchen hätte und weshalb ich privates Eigentum nicht respektieren würde. Ich habe ihn einfach reden lassen, und mit jeder Sekunde wurde deutlicher, wie gefährlich dieser Mann ist. Erst als er dann handgreiflich werden wollte, habe ich ihm gesagt, wer ich bin.«

»Und wie hat er reagiert?«, fragte Niklas.

»Im Prinzip gar nicht, es schien ihm komplett egal zu sein. Er hat sogar versucht, mich wegzuschubsen, und mir immer wieder ins Gesicht geschrien, dass ich es nicht wagen solle, jemals wieder sein Grundstück zu betreten. Irgendwann bekam ich es richtig mit der Angst zu tun und bin gegangen. Zwei Wochen später hat er das Anwesen dann mit einem Zaun und dem Eisentor gesichert.«

»Denken Sie, er wollte etwas verheimlichen?«

»Es gab diese Gerüchte hier in Kvistofta, kurz nachdem er den Zaun hat bauen lassen«, antwortete Ingesson. »Sie haben ja vorhin selbst davon gesprochen, dass Björk vorhatte, in diesem Land an die Macht zu kommen. Ich glaube, er wollte sich und den Hof abschotten, um in Ruhe seine Pläne zu schmieden.«

»Wir gehen davon aus, dass er nicht alleine agiert«, sagte Emma. »Es soll auch Treffen auf dem Hof gegeben haben. Wissen Sie, mit wem er sich umgeben hat?«

»Hier wird jede Menge getuschelt. Auch ich hörte davon, dass es immer wieder Versammlungen dieser rechten Spinner gegeben hat. Aber die haben sich komplett abgeschirmt. Ich kenne nur diese Frau namens Sara. An dem Tag, als mich Björk von seinem Grundstück gejagt hat, habe ich sie auch gesehen. Sie stand am Fenster im Haus und beobachtete uns. Es war aber anders als bei unserer ersten Begegnung. Da war etwas in ihrem Blick, das ich nicht vergessen habe.«

»Und das war was?«, drängte Niklas, als Ingesson erfolglos nach den richtigen Worten suchte.

»Ich habe lange darüber nachgedacht, wie ich es interpretieren soll«, sagte Ingesson zögerlich. »Es war, als sei sie auf der Hut. Sie machte einen konzentrierten Eindruck. Aber da war auch Nervosität in ihren Augen, als beunruhige sie etwas.«

»Sara.« Niklas sprach mehr zu sich selbst, um sich im nächsten Moment wieder an Ingesson zu richten. »Sie müssen uns dabei helfen, ein Phantombild von dieser Frau zu erstellen, damit wir herausfinden, wer sie ist. Und dann müssen wir auch nach ihr mit Hochdruck fahnden.«

»Wenn das denn überhaupt noch nötig ist«, kommentierte Emma leise.

Es dauerte einen Moment, bis Niklas ihre Worte richtig eingeordnet hatte, doch dann fiel es ihm wie Schuppen von den Augen.

Sara. War sie die verkohlte Leiche aus dem Kellerverlies unter der Scheune?

Machtergreifung

Bereits das Foto von der ersten Seite des Notizbuchs, das Johanssons Leute auf dem Hof in Kvistofta gefunden hatten, offenbarte die ganze Perfidität, mit der August Björk den Umsturz der schwedischen Regierung geplant hatte. Die Worte auf dem großen Touchscreen-Monitor im Besprechungszimmer, der fast zwei Meter in der Diagonale maß und erst vor ein paar Wochen neu angeschafft worden war, zeigten augenblicklich Wirkung bei allen Anwesenden.

»Zehn Wege zur Machtergreifung«, war dort in großen handgeschriebenen Lettern zu lesen, und weiter:

Unsere Gesellschaft, unsere Nation steht in den kommenden Jahren vor der größten Herausforderung seit vielen Dekaden. Eine Herausforderung, die gleichzeitig aber auch eine einmalige Chance für die zukünftige Neugestaltung unseres geliebten Landes sein kann.
Wir werden Schweden zu einem besseren Land machen. Zu einem, auf das wir wieder stolz sein können. Ein Land für die Rechtschaffenen. Ein Land, das zu seinen schwedischen Wurzeln steht und diese verteidigt. Wir werden nicht zulassen, dass die falschen Kräfte in Schweden das Sagen haben. Dass uns die vermeintlichen Demokraten in den sicheren Untergang führen. Wir werden uns nicht nur zur Wehr setzen und auf die Missstände aufmerksam machen, wir werden schon bald die Macht ergreifen. Und dabei werden wir alle Mittel nutzen, die uns zur Verfügung stehen.

Niklas drückte auf der Fernbedienung einen Knopf, um zum nächsten Foto zu gelangen. Unter der Überschrift »Gemeinschaft« wurde genauestens skizziert, dass sie nur als Gruppe

Erfolg haben könnten. Für Egoismen und Eitelkeiten sei kein Platz.

Auf weiteren Seiten folgten Themen wie »Ehrlichkeit«, »Vertrauen«, »Mut«, »Aufrichtigkeit«, »Vaterlandsliebe«, »Vernetzung«, »Geheimhaltung« und als besonders wichtiger Aspekt »Bewaffneter Kampf«. Doch der letzte Punkt schien in seiner Bedeutung über allen anderen zu stehen. Er hieß »Der Große Schlag«.

Es war kein Datum genannt, an dem dieser Schlag erfolgen sollte. Aber es wurde erschreckend genau beschrieben, wie er vonstattengehen sollte. Als einer der wichtigsten Schritte wurde dabei die Einbindung der Sicherheitspolizei, kurz Säpo genannt, der Nationella insatsstyrkan – der landesweit operierenden Spezialkräfte der Polizei –, der mobilen Spezialeinsatzkommandos und vor allem auch des schwedischen Militärs beschrieben. Alle Einheiten sollten in den nächsten Monaten auf ihre Seite gezogen werden, was angesichts der bestehenden und noch zu knüpfenden Kontakte und Netzwerke sowie der bereits vorhandenen Unterwanderung an einigen neuralgischen Posten als machbares Szenario angesehen wurde.

Um sich auf den aus ihrer Sicht unausweichlichen Sturz der Regierung vorzubereiten, sollte mindestens der innere Zirkel ihrer Bewegung mit paramilitärischer Kampfausrüstung ausgestattet werden. Sie bräuchten Tarnfleckanzüge, Gefechtshelme, Gasmasken und Schutzwesten. Und natürlich jede Menge Waffen. Dabei sollten ihre Kontakte zum schwedischen Heer aktiv genutzt werden. Vorab müssten sie jedoch in ein Trainingscamp. Denn die meisten von ihnen seien noch zu unerfahren im Umgang mit Schusswaffen, im Besetzen von Gebäuden, mit Geiselnahmen, Häuserkampf oder, schlicht und ergreifend, der Kriegsführung.

Wenn alle Vorkehrungen getroffen wären, alle beteiligten Personen ihre Instruktionen erhalten hätten und die vollständige Bewaffnung abgeschlossen wäre, würde der finale Schritt erfolgen. So planten sie, in einem Staatsstreich sämtliche Kabinettsmitglieder der Regierung festzusetzen und gegebenenfalls an geheime Orte zu verschleppen. Gleiches gelte für alle Mitglieder des Königshauses. Übermäßige Gewalt solle nur dann angewendet werden, wenn es zwingend erforderlich sei. Mit Hilfe des Militärs und der Polizei müsste zuerst das Parlament besetzt werden. Anschließend würde man offiziell verkünden, dass die bestehende Regierung abgesetzt worden sei. Gleichzeitig würde August Björk zum neuen Ministerpräsidenten des Landes ernannt. In den folgenden Tagen würden dann sämtliche Verwaltungen und Gerichte des Landes von dem »jahrzehntelangen sozialdemokratischen Filz« gesäubert werden.

Jeder einzelne Satz auf dem Bildschirm schockte Niklas so sehr, dass er am liebsten aufgestanden wäre und den Raum verlassen hätte, um vor Wut irgendetwas kaputt zu schlagen. Emma und Tommy schien es ähnlich zu ergehen. Selbst Reza war für seine Verhältnisse angespannt, auch wenn wohl nur Menschen, die ihn besser kannten, die Veränderung seiner Mimik wahrnahmen.

Was zum Teufel war bloß in Menschen wie Björk gefahren, die hier mitten in Schweden Pläne verfolgten, die an die Machtergreifung der Nazis in Deutschland erinnerten? Wie konnte es so weit kommen, dass dieses Szenario tatsächlich im Raum stand und Extremisten sich offenbar unbemerkt ein großes Waffenarsenal aufgebaut hatten, um den Umsturz notfalls auch damit herbeizuführen?

Doch noch etwas anderes bereitete Niklas plötzlich Sorgen.

»Bis vor ein paar Stunden dachten wir, dass wir es nur mit einem zugegebenermaßen komplizierten Mordfall zu tun haben«, durchbrach er das Schweigen im Raum. »Aber das hier übersteigt wahrscheinlich alles, womit wir es jemals zu tun hatten. Ich weiß, niemand von uns möchte das hören«, sagte er zögerlich. »Aber ich befürchte, dass wir keine andere Option haben, als die Reichsmordkommission zu informieren. Und es muss eine Krisensitzung mit der Säpo, sofern wir der noch vertrauen können, und der Regierung abgehalten werden. Es ist unmöglich, dass wir einfach weitermachen und unsere Informationen für uns behalten. Als Erstes müssen wir Larsson informieren, und leider kommen wir auch nicht an der Polizeipräsidentin vorbei.«

Es war nur ein leises Aufstöhnen von Tommy, aber es hallte gefühlt mehrere Sekunden im Raum nach. Es gab wohl niemanden bei der Kripo – und wahrscheinlich im gesamten Präsidium –, der eine positive Meinung von Stine Borg besaß. Die oberste Instanz im Präsidium führte die Polizei Malmö mit strenger Hand und versuchte, die Kriminalität mit ebensolcher zu bekämpfen. Der Erfolg war überschaubar, aber in der Politik besaß sie einige Befürworter, weil zumindest die schweren und aufsehenerregenden Vorfälle, die die Bandenkriminalität hervorbrachte, in letzter Zeit etwas weniger geworden waren. Dennoch war jedem klar, dass es wahrscheinlich nur eine Frage der Zeit war, bis die Gewalt erneut hochschwappte.

»Ich schlage vor, dass wir erst mal über alle Hinweise sprechen, die uns vorliegen«, warf Reza ein. »Wo stehen wir eigentlich? Gibt es Neuigkeiten bezüglich der Identität des Todesopfers? Haben wir irgendwelche Neuigkeiten, was Björk angeht? Es kann doch nicht sein, dass er wie vom Erdboden verschluckt ist. Und weshalb sollte er eigentlich seinen Hof abfackeln und dann untertauchen, wenn er doch diese Pläne verfolgt, die wir hier gerade gesehen haben?«

»Sehe ich auch so«, stimmte Emma ihm zu. »Wir müssen sortieren, was wir an Informationen haben, bevor wir das ganze Land in Aufruhr versetzen. Die Gefahr, dass Björk diesen Putsch kurzfristig durchziehen will, dürfte wohl eher gering sein. Vor allem in der jetzigen Situation.«

»Ihr habt recht«, sagte Niklas. »Im Grunde tappen wir noch immer im Dunkeln, was vollkommen normal ist, weil wir erst seit etwas mehr als dreißig Stunden in dieser Angelegenheit ermitteln. Heute ist eine Menge passiert, worüber wir sprechen müssen. Reza, fang du doch an und erzähl uns bitte, wie es bei dir gelaufen ist.«

»Kein Problem.« Reza lehnte sich in seinem Stuhl zurück und verschränkte die Arme vor seinem Körper. »Ich hatte heute ein sehr interessantes Gespräch mit Magnus Strindberg. Ihr hattet mich ja vorgewarnt, dass dieser Typ ziemlich speziell ist. Das kann ich nun mit gutem Gewissen bestätigen. Aber ich befürchte, es ist viel schlimmer, als dass er nur ein arroganter und selbstverliebter *Skitstövel* ist. Vielleicht passt mein Eindruck von ihm sogar zu dem, was wir hier vorhin gelesen haben. Es könnte doch sein, dass die Einflussnahme von Björk und den Leuten, mit denen er den Umsturz plant, auf staatliche Organisationen schon längst im Gange ist.«

»Worauf willst du hinaus?«, fragte Emma ungeduldig.

»Ich bin mir ziemlich sicher, dass Strindberg politisch auf der Seite von August Björk steht. Und ich würde nicht einmal ausschließen, dass die beiden sich kennen und er ihn schützen will.«

Reza berichtete im Detail von seinem Gespräch und begründete seinen Verdacht, dass Strindberg nicht zu trauen war.

Niklas beobachtete währenddessen Emma. Sie zeigte keine Reaktion, und doch war er sich sicher, dass es in ihr brodelte. Noch immer wusste er nicht sicher, was da zwischen ihr und diesem Widerling gewesen war. Vielleicht war Strindberg damals ihr gegenüber übergriffig geworden. Und genau das war Emma einfach nur unangenehm. Aber passte das zu ihr? Eigentlich nicht, überlegte Niklas. Emma hatte sich in den letzten Jahren verändert. Sie ließ sich nicht mehr unterbuttern oder einschüchtern.

»Larsson hat gesagt, wir sollen nicht nur mit den Kollegen aus Helsingborg zusammenarbeiten, sondern ihnen den Fall möglichst komplett aufs Auge drücken«, warf Tommy ein.

»Ich glaube, das wäre unter diesen Voraussetzungen wohl keine allzu gute Idee.«

»Nichts von dem, was Larsson sagt, war jemals eine gute Idee. Ich wüsste nicht einmal, wie die Helsingborger uns überhaupt helfen könnten.« Niklas stand auf und begann, im Besprechungszimmer auf und ab zu laufen. Immer wieder warf er einen Blick hinüber zu Emma. Sie und Strindberg verband mehr, als sie ihm bislang gesagt hatte. Vielleicht hatten die beiden damals auch eine kurze Affäre gehabt, die sie ihm verschwieg. Jedenfalls war er sich sicher, dass Strindberg noch immer ein Auge auf sie geworfen hatte.

»Reden wir über Sara«, wechselte Emma das Thema. Sie berichtete von ihrem Gespräch mit Joakim Ingesson, dem vormaligen Besitzer des Hofes von August Björk. Davon, dass sich eines Tages eine Frau namens Sara auf seine Annonce gemeldet hatte, weil sie sich für das Anwesen interessierte. Sie sei nüchtern und wie eine eiskalte Geschäftsfrau aufgetreten und habe schließlich sogar einen viel höheren Preis als gefordert für den Hof bezahlt. Monate nach dem Kauf habe sie jedoch ganz anders auf Ingesson gewirkt. Plötzlich sei Unruhe in ihrem Blick zu erkennen gewesen. Vielleicht wollte sie ihm ein Zeichen geben, er solle aufpassen und Björk zukünftig nicht mehr nahekommen, hatte Ingesson gemutmaßt. Oder es war womöglich ein Hilferuf gewesen.

»Wir kennen den Nachnamen dieser Frau nicht, aber die Wahrscheinlichkeit, dass es sich bei ihr um die Tote handelt, ist meines Erachtens ziemlich hoch. Wir haben diesen Ingesson gebeten, heute noch aufs Präsidium zu kommen, damit wir ein Phantombild von der Frau anfertigen können. Aktuell ist sie unser vielversprechendster Ansatz. Ich denke, wir haben vielleicht eine gute Chance herauszufinden, wer diese Sara ist, wenn wir überprüfen, mit wem Björk in der Vergangenheit eng zusammengearbeitet hat. Wer waren zum Beispiel seine Wegbegleiter bei den Schwedendemokraten?«

»Wobei wir nicht unbedingt davon ausgehen sollten, dass Sara ihr wirklicher Name ist«, gab Niklas zu bedenken. »Tommy, was kannst du denn berichten? Hast du noch etwas über diese Krankheit herausgefunden, von der Björk in dem Interview gesprochen hat?«

»Nein, leider bin ich bereits an einem Punkt, an dem sich meine herkömmliche Recherche schwierig gestaltet. Will heißen, ich muss andere Quellen auftun, was ich erst ab morgen schaffen werde. Allerdings habe ich mir das Interview noch zwei weitere Male durchgelesen. Und je länger ich darüber nachdenke, desto mehr wundere ich mich, dass Björk nicht über die Details seiner Erkrankung sprechen wollte. Den erfolgreichen Kampf gegen eine Krebserkrankung hätte er positiv für sich ausnutzen können. Sich als starken Mann darzustellen, den nicht einmal der Krebs aufhalten kann, hätte doch genau in seinem Sinne sein müssen. Es muss also etwas anderes gewesen sein. Eine Krankheit, die ihm vielleicht unangenehm ist. Mal sehen, ob ich dazu etwas über andere Kanäle herausfinden kann.«

Tommy räusperte sich, trank einen Schluck Wasser und setzte dann noch einmal an. Niemand im Raum stellte die Frage, welche Kanäle er denn genau meinte.

»Ich würde gerne noch auf das zu sprechen kommen, was Emma eben in Bezug auf die engsten Mitstreiter von Björk erwähnt hat. Tatsächlich scheint er schon bei den Schwedendemokraten eher ein Alleingänger gewesen zu sein, der nach außen versucht hat, das Bild der großen parteilichen Einheit zu verkaufen. Das scheint gegen Ende seiner Zeit in der Partei nach innen aber ganz und gar nicht mehr funktioniert zu haben. Er hatte den Rückhalt irgendwann komplett verloren, die Liste seiner Fehltritte war einfach zu lang. Aus der Führungsriege der Schwedendemokraten stand keiner mehr hinter ihm. Es gab, soweit ich das überblicken kann, auch niemanden, der es ihm gleichgetan hat und aus der Partei ausgetreten ist.«

»Was ist denn mit diesen Vorwürfen, dass er Mitarbeiterinnen schlecht behandelt haben soll?«, hakte Reza nach. »Wir wissen noch immer nicht, was genau er getan hat. Auch wenn wir diese Frauen als Opfer ausschließen können, weil keine von ihnen vermisst wird, sollten wir wenigstens mit ihnen sprechen.«

»Ich kann das übernehmen«, sagte Emma. »Seine ehemalige Bürosekretärin arbeitet mittlerweile für die Stadtverwaltung Helsingborg, die Telefonnummer habe ich bereits recherchiert. Die andere Frau war damals Praktikantin und ist jetzt Mitarbeiterin bei der UN in Südafrika. Das dürfte etwas schwieriger werden, aber ich klemme mich dahinter.«

»Ich glaube, es schadet nicht, wenn wir noch einmal mit Mikael Ekdal sprechen«, sagte Niklas. Er hatte das Gefühl, auch etwas beitragen zu müssen. Und tatsächlich glaubte er, in Kvistofta noch mehr über Björk und die Vorkommnisse auf seinem Hof herausfinden zu können. Schließlich waren da auch noch Therese Jönsson und Frida Mellegård, die beiden Frauen, denen sie vor der Kirche begegnet waren. Er glaubte nicht, dass sie ihnen wirklich alles gesagt hatten, was sie über Björk wussten.

»Solange wir keine neuen Informationen bezüglich der Identität des Opfers und des Verbleibs von Björk haben, machen wir also weiter wie gehabt und versuchen, so viel wie möglich zusammenzutragen. Aber die Sache mit dem Waffenlager macht mir ernsthaft Sorgen. Wir können das Ganze vielleicht noch bis morgen hinauszögern, aber spätestens dann wird Johansson an Larsson Bericht erstatten. Es ist unmöglich, dass wir das unter den Teppich kehren, vollkommen egal, ob es etwas mit dem Mord zu tun hat oder nicht. Ab dem Moment, in dem diese Information unsere Runde verlässt, werden wir in diesem Fall nur noch eine Randerscheinung sein. Wollen wir das?«

»Je nachdem, in welche Richtung sich das Ganze entwickelt, könnte es sogar besser für uns sein«, antwortete Emma. »Und mit Strindberg wollen wir ja auch nicht zusammenarbeiten.«

Ach nein?, fuhr es Niklas durch den Kopf. Oder war es vielmehr so, dass sie sich vor sich selbst schützen wollte, weil sie insgeheim wusste, dass Strindbergs Anwesenheit sie nervös machte?

»Also warten wir noch bis morgen«, fasste Niklas schließlich zusammen, weil er das Gefühl hatte, dass die Besprechung ihr Ende erreicht hatte. »Der Tag war lang genug. Ich halte niemanden davon ab, noch weiterzuarbeiten, aber ich denke, es ist völlig in Ordnung, wenn wir den Kopf ein wenig frei bekommen und den Sommerabend genießen.«

Er nickte in die Runde und stand auf, nicht ohne noch einen letzten Blick auf die anderen zu werfen. Er sah konzentrierte Gesichter. Aber auch Sorgenfalten ob der Absichten von August Björk. Und dann war da Emma. Sie wirkte besonders nachdenklich. Und das hatte womöglich nicht nur mit ihren Ermittlungen zu tun.

Laseraugen

Sie fasste mit der rechten Hand auf die Tasche ihrer dünnen Jacke. Ohne dass sie mitgezählt hätte, wohl bereits zum zehnten Mal innerhalb der letzten Minuten. Nur um sich zu vergewissern, dass die Pistole da war, wo sie sein sollte. Es fühlte sich auf eine gewisse Weise gut an, aber andererseits verunsicherte sie der Gedanke, sich überhaupt bewaffnen zu müssen, um dieses Gespräch zu führen.

Ihr Herz schlug jetzt so schnell, dass sie ein paarmal tief aus- und einatmen musste, um nicht zu hyperventilieren. Sie war in Eile gewesen, weil am Nachmittag einige ungeplante Dinge dazwischengekommen waren, die dringend erledigt werden mussten. Absagen wollte sie das Treffen so kurzfristig nicht mehr, obwohl sie lange mit sich gerungen hatte. Eigentlich gab es zwischen ihnen nichts mehr zu bereden. Aber in seinen Nachrichten hatte er reumütig geklungen, sodass sie dem Treffen schließlich zugestimmt hatte.

Also war sie vom Parkplatz auf dem Markt, dem Stortorget, über die Terrasstrapporna, die große Freitreppe, in Richtung Slottshagen gelaufen und hatte schließlich über die angebaute Holztreppe den Kärnan betreten.

Der mittelalterliche Turm war das Wahrzeichen von Helsingborg. Es gab wohl niemanden, der hier aufgewachsen war und noch nicht diesen Turm bestiegen hatte. Für sie war es das erste Mal, aber sie lebte auch erst vier Jahre hier im Südwesten des Landes. Gestern Abend hatte sie sich vor dem Schlafengehen allerdings noch ein wenig über die Historie des Kärnan informiert. Der Turm stand seit etwa sechshundert Jahren an dieser Stelle. Damals hatte Skåne noch zu Dänemark gehört, und der Turm mit seiner eindrucksvollen Festungsanlage diente den dänischen Königen als eines der wichtigsten Bollwerke im Reich gegen Feinde. Doch nach dem letzten Schonischen Krieg im Jahr 1681 ließ König Karl XI. große Teile der Festung abreißen. Lediglich der eindrucksvolle Turm blieb als Seezeichen bestehen und thronte seitdem über Helsingborg. Sie war sich nicht sicher, ob sie sich alles richtig gemerkt hatte. Schwedische Geschichte hatte nie zu ihren Stärken gezählt.

Den Eintritt zahlte sie in bar, was heutzutage in Schweden immer seltener möglich war. Aber sie wollte keinerlei Spuren hinterlassen, für den Fall, dass ihre Waffe zum Einsatz käme, auch wenn das überhaupt nicht ihr Ziel war. Sie wollte sich lediglich schützen, wenn das Gespräch eine Wendung nahm, die sie sich kaum vorzustellen vermochte. Doch sie kannte ihn schließlich und wusste, wie er war, wenn er die Kontrolle über sich verlor.

Vielleicht würde auch ihn ein Gefühl der Befangenheit befallen, wenn sie sich begegneten. Wenn die alten Sachen wieder hochkamen und er in ihre verbitterten Augen blickte. Aber irgendetwas musste er sich dabei gedacht haben, sich zu entschuldigen und den Wunsch zu äußern, sie ausgerechnet hier zu treffen. Zumindest hatte er angedeutet, dass er etwas Wichtiges mit ihr besprechen wollte.

Die Frau an der Kasse machte einen gelangweilten Eindruck und versuchte erst gar nicht, zu ihr hochzublicken. Das war gut, denn im besten Fall sollte sich hier niemand an sie erinnern können.

Eine Wendeltreppe mit einhundertsechsundvierzig Stufen führte hinauf auf die Plattform des Turms, wo er sie treffen wollte. Sie ächzte schon bei dem Gedanken an den Aufstieg. Vor allem die Hitze machte ihr zu schaffen. Sie mochte eher die dunkle Jahreszeit, und der schwedische Sommer kam ihr eigentlich sehr entgegen. Selten stieg das Thermometer über fünfundzwanzig Grad, aber dieses Jahr spielte das Wetter irgendwie verrückt. Bis Mitte Juni hatte es fast durchgehend nur geregnet. Und seit Midsommar schien der Sommer gekommen zu sein, um für immer zu bleiben. Seit ein paar Wochen fühlten sich die Temperaturen wie in Südfrankreich im August an.

Wovon viele Schweden wahrscheinlich gar nicht genug bekommen konnten, war für sie eine einzige Qual. Sie schwitzte bei jedem Schritt, bekam nur schwerlich Luft und hätte am liebsten vor Erschöpfung nur noch geschlafen, was angesichts der Temperaturen allerdings auch nachts kaum gelingen wollte. Die Worte der Frau an der Kasse hallten noch nach, als sie schon fast die Hälfte des Aufstiegs geschafft hatte. Was hatte sie noch mal gesagt? Der Turm schließe in dreißig Minuten, bis dahin müsse sie wieder unten sein.

Das sollte kein Problem sein. Das Gespräch würde hoffentlich nicht lange dauern. Sie würde ihm diese letzte Chance geben. Aber wenn er doch wieder die alten Muster zeigte, dann ... Nein, so weit wollte sie gar nicht denken. Er konnte unmöglich so dumm sein.

Noch ein Raum, dann wäre sie oben. Schon die dritte Ebene, an der die steinerne, enge Wendeltreppe vorbeiführte. Am liebsten hätte sie einfach Halt gemacht, um sich auf einen dieser Königsstühle zu setzen, die sie während ihres Aufstiegs aus dem Augenwinkel gesehen hatte, aber sie ging weiter, weil sie wusste, dass es nicht mehr weit war bis ganz oben. Sie hatte von den königlichen Gemächern gelesen. Jedoch war alles nur so an ihr vorbeigeflogen. Der Wendeltreppe folgte sie wie in Trance, bis sie wenige Sekunden später vor einer Glastür stand. Sie führte hinaus auf die Plattform des Turms.

Wie es aussah, war hier niemand. Weder der Mann, mit dem sie sich hier auf seinen Wunsch hin verabredet hatte, noch irgendein anderer Besucher.

Zögerlich öffnete sie die Tür und trat ins Freie. Sofort schlug ihr die heiße Luft entgegen. Hier oben, in fünfunddreißig Metern Höhe, schien die Sonne noch stärker zu brennen. Mit dem Ärmel ihrer Jacke wischte sie sich den Schweiß von der Stirn. Erst jetzt merkte sie, wie schlecht sie Luft bekam. Sie war für ihren konditionellen Zustand viel zu schnell die Treppe hinaufgegangen. Auch die Muskulatur in ihren Oberschenkeln brannte.

Nachdem sich ihr Pulsschlag etwas beruhigt hatte, ließ sie aufmerksam ihren Blick schweifen. Augenblicklich verspürte sie eine nervöse Anspannung. Unruhe in Form eines kurzen Schauers, der ihr trotz der Hitze über den Rücken lief. Der hohe Pulsschlag kam mit voller Wucht zurück. Sie fuhr herum, auf der Suche nach ihm. Drehte sich sekundenlang um ihre eigene Achse.

Jemand beobachtete sie, war sie sich mit einem Mal sicher. Es war nur ein Gefühl, aber wenn sie in etwas Vertrauen hatte, dann in sich selbst. In ihren Körper, ihre feinen Antennen, in die Begabung, Gefahren frühzeitig zu erkennen.

Wieder tastete sie nach ihrer Waffe. Ihre Hände schwitzten nicht nur, sie zitterten jetzt so stark, dass sie bezweifelte, einen gezielten Schuss aus der Pistole abgeben zu können.

Die Glastür, durchfuhr es sie im nächsten Moment. Sie öffnete sich ganz langsam. Jetzt war es Panik, die ihren Körper erfasste. Eigentlich vollkommen übertrieben. Aber was, wenn er sich an ihr rächen wollte? Wie hatte sie nur so naiv sein können zu glauben, er hätte diesen Ort vorgeschlagen, weil die Aussicht auf Helsingborg hier besonders beeindruckend war? Er hatte ihn ganz bewusst gewählt, weil sie um diese Uhrzeit, kurz bevor der Turm schloss, ganz allein hier oben wären. Niemand würde etwas mitbekommen, wenn er sie …

Der Gedanke riss ab. Sie zwang sich dazu, ihren Fokus auf die Situation zu richten. Zuerst war nur der Schatten der Person zu sehen. Dann trat sie jedoch ins Licht.

Der Mann trug eine Mütze. War groß gebaut … Sie brauchte ein paar Sekunden, doch dann war sie sich sicher, dass er nicht derjenige war, mit dem sie sich hier verabredet hatte.

Beinahe erleichtert atmete sie durch. Vor allem war sie froh, dass sich noch jemand hier oben auf der Plattform befand, wenn sie ihn gleich treffen würde.

Der Mann kam näher und nickte ihr mit einem freundlichen Lächeln zu. Dann blieb er stehen und wandte sich im Kreis, als versuche er sich zu orientieren. Nur zwei Körperlängen von ihr entfernt. Es fiel ihr schwer, unter der tief heruntergezogenen Mütze Details seines Gesichts auszumachen. Aber wenn sie sich nicht irrte, glaubte sie stahlblaue Augen erkennen zu können, die im Verborgenen alles in seinem Umfeld abscannten. Wie zwei Laserpointer, fuhr es ihr durch den Kopf. Allerdings schien es fast so, als interessiere den Mann der Blick über Helsingborg nicht im Geringsten.

Die kurze Erleichterung darüber, nicht allein hier oben zu sein, wich mit einem Mal einem erneuten Gefühl des Unbehagens. Wieder legte sie ihre Hand auf die Pistole unter ihrer Jacke. Sie schwitzte jetzt so stark, dass sie befürchtete, die Waffe notfalls gar nicht festhalten zu können.

Wer war bloß dieser Mann?

Sie versuchte sich zu erinnern, aber nichts an ihm kam ihr bekannt vor. Und doch war sie sicher, dass er nicht hier war, um den Sonnenuntergang über der Stadt zu beobachten. »Kennen wir uns?«, kam es leise und beinahe zitternd über ihre Lippen.

Der Mann schüttelte schweigend den Kopf. Seine Laseraugen fuhren über ihren Körper, wie die eines Tiers, das seine Beute fixiert. Er trat noch einen Schritt näher an sie heran. Sie war wie gelähmt, unfähig, sich zu bewegen, geschweige denn, die Pistole zu zücken.

Im nächsten Moment fuhr seine rechte Hand empor und legte sich auf ihren Mund. Sie spürte noch den Stoff eines Tuches auf ihren Lippen und nahm den süßlichen Geruch ähnlich wie Chloroform wahr. Verzweifelt und erfolglos versuchte sie, gegen ihre Schockstarre anzukämpfen. Dann wurde es schwarz vor ihren Augen, und sie verlor das Bewusstsein.

Ribban

Um kurz nach neunzehn Uhr war Niklas an seinem Haus im Marieholmsvägen nahe dem Pildammsparken vorbeigefahren. Ein innerer Zwang hatte ihn angetrieben, nach dem Rechten zu sehen. Zu überprüfen, ob Pernille vielleicht noch ein weiteres Mal vor seinem Haus gewütet hatte. Aber schon als er ins Auto gestiegen war, hatte er gewusst, dass er nicht anhalten würde. Und vielleicht sogar die Augen verschließen würde, bis er sein Haus passiert hatte.

Ganz so war es nicht gekommen. Er hatte seinen Blick zur Seite gewandt und die Reste der Schmierereien, die noch immer deutlich zu sehen waren, registriert. Aber es hatte ihm weniger ausgemacht als befürchtet. Vielleicht, weil er sich in den letzten Monaten von dem Haus emotional immer weiter entfernt hatte. Zu viel erinnerte ihn hier mittlerweile an Pernille. Ihre betrunkenen Auftritte in seinem Vorgarten. Die Bilder von ihr in seinem Kopf, wenn sie plötzlich an seinem Küchentisch gesessen hatte. Erinnerungen, die er wegsperren wollte.

Niklas war einfach weitergefahren und hatte stattdessen Emma angerufen, nachdem ihm seine eigenen Worte eingefallen waren, die er an die anderen gerichtet hatte. Warum sollten sie den warmen Sommerabend nicht einfach gemeinsam am Meer ausklingen lassen?

Emma saß noch immer an ihrem Schreibtisch im Präsidium. Sie hatte einer Sache nachgehen wollen und war länger als er geblieben. Aber sein Anruf schien ihr gelegen zu kommen. Sie zögerte nicht lange und stimmte seinem Vorschlag zu.

Die beiden waren nicht die einzigen Malmöer, die an diesem Abend auf die Idee gekommen waren, den Sonnenuntergang am Ribban, dem Badestrand der Stadt, mit Blick auf den Öresund und die Brücke im Hintergrund zu genießen. Gefühlt lag halb Malmö im feinen Sand oder zwischen den Dünen.

Trotzdem fanden sie einen kleinen Platz der Abgeschiedenheit, wo sie eine große Decke ausbreiteten, die Niklas im Kofferraum gefunden hatte. Emma öffnete zwei Flaschen Bier, die sie auf dem Weg an einem Systembolaget gekauft hatten, und packte zwei Sandwiches von der Tankstelle aus.

Die vergangenen zwei Tage hatten sie innerhalb kürzester Zeit von null auf hundert katapultiert. Etwas, das es in dieser Form wohl nur in ihrem Job gab. Manchmal passierte wochenlang einfach nichts Nennenswertes. Und dann geschah plötzlich etwas, bei dem sie von einer auf die andere Sekunde funktionieren mussten. Und in diesem Fall sogar so kurz nach ihrer letzten großen Ermittlung in Österlen, dass ihm selbst ihr zwischenzeitlicher Urlaub in Kalifornien vorkam, als läge er schon Monate zurück.

Eigentlich hätte Niklas viel lieber den nächsten Urlaub im Frühjahr auf den Kanaren geplant. Er konnte sich nichts Besseres vorstellen, als mit Emma an seiner Seite die Welt zu bereisen. Und tief in ihm reifte ein Gedanke, den er vor einem Jahr noch für unmöglich gehalten hätte. Aber tatsächlich zog er in Erwägung, ihr die Frage aller Fragen zu stellen. Wenn da nur nicht diese seltsame Sache mit Strindberg gewesen wäre.

Er versuchte sich sofort wieder auf das Hier und Jetzt zu konzentrieren. Hier am Strand zu sitzen, mit der Frau, die er liebte, an seiner Seite, und Temperaturen über fünfundzwanzig Grad, obwohl die Sonne schon fast untergegangen war. Dazu ein kühles Bier in der Hand.

Das Leben konnte auch hier in Malmö schön sein. Und trotzdem fiel es ihm schwer, diesen Moment zu genießen. Loszulassen vom Alltag, die Arbeit einfach zu vergessen. Hätte er eine Partnerin gehabt, die diese Gedanken nicht nachvollziehen konnte, weil sie einem vergleichsweise normalen Job nachging, wäre alles noch viel schwieriger gewesen. So konnte sich Niklas wenigstens sicher sein, dass Emma, die neben ihm in seinem Arm saß und nachdenklich aufs Meer starrte, ähnlich dachte wie er. Mit Pernille hatte er in all den Jahren so gut wie nie über seine Arbeit sprechen können. Und wenn, dann hatte er das Gefühl gehabt, sie höre ihm gar nicht richtig zu.

Das, was sie als Kriminalpolizisten in ihren Ermittlungen erlebten, ließ sich nicht einfach abschütteln. Es waren nicht nur die Bilder der Opfer, die belasteten. Auch die vielen Gespräche, die sie führen mussten, hingen oftmals schwer nach. Die persönlichen Schicksale, die sich ihnen offenbarten. Und über allem schwebte der Druck, den Fall so schnell wie möglich aufzuklären, damit nicht noch mehr Menschen sterben mussten.

»Mir ist klar, dass dich die Sache mit Strindberg beschäftigt«, durchbrach Emma auf einmal die Stille. »Alles, was ich dazu sagen kann, ist, dass da nichts gewesen ist, das dich in irgendeiner Weise an uns beiden zweifeln lassen sollte.«

Niklas blickte zur Seite und sah sie einen Moment lang müde lächelnd an, bis er nach einigen Sekunden die Stirn runzelte. Was hatte sie da gerade gesagt? Je länger er über ihre Worte nachdachte, desto ungeheuerlicher kamen sie ihm vor. »Ich weiß nicht, was genau du meinst, aber das macht es jedenfalls nicht besser. Und zwar ganz und gar nicht.«

»Aus irgendeinem Grund fühle ich mich in seiner Gegenwart so seltsam verunsichert«, erklärte sie. »Mir ist es einfach verdammt unangenehm, dass du mich so hilflos siehst. Deshalb wollte ich gestern lieber allein mit ihm sprechen.«

»Hilflos?«, fragte Niklas argwöhnisch. »Er ist ein Kollege von uns. Zwar ein besonders unsympathischer, aber doch niemand, von dem man sich einschüchtern lassen muss. Und sonst bist du auch nicht auf den Mund gefallen.«

»Denk nur mal daran, wie ich bin, wenn mein Vater anwesend ist.«

»Du willst jetzt allen Ernstes Strindberg mit deinem Vater vergleichen?«

»Ich gebe es ungern zu, aber ich sehe zwischen den beiden Ähnlichkeiten. Wenn er vor mir steht, erkenne ich Teile des Charakters meines Vaters in ihm wieder.«

»Das ist aber nicht gerade ein Kompliment für deinen Vater.«

»Für Strindberg auch nicht.«

»Okay, der war gemein.«

»Du weißt, wie er ist. Bei eurem Kennenlernen hat er sich von seiner schlechtesten Seite gezeigt.«

»Das stimmt«, sagte Niklas lächelnd und versuchte sich an das einmalige Treffen zu erinnern. Es war im vergangenen Sommer gewesen. Emma und er waren da zwar schon seit einigen Monaten ein Paar, doch erst an diesem Tag hatten sie sich zum ersten Mal außerhalb ihrer vier Wände verabredet. Sie trafen sich in einem Café am Lilla Torg, dem kleinen Marktplatz im Herzen der Altstadt. Aber nicht, weil Emma den Arbeitstag mit ihm allein und einem Sundowner verbringen wollte, wie er eigentlich gedacht hatte. Ihre Eltern waren plötzlich erschienen, um ihn kennenzulernen.

Wobei »Kennenlernen« das falsche Wort war – es war ihm im Nachhinein so vorgekommen, als habe sich Emma lediglich die Absolution ihres Vaters holen wollen, dass er als ihr Freund genehm war. Carl Steen hatte ihn abgenickt, so das Ergebnis des kurzen Gesprächs, das sie an diesem Tag geführt hatten. Hängen geblieben war bei ihm aber vor allem ein ziemlich herrischer Mann, der keinerlei Hehl daraus machte, dass nur seine Meinung zählte. Emmas Vater hatte ihn belehrt und ihm sogar seine gescheiterte Beziehung mit Pernille vorgeworfen.

Vielleicht versuchte sich Emma tatsächlich nicht herauszureden, sondern sagte die Wahrheit. Strindberg wies mehr Ähnlichkeiten mit ihrem Vater auf, als ihr lieb war. Sie sah in ihm den Mann, der sie mit strenger Hand erzogen hatte. Plötzlich überkam ihn fast ein Gefühl von Reue. Er hatte Emma in seinen Gedanken unterstellt, dass damals etwas zwischen ihr und Strindberg gelaufen war. Dabei musste die Situation für sie wahnsinnig unangenehm gewesen sein, als sie erfahren hatte, dass sie mit ihm zusammenarbeiten sollten.

»Es tut mir leid«, sagte er leise. »Alles ein bisschen viel momentan.«

»Schon okay«, antwortete sie, »aber du solltest mich doch mittlerweile gut genug kennen …«

»Natürlich«, sagte er und löste seine Umarmung. Dann ließ er sich nach hinten in den Sand sinken. »Ich wünschte, ich hätte mir gar nicht erst Sorgen gemacht.«

Emma atmete tief durch. So leise, dass Niklas es höchstens als Bestätigung wahrnahm. Aber nicht als die Erleichterung, die sie in diesem Moment verspürte. Er hatte ihre Erklärung geschluckt. Und das war auch gut so. Denn selbstverständlich wollte sie nicht, dass er die Wahrheit erfuhr. Eine Wahrheit, die sie selbst nicht ertragen konnte. Dass sie für diesen Mann, der sie so sehr an ihren Vater erinnerte, etwas empfand, das sie kaum beschreiben konnte. Etwas, das sie sich in keiner Weise eingestehen wollte. Und etwas, das Niklas niemals erfahren durfte.

Sie blickte zur Seite und erkannte, dass Niklas seine Augen geschlossen hatte. Er schien müde zu sein, die Ermittlungen, aber auch die Sache mit Pernille setzten ihm zu. Und sie war ihm derzeit keine große Hilfe, weil sie mit ihren eigenen Gefühlen zu kämpfen hatte.

Eine ganze Weile saß sie einfach nur regungslos da und folgte mit ihren Augen einem Segelboot am Horizont. Sie versuchte, sich selbst zu verstehen, doch es gelang ihr nicht. Wie konnte Strindberg ihre Gefühlswelt nur so durcheinanderbringen? Was stimmte mit ihr nicht? Fehlte ihr vielleicht etwas in ihrem Leben? Oder sogar in ihrer Beziehung zu Niklas?

Plötzlich zuckte Niklas zusammen und fuhr hoch. Irgendwo in der Ferne herrschte von einem Augenblick auf den anderen Aufruhr. Menschen, die eben noch am Strand gelegen hatten, sprangen mit einem Mal auf und rannten zu allen Seiten.

Auch Niklas erhob sich jetzt und versuchte, den Grund für das Durcheinander herauszufinden. Die plötzliche Nervosität, die ihn ohne Ankündigung erfasste, lähmte ihn allerdings.

Da war ein seltsames Bild vor seinem inneren Auge, das sich in der nächsten Sekunde in eine furchtbare Wirklichkeit verwandelte. Er erkannte nämlich Pernille, die über den Strand lief und einen regelrecht wahnsinnigen Eindruck machte. Sie schrie und brüllte jeden an, der ihr zu nahe kam. Doch das Schlimmste war, sie trug ein großes Messer in ihrer rechten Hand und machte immer wieder Armbewegungen, die keinen Zweifel zuließen, dass sie notfalls zustechen würde.

Sofort war Niklas klar, dass allein er die Situation lösen konnte. Er war nicht nur ein Teil des Problems, er war im Grunde das Zentrum. Denn schließlich konzentrierte sich Pernilles Wut auf ihn.

Sie war noch etwa zwanzig Meter entfernt. Ihr Blick ließ sich aber nicht fangen. Sie wirkte wie ferngesteuert. Vollkommen außer Kontrolle. In diesem Moment beruhigte ihn allerdings die Tatsache, dass sie sich nur auf ihn fokussierte. Immerhin schien sie keine Fremden in die Sache mit hineinzuziehen.

Aus dem Augenwinkel sah er, dass Emma einige Schritte zurückgetreten war. Angst konnte er aus ihrem Blick nicht ablesen, aber jede Menge Verunsicherung.

Noch zehn Meter.

Niklas spürte, dass seine Hände jetzt zitterten. Was war bloß in Pernille gefahren? Und wieso war sie hier? Hatte sie ihnen etwa aufgelauert?

Sie sahen sich in die Augen, aber er hatte nicht das Gefühl, dass sie ihn überhaupt wahrnahm. Sie musste Tabletten genommen haben. Oder stand sie unter Drogeneinfluss? Wie hatte er mit dieser Frau bloß so viele Jahre zusammen sein können?

Nur noch eine Körperlänge trennte sie nun voneinander. Eigentlich hätte er ihr das Messer einfach aus der Hand schlagen und sie in den Schwitzkasten nehmen müssen. So mit ihr umgehen, wie es jeder andere in solch einer Situation getan hätte. Aber irgendetwas hinderte ihn daran. Sein Körper fühlte sich wie blockiert an.

Immerhin schien es ihr ähnlich zu gehen. Auch sie verharrte, das Messer allerdings noch immer auf Schulterhöhe im Anschlag haltend.

»Du willst mich also umbringen?« Niklas wollte furchtlos klingen, spürte aber, dass ihm die Worte zittrig über die Lippen kamen.

»Nein, das ist nicht mein Plan«, antwortete sie mit monotoner Stimme. »Obwohl *du* es natürlich auch verdient hättest.«

Er begriff sofort, worauf sie hinauswollte. Sie war hier, um das zu tun, was sie gestern Abend angekündigt hatte.

Dein Tod ist nur eine Frage der Zeit. So hatte es auf seiner Haustür gestanden. Die Zeit war genau jetzt gekommen. Hier am Ribban, vor allen Leuten, wollte sie Emma also töten. Mit einem Küchenmesser.

»Das Problem wird jetzt und hier erledigt. Du weißt selbst, dass es das Beste für uns beide ist.«

»Das Beste für uns beide?«, fuhr Niklas sie an. »Ich bin dir doch scheißegal, deine Welt dreht sich nur um dich selbst. Verdammt, verstehst du denn nicht, dass ich Emma liebe? Das zwischen uns ist vorbei und wird auch nie wieder etwas werden. Verschwinde einfach aus meinem Leben.«

»Ich weiß, dass sie dir einredet, so etwas zu sagen. Wir müssen sie loswerden, sie zerstört alles, was uns beide verbunden hat.«

»Du warst es doch, die alles zerstört hat«, erwiderte Niklas, fassungslos darüber, was Pernille da von sich gab. Sie war nicht nur manisch, sie litt offenbar auch an komplettem Realitätsverlust. Wahrscheinlich eine direkte Folge des Alkohol- und Tablettenkonsums. »Ich rufe jetzt meine Kollegen, dieses Mal wirst du nicht so schnell wieder auf freien Fuß kommen.«

»Nein, das wirst du nicht.« Die Stimme und auch ihr Blick veränderten sich mit einem Mal. Sie klang nicht mehr monoton, sondern scharf und drohend. »Du hörst mir jetzt gut zu, hast du verstanden?«

Niklas nickte, ohne es zu wollen.

»Das ist gut. Also Folgendes, ich gebe dir jetzt dieses Messer. Und dann wirst du das machen, was unvermeidbar ist.«

»Was meinst du?«

»Töte sie einfach!«

»Wie bitte?« Ihm wurde augenblicklich bewusst, dass ihm die Situation komplett entglitt. Hatte er das gerade richtig verstanden? Sie wollte ernsthaft, dass er Emma umbrachte? Ihr Wahnsinn kannte keine Grenzen mehr. Er musste ihr endlich Einhalt gebieten.

»Schluss jetzt!«, rief er ihr entgegen. Er merkte aber selbst, wie schwach er klang. Wie ein zahnloser Tiger.

»Hör auf, dich zu wehren«, sagte sie ruhig. »Du weißt, was auf dem Spiel steht. Tu es für uns beide. Du und ich, wir gehören einfach zusammen.«

»Aber …« Niklas zögerte. Ihm gingen sämtliche Argumente aus.

»Ich weiß doch, wie schwer das für dich ist, aber wir haben nun mal keine Wahl.« Plötzlich klang sie fast verständnisvoll und mitfühlend. Konnte er ihr vertrauen? Warum sollte er überhaupt? Er wollte schließlich nicht wieder zurück zu ihr.

»Zieh diesen Schlussstrich, damit wir beide wieder glücklich sein können«, redete sie weiter auf ihn ein.

»Gibt es denn keinen anderen Weg, das Ganze –«

»Nein, den gibt es nicht«, fuhr sie hart dazwischen. »Und jetzt mach endlich!« Sie drückte ihm das Messer in die Hand und gab ihm einen kleinen Schubs mit, damit er sich umdrehte und tat, was aus ihrer Sicht nötig war.

»Ich kann das nicht.«

»Doch, das kannst du. Oder willst du etwa, dass alle erfahren, dass deine Mutter eine Mörderin ist?«

Niklas fuhr herum. Da war sie wieder, diese Drohung. Wie zum Teufel konnte Pernille wissen, was vor so vielen Jahren in Österlen geschehen war?

Wut stieg in ihm hoch. Er konnte nicht zulassen, dass sie ihn erpresste und sein Leben zerstörte. Für einen kurzen Augenblick war er wankelmütig geworden, hatte sich von ihren Worten einlullen lassen. Aber ihre Bösartigkeit konnte sie nicht verstecken.

Sie hatte recht, er musste tun, was nötig war. Er umfasste den Griff des Messers so fest wie möglich. Dann holte er aus und stach unvermittelt auf Pernille ein. So oft, bis sie zusammensackte und er sich sicher war, dass sie tot war.

Der Fuchs

Es war ein plötzlicher Gedanke gewesen, dass etwas nicht stimmte. Aber sofort war ihr klar gewesen, dass es kein Hirngespinst war. Dafür kannte Anita sich selbst gut genug.

Auf andere Menschen wirkte sie oft überdreht und unkonzentriert. An manchen Tagen aber auch gelangweilt oder in sich gekehrt. In jedem Fall dachte wohl niemand, dass sie alles bis ins kleinste Detail mitschnitt, was um sie herum geschah.

Es war zwanzig nach sechs gewesen, als sie die Tür zum Kassenraum hinter sich zugezogen und den Turm verlassen hatte. Die schon tiefer stehende Sonne blendete sie augenblicklich. Es gab Tage, an denen sie befürchtete, ihre Augen kämen dauerhaft nicht mehr mit Tageslicht zurecht, weil sie stundenlang in diesem dunklen Turm saß.

Es fehlte jemand.

Das war der Gedanke, der ihr plötzlich durch den Kopf schoss, nachdem er sich seit Minuten im Unterbewusstsein seinen Weg nach oben gesucht hatte. Und sie wusste auch sofort, um wen es sich handelte. Sie hatte das Gesicht der Frau genau vor Augen. Es war auffällig rund gewesen, und sie hatte ein leichtes Doppelkinn gehabt. Wie ein Pfannkuchen, hatte sie gedacht. Diese Vergleiche machte sie immer. Jedes Gesicht ordnete sie einer Sache zu. Wahlweise einem Tier oder auch einem bestimmten Essen.

Die Frau hatte eine dunkle Jacke über einem T-Shirt getragen, das war Anita ebenfalls in Erinnerung geblieben. Angesichts der Temperaturen hatte sie darüber nur den Kopf geschüttelt. Doch da war noch etwas anderes gewesen, das ihr aufgefallen war: Die Frau hatte seltsam nervös gewirkt, beinahe hektisch. Sofort war Anita das Verhalten merkwürdig vorgekommen, aber um ehrlich zu sein, war das häufiger der Fall. Immer wieder erkannte sie in Gesichtern oder im

Auftreten von Menschen potenzielle Gefahren und so manche psychische Abgründe. Sie versuchte immer und überall, Personen zu lesen, und sie war sich sicher, jeden Einzelnen entschlüsseln zu können. Eine Bestätigung erfuhr sie leider nie. Die Leute hier kamen und gingen, ohne dass sie zu viel von sich preisgaben.

Vielleicht war sie selbst aber auch abgelenkt gewesen und hatte deswegen in den ersten Minuten nach Turmschließung nicht über die Frau nachgedacht. Denn da war auf einmal dieser nette Mann gewesen, der vor ihr gestanden hatte. Sie hatte sich fast ein wenig erschreckt, weil er wie aus dem Nichts aufgetaucht war. Lautlos und beinahe mystisch.

Sein Gesicht war markant gewesen, zumindest das, was sie hatte erkennen können. Denn er hatte trotz der Hitze eine tief in die Stirn gezogene Schiebermütze getragen. Wahnsinnig lässig hatte er ausgesehen, wie der Protagonist in dieser einen englischen Serie, die in den zwanziger Jahren des letzten Jahrhunderts spielte. Aber ihre eigentliche Assoziation ging in eine andere Richtung. Anita hatte bei seinem Anblick sofort an einen Fuchs denken müssen.

Sie hatten einen kurzen Small Talk gehalten, was sie eigentlich nie tat. Doch irgendwie hatte dieser Mann etwas, das ihr sofort gefiel. Nicht nur, dass er muskulös und gut gebaut war, er wirkte auch höflich und vor allem tiefenentspannt, nicht so in Eile wie die meisten der Touristen, die jeden Tag den Kärnan besuchten.

Er hatte erwähnt, dass er schon Dutzende Male hier gewesen sei, weil dieser Turm für ihn einer der schönsten Orte Südschwedens sei. Schon als Kind habe er den Kärnan mit seinen Eltern besucht. Anita hatte den Mann noch nie zuvor gesehen, da war sie sich sicher. Einem solchen Fuchs war sie hier noch nicht begegnet. Aber schließlich arbeitete sie auch erst seit vier Jahren hier, und auch nur an drei Tagen in der Woche.

Der Mann war pünktlich zurückgekommen und hatte sich

mit einem freundlichen »Schönen Abend noch« von ihr verabschiedet. Erst da war ihr der schwarze Rucksack auf seinem Rücken aufgefallen. Er war größer als ein normaler Tagesrucksack und passte irgendwie nicht zu dem sonstigen Erscheinungsbild des Mannes. Wahrscheinlich war er auf der Durchreise und würde Helsingborg schon bald wieder verlassen.

Sie hatte geseufzt und sich wieder den Einnahmen des Tages zugewandt. Aber da war etwas gewesen, das sie ablenkte. Sie hatte sich vorgestellt, wie es wohl wäre, diesem Fuchs noch einmal zu begegnen.

Das seltsam beschwingte Gefühl hatte bis zu dem Moment angedauert, in dem ihr aufgefallen war, dass jemand fehlte. Diese Frau. Der Pfannkuchen. Offenbar musste sie die Zeit dort oben auf der Plattform vergessen haben. Verständlich, bei dem wunderschönen Blick auf Helsingborg.

Sie fluchte innerlich und hätte am liebsten einen lauten Schrei losgelassen, der bis in die Turmspitze zu hören gewesen wäre. Aber dann beruhigte sie sich wieder und schloss das Eingangsportal zum Turm noch einmal auf. Die Hoffnung, die Frau wäre mittlerweile die Wendeltreppe heruntergegangen und wundere sich nun, dass die Tür verschlossen war, erfüllte sich allerdings nicht. Weder war jemand zu sehen noch zu hören.

»Hallo?«, rief Anita in den Turm hinein. »Ist da noch jemand?«

Keine Antwort.

»Wir haben schon geschlossen, kommen Sie bitte herunter!«

Nichts war zu hören.

Am liebsten hätte Anita einfach abgesperrt und wäre nach Hause gegangen. Aber dann erinnerte sie sich, dass sie der Frau noch hinterhergerufen hatte, daran zu denken, dass sie um achtzehn Uhr schließen würden. Sie nahm ihre Aufsichtspflicht ernst, deshalb konnte sie nicht einfach gehen.

Unter lautem Ächzen nahm sie den Weg die Treppe hinauf. Vorbei an den Räumen, durch die sie nur kurz ihren Blick schweifen ließ. Denn hier im Turm hielt sich die Frau definitiv nicht auf. Wahrscheinlich war sie noch immer ganz oben auf der Plattform.

Die letzten Schritte machten Anita zu schaffen. Die Hitze war selbst in diesem Turm mit den dicken Mauern unerträglich. Als sie die Glastür, die nach außen führte, erreicht hatte, atmete sie mehrmals tief durch. Sie würde dieser Frau eine Standpauke halten, die sich gewaschen hatte, schwor sie sich. Denn eines stand fest: Sie konnte resolut sein, wenn sie es für notwendig hielt. Und in diesem Fall war es mehr als notwendig. Wenn man sich nicht an die Regeln hielt, musste man eben darauf hingewiesen werden. Und zwar klar und deutlich, um für das nächste Mal etwas daraus zu lernen.

Die Luft, die ihr entgegenschlug, als sie ins Freie trat, war vergleichbar mit der in einer Sauna. Im Winter saunierte sie regelmäßig mehrmals in der Woche. Sie tankte Kraft daraus, vor allem, weil sie anschließend kalt baden ging. Wenn es zeitlich passte, ging sie ins Ribersborgs Kallbadhus direkt am Öresund, oftmals aber auch einfach ins Schwimmbad um die Ecke. Eine wunderbare Kombination, die ihrem Körper eine innere Stärke gab und sie nach außen abhärtete.

Doch in diesem Moment gab es keine Abkühlung, hier oben flimmerte die Luft einfach nur.

Wo steckte diese Frau bloß? Weit und breit war nichts von ihr zu sehen. Anita blieb in der Mitte der Plattform stehen und ließ ihren Blick schweifen. Der Turm, durch den die Wendeltreppe führte, ragte noch ein paar Meter weiter nach oben. Am Mast auf der Spitze wehte die schwedische Flagge.

Es gab auf der Plattform sogar noch eine zweite, untere Ebene, die über wenige Treppenstufen begehbar war. Vorsichtshalber stieg Anita hinunter und ging alle vier Seiten ab.

Kein Hinweis auf den Verbleib der Frau.

Anita rief noch einmal in die warme Abendluft hinein, ohne dass jemand antwortete. Sie konnte sich einfach nicht erklären, wo die Frau abgeblieben war. Wie sollte sie denn an ihr vorbeigekommen sein und den Turm verlassen haben?

Unschlüssig bewegte sie sich zurück in Richtung Glastür. Was blieb ihr schon anderes übrig? Hier oben war definitiv niemand. Sie musste einfach verpasst haben, dass die Frau den Turm verlassen hatte, auch wenn sie keinerlei Ahnung hatte, wann das gewesen sein sollte.

Anita zog die Tür hinter sich zu und wollte gerade die Treppe wieder hinuntergehen, als ihr Blick plötzlich an einem Metalltor zu ihrer Linken hängen blieb. Von hier führten die letzten Stufen hoch auf die Turmspitze, die einige Meter über die Besucherplattform ragte.

Das Tor war normalerweise verschlossen, und selbst sie hatte keinen Schlüssel dafür. Aber jetzt fiel ihr auf, dass es einen Spaltbreit offen stand. Jemand hatte offenbar das Schloss geöffnet. Vielmehr fehlte das Hängeschloss, das den Zugang normalerweise versperrte.

Einen kurzen Moment zögerte sie, doch dann schob sie das Eisentor vorsichtig auf, um im Turm die letzten paar Meter hinaufzugehen. Lediglich eine lang gezogene Kurve, erinnerte sie sich. Dann war sie auch schon am höchsten Punkt des Kärnan angelangt, der nicht für Besucher begehbar war.

Kaum hatte sie die Treppe betreten, stieg plötzlich dieser unangenehme Geruch in ihre Nase. Es roch ein wenig süßlich, aber vor allem verbrannt. Nach etwas ganz Bestimmtem, das sie schon einmal gerochen hatte. Damals, als sie ein Kind gewesen war und den Topf mit dem heißen Fett in die Spüle gestellt hatte. Ihre Mutter hatte noch geschrien, aber die Warnung war zu spät gekommen. Sie hatte den Wasserhahn bereits aufgedreht.

Das brennende Fett hatte Anitas komplette linke Körperhälfte erfasst. Das dicke Sweatshirt, das sie trug, hatte vielleicht Schlimmeres verhindert, aber sie hatte förmlich gespürt, wie sich die Hautfetzen von ihrer Hand und ihrem Unterarm ablösten. Und dazu dieser Geruch von verbranntem menschlichem Fleisch.

Genau wie in diesem Moment. Augenblicklich überkam

sie ein Würgereiz, als sie die letzten Stufen bis zur Turmspitze nahm.

Ihre Augen erfassten den menschlichen Körper sofort, obwohl ihr Verstand sich weigerte zu verstehen, was sie sah. Zweifelsohne lag vor ihr die Frau, nach der sie gesucht hatte. Sie sah immer noch wie ein Pfannkuchen aus. Allerdings wie ein verbrannter.

Großmutter

Der Schmerz breitete sich in seinem Gesicht aus. Wie ein gewaltiger Tsunami, ausgelöst durch ein großes Seebeben. Mehrere riesige Wellen, die seinen gesamten Kopf erfassten und drohten, ihn zum Platzen zu bringen.

Panisch riss Niklas die Augen auf. Er blickte in Emmas blaue Augen und erkannte eine Mischung aus Angst und Wut. Sie saß auf ihm und versuchte, seine Armgelenke zu fixieren, doch ab und zu ließ sie los und ohrfeigte ihn mit der rechten Hand. Mit solcher Wucht, dass seine Wangen brannten und sein ganzer Kopf schmerzte.

»Was zum Teufel …?« Es gelang ihm nicht, eine sinnvolle Frage zu formulieren.

»Bist du wieder bei Sinnen?«

Niklas versuchte sich zu orientieren. Hinter Emmas Körper sah er einige unbekannte Gesichter, aber die Sonne blendete zu stark, als dass er erkennen konnte, um wen es sich handelte. Unter sich fühlte er Sand. Offenbar waren sie also noch immer am Ribban. Er versuchte sich zu erinnern. Sie hatten hier gemeinsam gesessen und den Sommerabend genossen, bis er eingeschlafen war und irgendetwas in ihm …

Pernille, durchfuhr es ihn. Die Erinnerungen kamen sofort zurück. »Verdammt!«, schrie er. »Wo ist sie? Habe ich sie …?«

»Wovon sprichst du? Was ist denn nur los mit dir?«

»Wo ist das Messer?« Niklas sah sich um, während Emma langsam von ihm abließ und sich erhob. Unablässig schüttelte sie den Kopf, als ob er den Verstand verloren hätte. Fassungslosigkeit war aus ihrem Blick abzulesen. Und wenn er sich nicht täuschte, so etwas wie Angst.

Weit und breit keine Pernille, durchfuhr es ihn. Und nirgends lag ein Messer, an dem ihr Blut klebte.

Die Szenen in seinem Kopf rissen immer wieder an der Stelle

ab, an der er wie wild auf sie eingestochen hatte. Sie war nach wenigen Sekunden zusammengesackt und konnte seinen Angriff nie im Leben überlebt haben.

Alles in seinem Schädel dröhnte, aber irgendetwas darin vibrierte plötzlich auch. Er brauchte einige Momente, ehe ihm bewusst wurde, dass es sein Handy in der Hosentasche war. Schwerfällig setzte er sich aufrecht hin und zog es hervor. Augenblicklich zuckte er zusammen. Es war die Polizeieinsatzstelle. Wussten sie etwa bereits, was er getan hatte?

Er zögerte ranzugehen, tat es schließlich aber und meldete sich mit einem kurzen »Hej«. Sofort erkannte er die Stimme am anderen Ende der Leitung wieder. Es war die Frau, die ihn auch gestern Morgen angerufen hatte, als er vor der Boutique in der Kärleksgatan stand.

»Leider muss ich mich schon wieder bei dir melden«, kam sie sofort zur Sache. »Es wurde erneut eine Leiche gefunden.«

Ja, ich weiß, hier am Ribban, dachte Niklas. Du sprichst gerade mit dem Mörder.

»Das Opfer ist offenbar eine Frau.«

Natürlich.

»Diesmal befindet sich der Tatort mitten in Helsingborg«, redete sie weiter. »Wenn ich es richtig verstanden habe, auf diesem Turm. Kärnan oder wie der …«

Niklas hörte nicht mehr richtig zu. Das kurze Gefühl der Erleichterung, dass es sich bei der Leiche nicht um Pernille handelte, wich im nächsten Moment wieder der Angst davor, was hier am Ribban passiert war. Was hatte er nur getan?

»Niklas, bist du noch dran?«

»Ja«, antwortete er zurückhaltend. »Sollen wir kommen, oder kümmern sich die Kollegen aus Helsingborg darum?«

»Larsson sagt, ihr müsst euch das ansehen. Es könnte durchaus einen Zusammenhang mit der Sache in Kvistofta geben.«

»In Ordnung«, seufzte Niklas. »Richte Larsson aus, dass Emma und ich uns um die Sache kümmern. Ist Johansson auch schon auf dem Weg?«

»Er weiß Bescheid.«

»Gut.« Niklas stand mühsam auf und bedankte sich bei der Kollegin. Der Anruf hatte ihn binnen Sekunden zurück in die Realität katapultiert. Er ließ seinen Blick über den weiten Strand und die vielen Menschen, die den Abend hier am Öresund verbrachten, schweifen und verstand noch immer nicht, was überhaupt geschehen war.

Pernille war nicht hier. Weder lebend und schon gar nicht als Tote. Er hatte keine Ahnung, ob er eingeschlafen und das Ganze ein grauenhafter Alptraum gewesen war, oder ob die Bilder in seinem Kopf zurück waren: Pernille, die plötzlich in seiner Welt auftauchte, ohne wirklich da zu sein. Ob er also schlicht und ergreifend die Kontrolle verlor und der Wahn Besitz von ihm ergriff.

In diesem Augenblick hoffte er einfach, dass es ein Alptraum gewesen war. Aber weshalb hatte Emma dann auf ihm gesessen und ihm Ohrfeigen verpasst? Und weshalb hatten ihn diese anderen Menschen angestarrt wie einen Verrückten?

Langsam trat er auf Emma zu, die einige Meter entfernt offenbar beruhigend auf die Leute einredete und sie wegzuschicken versuchte. »Können wir kurz sprechen?«, fragte er.

Sie wandte sich abrupt zu ihm um und fixierte ihn, als wolle sie sich vergewissern, dass er wieder bei Sinnen sei. »Wer war das?« Ihre Stimme klang härter als sonst. Was hatte er bloß getan, dass sie so wütend auf ihn war?

»Die Einsatzzentrale, es hat einen weiteren Mord gegeben. Wir müssen los, nach Helsingborg.«

»Ich hoffe, du machst einen Scherz. In deinem Zustand fahre ich nirgendwo mit dir hin.«

»Larsson besteht darauf. Es sieht wohl so aus, als hätte es etwas mit unseren laufenden Ermittlungen zu tun.«

»Du hast vor ein paar Minuten versucht, mich umzubringen, falls du dich erinnerst«, platzte es aus ihr heraus. »Und jetzt soll ich mit dir ins Auto steigen und so tun, als wäre nichts passiert?«

»Ich habe *was*?« Niklas schnappte nach Luft. Augenblicklich verstand er, dass es kein Alptraum gewesen war, sondern ein psychotischer Anfall. Seine schlimmste Befürchtung bestätigte sich. Vor knapp einem Jahr hatte er diese Bilder zum ersten Mal gesehen. Pernille war ihm wie aus dem Nichts erschienen. Nicht im Traum, sondern während er wach und eigentlich klar im Kopf gewesen war.

Eigentlich.

Realität und Einbildung verschwammen zu einem undefinierbaren Wahnsinn, in dem er nichts mehr auseinanderhalten konnte. Dass er Emma angegriffen hatte, war allerdings eine Eskalation, die weit darüber hinausging, sich nur etwas einzubilden. Er hatte eine Grenze überschritten, die ihn privat und beruflich ins Verderben stürzen würde.

»Es tut mir leid«, sagte er und merkte sofort, wie schwach seine Worte klangen.

»Es tut dir leid?«, brach es erneut aus Emma heraus. Niklas konnte sich nicht erinnern, sie jemals so aufgebracht erlebt zu haben.

»Du hast geschlafen, aber plötzlich bist du auf mich losgegangen wie ein Wahnsinniger. Du wolltest mich schlagen und würgen. Nur weil mir ein paar der Leute zur Seite gesprungen sind, konnten wir dich überwältigen. Ich hatte wirklich Angst um mein Leben. Du warst nicht mehr Niklas Zetterberg, es kam mir vor, als wärst du vom Teufel besessen. Sag mir bitte, wie ich noch mit dir zusammenarbeiten soll! Geschweige denn mit dir zusammen sein!«

»Aber es hatte doch gar nichts mit dir zu tun.« Niklas spürte selbst, wie verzweifelt er sich anhörte.

»Ich weiß«, sagte Emma und senkte ihre Stimme wieder. »Aber das macht es leider nicht besser, ganz im Gegenteil. Du hast Pernille vor dir gesehen, dachtest, ich wäre sie. Du wolltest sie umbringen. Das hast du immer und immer wieder gerufen. Aber sie war nicht da. Willst du mir wirklich weismachen, das wüsstest du nicht mehr?«

»Ich …« Niklas stockte. Nein, er erinnerte sich tatsächlich nicht. Im Prinzip wusste er gar nicht mehr, was passiert war. Als hätte eine böse Macht für einige Minuten seine Hirnfunktionen übernommen. »Jetzt habe auch ich Angst«, sagte er.

Was, wenn mehr als nur ein Aussetzer dahintersteckte? Er hatte Emma nie davon erzählt, dass er in der Vergangenheit schon einige Male Halluzinationen gehabt hatte.

»Was meinst du damit?«, fragte Emma überrascht.

»War nur so ein Gedanke«, wiegelte Niklas ab. »Die Begegnung mit Pernille gestern Morgen habe ich mir aber nicht eingebildet, oder?«

»Natürlich nicht. Worauf willst du eigentlich hinaus? Du klingst fast schizophren.«

Meine Großmutter litt unter psychischen Problemen … Er dachte die Worte nur, sprach sie aber nicht aus. Vielleicht würde es irgendwann den Moment geben, in dem er das Argument zur Rechtfertigung heranziehen würde, aber noch war er längst nicht so weit, zuzugeben, dass er familiär vorgeprägt war.

Er hatte es tatsächlich erst letzte Woche erfahren, als er mit seiner Mutter ein längeres Telefonat geführt hatte, in dem sie noch einmal über Richard, seinen Vater, gesprochen hatten. Sie hatte so manches Verhalten von ihm mit dessen Mutter und ihrer schweren psychischen Erkrankung zu erklären versucht. Offenbar hatte sie kurz nach Richards Geburt eine Schizophrenie entwickelt, die sie letztlich in den Suizid getrieben hatte, als ihr Sohn gerade einmal dreizehn Jahre alt gewesen war. Der Gedanke daran, diese Krankheit von seiner Großmutter geerbt zu haben, ließ Niklas seitdem nicht mehr los. Erst recht nicht in diesem Moment, nachdem er erstmals vollends die Kontrolle über sich verloren hatte.

»Vielleicht ist es wirklich nicht das Beste, unter diesen Umständen zu arbeiten, aber wir müssen uns um diesen Fall kümmern. Alles Weitere klären wir anschließend.«

»*Wir* klären etwas?«, fragte Emma höhnisch. »Ich glaube,

der Einzige, der hier etwas klären muss, bist du. Und zwar am besten mit Hilfe eines Psychiaters.«

Niklas nickte. Sie hatte ohne jeden Zweifel recht. Er musste sich professionelle Hilfe suchen, und zwar so schnell wie möglich. Aber nicht heute, und wohl auch noch nicht in den nächsten Tagen.

»Na schön, wenn du nicht mitmöchtest, kann ich das natürlich verstehen, ich fahre aber trotzdem nach Helsingborg. Vielleicht frage ich Reza, ob er mitkommt.«

»Ich würde sehr gerne nach Helsingborg fahren, um zu wissen, was dort passiert ist und ob es etwas mit unserem Fall zu tun hat. Aber nicht mit dir und nicht nach dem, was eben los war.«

»Ich kann dir ja nachher berichten«, sagte Niklas. »Allerdings dürfte es wohl später werden, bis ich zurück bin.«

»Du glaubst, du kannst heute Nacht bei mir schlafen?«, fragte Emma fassungslos. »Ich habe vorhin einen Menschen erlebt, der nicht du warst. Der nicht mehr Herr seiner Sinne war und mir wehgetan hat. Um ehrlich zu sein, habe ich jetzt gerade keine Ahnung, ob du jemals wieder bei mir übernachten wirst.«

»Soll das etwa heißen, du …?« Niklas stoppte, weil er an ihrem Gesichtsausdruck, der noch immer Härte und keinerlei Bedauern ausstrahlte, bereits erkannte, dass sie es ernst meinte. Sie zog tatsächlich in Erwägung, sich von ihm zu trennen. Wegen dieser einen Verfehlung. Dieser kleinen Unbeherrschtheit, für die es zwar keine Entschuldigung, aber zumindest eine Erklärung gab.

Oder existierte etwa noch ein ganz anderer Grund, der gar nichts mit seinem Aussetzer zu tun hatte? Hatte es mit jemand ganz anderem zu tun? Jemandem, den er heute noch treffen würde, wenn er nach Helsingborg fuhr?

Aceton

Die Sonne ging gerade über dem Öresund unter, als Niklas und Reza Helsingborg erreichten. Niklas steuerte seinen BMW über die Bergaliden und fuhr die letzten Meter bis zum Kärnan über einen breiten Fußweg im Slottshagen, dem Schlosspark, so wie Johansson es ihm am Telefon empfohlen hatte. Das Team der Spurensicherung war schon vor einer halben Stunde am Tatort eingetroffen.

Während der Fahrt hatte er versucht auszublenden, was am Ribban geschehen war. Dank Reza hatte das besser geklappt als erwartet. Sie hatten noch einmal über die bisherigen Erkenntnisse gesprochen, ehe Reza das Thema auf einen Aspekt gelenkt hatte, den Niklas bislang eher vernachlässigt hatte. Was, wenn August Björk vielleicht gar nicht der Täter, sondern selbst ein Opfer war? Wenn sie deshalb erfolglos nach ihm suchten, weil er in den Flammen ums Leben gekommen und zu Staub verbrannt war?

Eher unwahrscheinlich, dass die Hitze derartige Temperaturen erreicht hatte, dachte Niklas. Aber auszuschließen war die Theorie, dass Björk etwas zugestoßen war, natürlich nicht.

Dass es nun womöglich eine zweite Leiche gab, die im Zusammenhang mit den Vorfällen in Kvistofta stand, verschärfte den Druck auf ihre Ermittlungen. So wie er Johansson verstanden hatte, handelte es sich bei dem Opfer allerdings definitiv nicht um August Björk, sondern erneut um eine Frau. Hatten sie es also mit einem Serientäter zu tun? War Björk ein Serientäter?

Es war kurz nach acht, als sie den Turm betraten. Um den Kärnan herum war bereits alles weitläufig abgesperrt. Zahlreiche Streifenwagen der Polizei und Rettungsfahrzeuge parkten direkt vor dem Gebäude. Ebenso wie die Fahrzeuge von Johansson und seinen Mitarbeitern. Und dann erblickte Niklas auch noch ein bekanntes Gesicht. Zwischen den ganzen Einsatzkräften lehnte der jüngere der beiden Feuerwehrmänner aus Kvistofta an einer Wagentür und telefonierte.

Er erinnerte sich daran, als Kind mit seiner Schulklasse einen Ausflug hierher unternommen zu haben. Damals war ihm das Gebäude groß und mächtig vorgekommen. Und auch heute war er beeindruckt von diesem Bauwerk, dem Überbleibsel einer ehemaligen Festung aus dem Mittelalter.

Von den Polizisten aus Helsingborg, die den Eingang bewachten, hatten sie erfahren, dass sich der Tatort ganz oben im Turm befand. Niklas hatte erwartet, dass damit die große Plattform gemeint war, die den Besuchern einen weitläufigen Blick über die Stadt bot. Doch stattdessen begrüßte sie kein Geringerer als Magnus Strindberg vor dem Ausgang zur Plattform und machte eine einladende Armbewegung in Richtung einer weiteren Wendeltreppe, die noch höher in den Turm führte.

»Willkommen im Wahrzeichen unserer wunderschönen Stadt. Leider ist der Anlass kein schöner, aber nachdem ihr den Tatort inspiziert habt, zeige ich euch gerne Helsingborg von oben.«

Augenblicklich spürte Niklas, dass sich seine Hände zu kräftigen Fäusten ballten. Wenn dieser Typ auch nur ein falsches Wort sagte, konnte er für nichts garantieren.

»Ignorier ihn einfach«, sagte Reza laut genug, dass Strindberg ihn verstehen konnte. Offenbar hatte er gespürt, dass Niklas' Zündschnur kurz war.

»Du hast leicht reden.«

»Ich bleibe hier, ist nicht viel Platz da oben«, warf Strindberg ein.

»Stört uns nicht«, murmelte Niklas.

Auf den letzten Metern wurde es immer enger, vielleicht bildete sich Niklas das aber auch nur ein, weil Thelin und Rosengren ihnen in ihren Schutzanzügen entgegenkamen. Sie trugen ihre silbernen Koffer bei sich und machten einen leicht gestressten Eindruck.

»Es ist eng und heiß da oben«, sagte Thelin. »Und der Anblick alles andere als schön. Johansson wird euch berichten, was wir bislang wissen.«

Niklas wusste gar nicht genau, was er erwartet hatte, jedenfalls keine Leiche in diesem Zustand. Zweifellos hatte jemand versucht, den Körper der toten Frau anzuzünden, davon zeugten der Geruch, der noch in der Luft hing, aber auch die versengte Kleidung der Frau und die zum Teil verbrannte Haut. Vor allem ihr Gesicht wies schwere Verbrennungen auf. Hatte hier jemand versucht, die Identität der Frau zu vertuschen, genau wie bei der Toten in Kvistofta?

Johansson ging seiner Arbeit nach, als hätte er gar nicht bemerkt, dass Niklas und Reza hinzugestoßen waren. Sie standen dicht gedrängt auf der Spitze des Turms, in dessen Mitte ein Fahnenmast befestigt war. Die schwedische Flagge hing schlaff herunter.

Vor ihnen lag in leicht gekrümmter Haltung der tote Körper auf dem steinernen Boden. »Was ist die Todesursache?«, fragte Niklas, nachdem sie Johansson eine Weile schweigend zugesehen hatten.

»Schwer zu sagen. Außer den Verbrennungen konnte ich noch keine äußeren Verletzungen feststellen. Aber ich würde nicht davon ausgehen, dass sie bei lebendigem Leib verbrannt wurde.«

»Woran machst du das fest?«

»Dieser obere Bereich des Turms ist normalerweise abgesperrt. Der Täter hat das Schloss der Gittertür geknackt, wahrscheinlich, um das Opfer hierherzuschleppen und anzuzünden.«

»Also hat er sie auf der Aussichtsplattform überwältigt?«

»Oder irgendwo im Turmaufgang, das wissen wir nicht.«

»Wer hat die Leiche überhaupt gefunden?«, fragte Niklas weiter.

»Soweit ich weiß, die Frau an der Kasse«, antwortete Johansson. »Sie hatte die Vermutung, dass eine Besucherin nach

Schließung des Turms noch oben sei, und hat dann diese unerfreuliche Entdeckung gemacht.«

»Wir müssen mit ihr reden«, sagte Niklas zu Reza. »Ich hoffe, sie ist noch hier.«

»Du meinst, Strindberg hat sie schon nach Hause geschickt?«

»Wäre ihm zuzutrauen.« Niklas zuckte mit den Schultern. Während er Johansson weiter zusah, spürte er eine gewisse Unruhe in sich aufsteigen. Zu viele Fragen brannten ihm auf den Nägeln. Er suchte nach der vorerst wichtigsten. »Glaubst du, wir haben es mit demselben Täter wie in Kvistofta zu tun?«

»Mit dem Glauben ist das ja so eine Sache«, antwortete Johansson vielsagend. »Wenn wir hier Spuren desselben Brandbeschleunigers finden, dann würde ich sagen, die Wahrscheinlichkeit ist hoch, dass diese Frau das zweite Opfer des Täters ist. Es handelt sich nämlich um einen nicht so üblichen brennbaren Stoff. In Kvistofta wurden größere Mengen Aceton benutzt, eine farblose, leicht entzündliche Flüssigkeit mit Hang zur Explosivität. Sie findet vor allem in der chemischen Industrie Verwendung, eher seltener im privaten Bereich als Lösungsmittel.«

»Ist dir sonst noch etwas aufgefallen? Habt ihr irgendwelche Spuren gefunden? Vielleicht an dem aufgebrochenen Schloss?«

»Die Tür war mit einem herkömmlichen Vorhängeschloss gesichert. Das scheint der Täter mitgenommen zu haben, jedenfalls fehlt es. Und Spuren zu finden, ist in diesen alten Gemäuern gar nicht so einfach. Es gibt leider kaum glatte Flächen.«

»Wart ihr auch schon auf der Besucherplattform?«

»Thelin und Rosengren schauen sich noch einmal alles im Detail an, unser erster Blick war allerdings ernüchternd. Der Täter scheint vorsichtig vorgegangen zu sein.«

»Trug die Frau irgendetwas bei sich? Portemonnaie oder Handy?«

»Fehlanzeige«, antwortete Johansson. »Wenn ja, dürfte sich der Täter das ebenfalls eingesteckt haben. Ich gehe aber davon aus, dass die Identifizierung der Person trotzdem vergleichsweise schnell erfolgt. Der Zustand der Leiche ist noch relativ gut, sodass die Rechtsmedizin mit Sicherheit Anhaltspunkte und besondere Merkmale am Körper finden wird. Auch das Gebiss ist noch intakt.«

Niklas nickte, dann gab er Reza ein Zeichen, keine weiteren Fragen zu haben und die Turmspitze wieder verlassen zu wollen. Sein Kollege hatte aber noch etwas zu sagen.

»Wenn wir tatsächlich davon ausgehen, dass die Frau nicht hier oben überfallen wurde, was meiner Meinung nach überzeugend klingt, muss der Täter sie also hier hinaufgeschafft haben«, resümierte er. »Wenn ich mir die Statur des Opfers ansehe, und bitte versteht das nicht als pietätlos, erscheint es mir schwer vorstellbar, dass wir eine Frau suchen, oder?«

Johansson, der die ganze Zeit über die tote Frau gebeugt nach Spuren gesucht hatte, richtete sich auf und hielt plötzlich inne.

»Ja, da hast du definitiv einen Punkt«, sagte er schließlich. »Ich denke, eine Täterin können wir ausschließen. Und der Mann, der das hier getan hat, wird vermutlich kräftige Arme haben.«

Robin Hood

Anita Molander war die Person, die sich wahrscheinlich jeder Kriminalbeamte als Zeugin wünschte. Zumindest auf den ersten Blick. Denn die Frau, die an der Kasse des Kärnan arbeitete, hatte alles genauestens beobachtet. Das behauptete sie jedenfalls mit großer Überzeugung gegenüber Niklas und Reza, die sich mit ihr etwas abseits im oberen Bereich der Terrasstrapporna auf die Stufen gesetzt hatten, um in Ruhe zu reden.

Sie wollte sich gar nicht vorstellen, betonte sie immer wieder, was passiert wäre, wenn ihr nicht eingefallen wäre, dass diese Frau den Turm gar nicht verlassen hatte. Womöglich hätten dann die ersten Besucher am nächsten Morgen diese schreckliche Entdeckung gemacht.

Am wichtigsten war zweifelsohne ihre Beobachtung des potenziellen Täters. Des Mannes, der einige Minuten nach dem Opfer den Turm betreten und ihn knapp dreißig Minuten später wieder verlassen hatte. Gerade rechtzeitig, bevor Anitas Arbeitstag zu Ende war. Zu diesem Zeitpunkt seien die beiden die einzigen Besucher gewesen, war sie sich sicher. An heißen Tagen wie diesem kamen ohnehin nur wenige Gäste.

»Er sah verdammt gut aus«, wiederholte Anita Molander jetzt bereits zum dritten Mal. »Aber vor allem endlich mal ein netter Mann, der etwas richtig Sympathisches ausgestrahlt hat. Ich würde meine Hand dafür ins Feuer legen, dass er diese Frau nicht umgebracht hat.«

Die ungewollt unglückliche Formulierung brachte Reza zum Schmunzeln. An seinem Gesichtsausdruck konnte Niklas erkennen, dass sein Kollege gewisse Zweifel an der Ernsthaftigkeit der Aussagen der Frau hegte.

»Wenn es sich so abgespielt hat, wie Sie sagen, muss er allerdings der Täter sein«, warf Niklas ein. »Sie haben doch selbst gesagt, dass niemand anderes –«

»Ich weiß doch auch nicht, was genau passiert ist«, fiel sie ihm ungehalten ins Wort. »Vielleicht hat es dieses Pfannkuchengesicht auch einfach verdient. Wer weiß, was sie meinem Fuchs angetan hat.«

»Wie bitte?« Niklas sah die Frau ob ihrer Wortwahl ungläubig an. Ihm dämmerte allmählich, dass Anita Molander vielleicht doch nicht die perfekte Zeugin war.

»Ja, tut mir leid«, wiegelte sie lapidar ab. »Man soll über Tote nicht schlecht reden, aber trotzdem habe ich wahrscheinlich recht. Ohne Grund wird er das doch nicht getan haben. Wenn er es denn überhaupt gewesen ist.«

»Wieso nennen Sie den Mann ›Fuchs‹?«, hakte Reza noch immer mit einem milden Lächeln auf den Lippen nach. Er hielt die Frau wohl für etwas verrückt im Oberstübchen, und es fiel ihm sichtlich schwer, die Unterhaltung mit dem nötigen Ernst zu führen, obwohl der Anlass alles andere als amüsant war.

»So habe ich ihn in Gedanken genannt«, antwortete Anita Molander. »Er erinnerte mich mit seiner Mütze an diese alte Zeichentrickverfilmung von Robin Hood im Sherwood Forest. Kennen Sie die? Da wird Robin Hood als Fuchs verkörpert, er trägt einen grünen Hut mit einer roten Feder. Aber so ganz stimmt das Bild natürlich nicht. Dieser Mann war viel zu gut gebaut, als dass er als Fuchs durchgehen könnte.«

»Ja, wer kennt ihn nicht?«, antwortete Niklas und versuchte erst gar nicht, ein Seufzen zu unterdrücken. »Beschreiben Sie den Mann doch bitte einmal etwas genauer. Am besten ohne den Vergleich mit dieser Zeichentrickfigur.«

»Ich verstehe«, sagte sie. »Sie möchten, dass ich ihn der Polizei zum Fraß vorwerfe. Obwohl er wahrscheinlich nur getan hat, was notwendig war.«

»Hören Sie, mir reicht es jetzt allmählich. Wenn Sie Ihre Aussage verweigern, um einen potenziellen Mörder zu schützen, können wir Sie gerne auf unser Präsidium in Malmö vorladen. Einfacher wäre es, wenn Sie jetzt unsere Fragen beantworten.«

»Beruhigen Sie sich doch bitte. Ich stehe immerhin auch noch ein wenig unter Schock, die Bilder dieses verbrannten Pfannkuchens waren alles andere als schön. Aber ich versuche, Ihnen zu helfen, kein Problem.«

»Dann bitte«, forderte Niklas sie mit Nachdruck auf.

»Ehrlich gesagt kann ich gar nicht so viel über ihn sagen. Sein Gesicht war unter dieser Mütze kaum zu erkennen, und im Turm ist es ja immer ziemlich dunkel.«

»Wollen Sie uns eigentlich an der Nase herumführen? Sie schwärmen von einem Mann, wissen aber gar nicht, wie er aussieht? Das kann doch nicht Ihr Ernst sein.«

»Kennen Sie das nicht, dass Sie eine Stimme hören und sofort in diese Person verliebt sind? Die Worte, die er sagte, klangen wie eine Oper in meinen Ohren. So gefühlvoll und mir zugewandt, wie ich es schon sehr lange nicht mehr erlebt habe. So jemand kann kein schlechter Mensch sein.«

Niklas holte sein Handy hervor, tippte einige Sekunden darauf, bis er ein passendes Foto von August Björk gefunden hatte, und zeigte es Anita Molander. »War das vielleicht der Mann?«, fragte er eindringlich.

Sie kam mit ihrem Gesicht so nahe an Niklas' Handy heran, dass er es reflexartig ein Stück zurückzog.

»Ich will das nicht ausschließen«, sagte sie schließlich. »Aber Sie müssen zugeben, dass die Person auf dem Bild ein ziemliches Allerweltsgesicht hat. Ich wäre etwas enttäuscht, wenn mein Fuchs so –«

»In Ordnung, wir haben es versucht«, unterbrach Niklas die Frau. »Wir werden veranlassen, dass Sie morgen früh zu uns gebracht werden. Dann werden wir Sie offiziell befragen. Sie sollten sich vorher genau überlegen, was Sie dann sagen.«

»Verdächtigen Sie jetzt etwa mich, oder wie soll ich Ihre Worte verstehen?«

Niklas stand auf und winkte ab. Er hatte genug gehört und ging zurück in Richtung des Turms. Seine anfängliche Hoffnung, mit dieser Frau eine vertrauensvolle Zeugin zu haben, schien sich nicht zu erfüllen. Ob sie ihnen etwas vorspielte, war schwer zu sagen, aber offenbar hatte sie nicht vor, entscheidende Details über den unbekannten Mann preiszugeben.

»Was für eine Mütze trug der Mann denn?«, versuchte Reza es noch einmal. Er hatte zwar auch keine große Erwartung mehr an Anita Molander, aber ganz so schnell wie Niklas gab er nicht auf.

»Ihr Kollege sollte es mal mit Yoga oder so was versuchen«, entgegnete sie. »Er ist ganz schön unentspannt.«

»Glauben Sie mir, wäre er unentspannt, hätte er anders mit Ihnen gesprochen. Aber ich könnte mir gut vorstellen, dass seine Laune beim nächsten Mal um einiges schlechter sein wird. Überlegen Sie sich also gut, ob Sie das riskieren möchten. Er kann wirklich sehr unangenehm werden.«

Reza lächelte. Eine völlig neue Situation für ihn. Sonst war er es, der den Bad Cop spielte, während Niklas den netten Kriminalbeamten gab. Aber ihm gefiel diese neue Rollenverteilung durchaus.

»Schon gut, auf so ein Männermachtgehabe kann ich gut verzichten. Die meisten sind leider so.«

»Aber dieser Fuchs war anders?«, sagte Reza und biss sich auf die Lippen, um ein Grinsen zu unterdrücken.

»Ja, das war er. Er war höflich und hat mir das Gefühl gegeben, mich und meine Arbeit wertzuschätzen. Solche Männer gibt es ja heutzutage kaum noch. Aber ich habe verstanden, dass Sie das nicht interessiert. Sie möchten nur wissen, wie er ausgesehen hat. Er war groß, aber nicht zu groß. Knapp eins neunzig, schätze ich. Sein Gesicht war freundlich und männlich, soweit ich das erkennen konnte. Diese Mütze, die er trug, stand ihm richtig gut. Sie erinnerte mich an eine Schiebermütze, aber ich glaube, sie war noch etwas voluminöser. Wie die coolen Typen in dieser einen englischen Serie. Wissen Sie, welche ich meine?«

»Ich denke schon«, antwortete Reza ausweichend. »Erinnern Sie sich noch an seine Kleidung?«

»Ein schwarzes langärmeliges Hemd, bis ganz oben zuge-knöpft. Er sah toll darin aus. Dieser schlanke, wohltrainierte Körper. Ich glaube, ich habe mich ein wenig in diesen Mann verliebt.«

»Tatsächlich? Das wäre mir jetzt gar nicht in den Sinn ge-kommen.«

»Ach, Sie sind mir einer. Meinen Sie etwa, ich würde nicht merken, dass Sie sich über mich lustig machen?«

»Ganz und gar nicht.« Jetzt konnte Reza sein Lachen end-gültig nicht mehr zurückhalten. Er hatte schon viele sonder-bare Menschen in diesem Job erlebt, aber er erinnerte sich an niemanden, der vom ersten Moment an für ein Schmunzeln gesorgt hatte. »Tut mir leid, die Situation ist eigentlich viel zu ernst, als dass wir hier sitzen und Scherze machen.«

»Sie entschuldigen sich bei mir?«, fragte Anita Molander freudig überrascht. »Sie sind ja wirklich süß. Das hätte ich gar nicht gedacht, weil Sie auf den ersten Blick so viel härter wirken. Harte Schale, weicher Kern. Das mag ich. Sie erinnern mich an eine Frucht, ich komme nur noch nicht darauf, an welche.«

Reza beobachtete die Frau. Sie war vielleicht etwas älter als er, er schätzte sie auf Anfang vierzig. Es war nicht so, dass sie jünger wirken wollte, indem sie durch viel Make-up oder irgendwelche Eingriffe nachgeholfen hätte. Ihm gefiel das. Ihre rotblonden langen Haare sahen etwas zerzaust aus, wobei er das Gefühl hatte, dass dies durchaus so gewollt war. In der Mitte hatte sie eine größere Strähne mit Hilfe eines Haar-gummis zu einer Palme hochgesteckt. Das Auffälligste an ihrem Äußeren war allerdings ihr schulterfreies weißes Kleid, das bis zum Boden reichte und im Kontrast zu ihrer braun gebrannten Haut stand. Besonders schwer fiel es ihm, seinen Blick von ihrem Ausschnitt abzuwenden.

»Denken Sie eigentlich, ich merke das nicht?«, durchbrach sie plötzlich seine Gedanken.

»Wie bitte?«

»Kann es sein, dass Sie ein Auge auf mich geworfen haben? Ich sehe doch Ihre Blicke.«

Reza fuhr direkt zusammen. Er war es nicht gewohnt, dass andere Menschen durch seine harte Schale hindurchsehen und seine Gefühle lesen konnten. Oder hatte er sie schlicht und einfach doch viel zu offensichtlich angestarrt?

»Ich glaube, es ist besser, wenn wir das jetzt hier abbrechen«, sagte er. »Danke, dass Sie diesen Mann noch einmal beschrieben haben. Ich werde unseren Phantombildersteller bitten, sich mit Ihnen zusammenzusetzen, damit wir etwas Konkretes haben. Je schneller, desto besser.«

»Ich bitte Sie«, sagte sie und erhob sich von der Treppenstufe. »Wollen Sie sich jetzt etwa so benehmen wie Ihr Kollege? Enttäuschen Sie mich bitte nicht.«

Für einen kurzen Augenblick wollte Reza es Niklas einfach gleichtun und zurück zu den anderen gehen. Dann jedoch überlegte er es sich anders. So verrückt es klang, er fühlte sich wohl in Anitas Gegenwart. Und wenn er heute Abend noch irgendeine wichtige Information erhalten wollte, dann wahrscheinlich von ihr.

Verrat

Er hatte von vornherein befürchtet, dass die Identität der beiden toten Frauen nicht allzu lange geheim bleiben würde. Trotzdem ärgerte er sich, dass ihr toter Körper nicht wie geplant im Feuer aufgegangen war. Vielleicht hatte die brennbare Flüssigkeit, die nach dem Feuer in Kvistofta noch übrig gewesen war, einfach nicht ausgereicht. Aber es war müßig, darüber nachzudenken. Wichtiger war, darauf vorbereitet zu sein, dass die Polizei schon bald wissen würde, wen er dort auf dem Kärnan getötet hatte. Und vor allem, wer die verkohlte Leiche aus Kvistofta war.

Er war sich ziemlich sicher, dass sie keine Verbindung zu ihm herstellen konnten. Darauf hatte er die ganzen Jahre immer geachtet. Möglichst im Verborgenen zu agieren. So unscheinbar wie nur möglich zu sein. Und trotzdem die Fäden zu ziehen. Lange Zeit hatte das funktioniert. Bis er an diesem einen Tag unvorsichtig gewesen war. Wenn er ehrlich zu sich war, hatte er den entscheidenden Fehler bereits gemacht, als er sich überhaupt auf die Sache eingelassen hatte.

Dass etwas Unheilvolles im Gange war, hatte er schon vor einigen Wochen gespürt. Vieles davon waren kurze Gespräche oder sogar nur Blicke gewesen, die er aufgeschnappt hatte. Aber erst in dem Moment, als er die Videos auf dem Handy entdeckt hatte und dahintergekommen war, was wirklich vor sich ging und wie gefährlich Sara für die Sache – und vor allem auch für ihn selbst – werden konnte, war er gezwungen gewesen zu handeln.

Es hatte schon etwas besonders Tragisches, dass die Probleme im Grunde nicht einmal etwas mit ihm selbst zu tun hatten. Die meisten kannten ihn nicht. Er war mit Ausnahme weniger Gelegenheiten nie in Erscheinung getreten. Dennoch waren es mittlerweile zu viele, die sein Gesicht kannten. Manche sogar seinen Namen. Auch Sara hatte gewusst, wer er war.

Aber sie hatte nicht ahnen können, dass er der Mann war, der hinter allem steckte. Derjenige, der längst die Pläne schmiedete. Das war auch gut so. Wenn sie ihn nur nicht auf diesen Videos gesehen hätte. In einer Situation, in der ihn niemand sehen sollte. Der Gedanke daran, dass sie sie beobachtet und dabei gefilmt hatte, ließ ihn auch jetzt noch wütend werden. Niemand sollte und durfte jemals davon erfahren, das hatte er sich schon immer geschworen.

Wie auch immer er die Tatsachen drehte, er hatte keine andere Wahl gehabt, als sie aus dem Weg zu räumen. Und mit ihr auch gleich den gesamten Hof, um den er ohnehin keine Träne weinte. Nicht einmal der Verlust der vielen Waffen, die sie dort gelagert hatten, störte ihn in diesem Augenblick. Wenn sie sich neu aufstellten, dann an einem Ort mit besseren Bedingungen. An dem sie sich in Ruhe und in einer Atmosphäre, in der er sich wohlfühlte, vorbereiten konnten. Vielleicht hier in Falsterbo, aber sicherlich nicht noch einmal in diesem Kaff. Noch wichtiger war allerdings, dass die Leute, die sie unterstützten und auf die sie angewiesen waren, in Zukunft von ihm ausgewählt wurden. Er würde nicht noch einmal zulassen, dass jemand sich gegen sie stellte. Schon gar nicht jemand, der mit ihrer Ideologie kaum etwas zu tun hatte.

Ob und an wen Sara diese Videos vor ihrem Tod bereits verschickt hatte, wusste er nicht. Mit viel Glück an niemanden, dafür sprach zumindest, dass bislang offenbar nichts an die Öffentlichkeit gelangt war. Dafür hatte er Grenzen überschritten und Dinge getan, die er zwar vermeiden wollte, die aber auch von Anfang an nicht auszuschließen gewesen waren. Menschen, die ihm im Weg standen oder, noch viel schlimmer, ihn bedrohten, musste er konsequent eliminieren.

Ob Johanna Marklund eine Gefahr für ihn dargestellt hatte, konnte er mit letzter Gewissheit nicht sagen, aber er wusste, dass Sara und sie in letzter Zeit engen Kontakt gehabt und sich darüber ausgetauscht hatten, was ihnen widerfahren war und wie Johanna den Ausstieg geschafft hatte. Die Wahrscheinlichkeit, dass sie mehr wusste, als sie wissen durfte, war zu hoch gewesen.

Sie oben auf dem Kärnan abzupassen, war eine eher zufällige Entscheidung gewesen. Vor ein paar Wochen erst war er dort oben gewesen. Sie hatten einen gemeinsamen Ausflug unternommen, zum ersten Mal hatten sie sich in der Öffentlichkeit gezeigt. Sie waren nervös gewesen, aber niemand hatte sie angesprochen. Vielleicht hatte man sie nicht einmal erkannt. Ihn sowieso nicht, kaum jemand kannte ihn.

Kurz bevor der Turm schloss, war er menschenleer gewesen. Das war meistens so, daran hatte er sich erinnert, als er Johanna Marklund kontaktierte. Eigentlich hatte er gehofft, dass sie erst am nächsten Tag, bestenfalls noch später gefunden wurde. Da er das Eisengatter, das ganz hinauf in den Turm führte, nicht wieder verschließen konnte, war ihm allerdings klar gewesen, dass es nicht lange dauern würde, bis jemand die Leiche entdeckte.

Er hatte keinen richtigen Plan. Eine Tatsache, die ihm am meisten zu schaffen machte. Normalerweise hatte er immer einen Plan. Jeder einzelne Schritt dessen, was sie vorhatten, war vorskizziert. Sie hätten problemlos in die finale Phase übergehen und den Putsch durchführen können. Wenn da nicht diese Nachricht gewesen wäre, die Sara geschickt hatte. Und vor allem die Videos. Sie hatten alles verändert.

Es gab noch eine weitere Person auf seiner Liste. Ob sie die letzte war, um die er sich kümmern musste, konnte er noch nicht sagen. Dafür musste er die Lage weiter beobachten. Wer sich loyal verhielt und wer vielleicht von ihnen abrückte. Oder womöglich auch aus Unbedarftheit Informationen preisgab, die nicht nur schadeten, sondern gefährlich werden konnten.

Was er über diese Person gehört hatte, war jedenfalls alarmierend. Sie hatte Dinge ausgeflüstert, die einem Verrat gleichkamen. Und das konnte er unmöglich durchgehen lassen. Er würde ein weiteres Mal töten müssen. Und dieses Mal würde er keine unnötigen Risiken eingehen.

Sauvignon Blanc

Niklas hatte sich noch nie so einsam gefühlt. Während der Rückfahrt nach Malmö durch die hereinbrechende Dunkelheit über die E6 hatte er zweimal auf dem Standstreifen angehalten, weil er mit sich gerungen hatte, Emma anzurufen und noch einmal um Entschuldigung für etwas zu bitten, das ihm genauso unerklärlich wie ihr war. Er hatte sich schließlich dagegen entschieden, obwohl er gern ihre Stimme gehört hätte.

Dass er im Glauben, sie sei Pernille, auf sie losgegangen war, schien ihm auch jetzt noch immer schwer vorstellbar. Nicht, dass er an Emmas Worten zweifelte, aber wie konnte es nur sein, dass er derart die Kontrolle über sich verlor? Vollkommen aus dem Nichts. In einer Situation, in der Emma und er die Stimmung des Sonnenuntergangs über dem Öresund hätten genießen sollen.

Ja, es hatte diese beiden Trigger-Momente gegeben. Das plötzliche Auftauchen von Pernille vor der Boutique in Davidshall und die Graffiti-Schmierereien an seinem Haus hatten ihn mit voller Wucht getroffen. Sie drohte ihm unverhohlen, oder genauer gesagt: Emma. Ihre Eifersucht in Verbindung mit ihren Alkohol- und Tablettenproblemen überschritt jede Grenze.

War es denn da nicht auch verständlich, dass es um sein Nervenkostüm schlecht bestellt war? Es war unverzeihlich, was er getan hatte, aber musste Emma nun gleich ihre ganze Beziehung in Frage stellen?

Nach dem Gespräch mit Anita Molander, das unbefriedigender als erhofft verlaufen war, war er zurück in Richtung Turm gegangen. Er hatte ein paar kurze Gespräche mit den Einsatzkräften geführt, jedoch ohne weiteren Erkenntnisgewinn. Auch Johansson, der seine Arbeiten mittlerweile abgeschlossen hatte, konnte nichts Neues berichten.

Zwischendurch hatte Reza ihn angerufen und berichtet, dass seine Befragung von Anita Molander länger als geplant dauere. Niklas brauche nicht auf ihn zu warten, er würde später den Zug zurück nach Malmö nehmen. Seine Gedanken, was Reza sich davon verspreche, hatte Niklas für sich behalten.

Aus einem Impuls heraus hatte Niklas anschließend einen der Kollegen aus Helsingborg gefragt, ob er wisse, wo Strindberg sich aufhalte. Die Antwort hatte ihn nicht nur überrascht, sondern bloß noch nachdenklicher gemacht. Strindberg sei bereits gefahren, hatte der Kollege geantwortet. Nach Hause, zu seiner Frau und den Zwillingen, die erst vor ein paar Wochen auf die Welt gekommen seien.

Magnus Strindberg war also verheiratet und hatte Kinder. Ein weiterer Schlag in Niklas' Magengrube. Andererseits bedauerte er dessen Frau. Vielleicht sollte er sie anrufen und ihr erzählen, was ihr Mann hinter ihrem Rücken so trieb. Dass er vergebene Frauen anflirtete. War das nicht eine bessere Rache, als ihn zur Rede zu stellen und ihm womöglich eine zu verpassen?

Nachdem er die Tür zu seinem Haus aufgeschlossen hatte, war er direkt auf die Couch gefallen. Hier lag er jetzt und starrte an die Decke. Was in den vergangenen zwei Tagen passiert war, kam ihm wie ein schlechter Film vor. Noch vor wenigen Wochen hatte er hoffnungsvoll in die Zukunft geblickt. Die Ereignisse um den Tod seines Vaters waren einschneidend gewesen, keine Frage. Genauso wie die Wahrheit über das, was seine Eltern damals getan hatten. Aber auf der Reise durch Kalifornien hatte sich trotzdem vieles richtig und gut angefühlt. Einfach nur an Emmas Seite zu sein und es vielleicht besser zu machen als seine Eltern.

Doch zurück in Schweden war dann innerhalb weniger Tage sein Leben wie ein Kartenhaus zusammengefallen. Als wäre es nicht schon herausfordernd genug, dass Pernille plötzlich wieder aufgetaucht war – in noch schlechterem Zustand und regelrecht angsteinflößend –, hatten sie es mit einem Fall von nationaler Bedeutung zu tun. Nichts anderes als die schwedische Demokratie stand auf dem Spiel.

Und nun auch noch seine Beziehung mit Emma.

Er blieb eine ganze Weile liegen, dachte darüber nach, wie es so weit hatte kommen können, wie schlimm es um seinen psychischen Zustand wirklich stand und ob er es nicht doch noch einmal bei Emma probieren sollte. Vielleicht hatte sie sich mittlerweile etwas beruhigt.

Irgendwann richtete er sich auf und ging rüber in seine Küche, um sich eine angebrochene Flasche Weißwein aus dem Kühlschrank zu holen. Es war schon kurz nach elf, wie ihm ein kurzer Blick auf die Uhr zeigte.

Er goss sich ein Wasserglas voll und setzte sich an den Küchentisch, so wie er es früher oft getan hatte. Viele Nächte hatte er hier verbracht, wenn er in schwierigen Ermittlungen feststeckte. Dann hatte er versucht, neu zu denken. Die vorliegenden Erkenntnisse noch einmal aus allen Blickwinkeln zu betrachten, auch aus denen, die vielleicht im ersten Moment gar keinen Sinn ergeben wollten.

Nicht immer führte dieses Vorgehen zum Erfolg, aber manchmal hatte er Hinweise gefunden, die ihren Ermittlungen neuen Schwung verliehen.

Er klappte sein Notebook auf, nahm einen großen Schluck Sauvignon Blanc, von dem er immer eine Flasche im Kühlschrank hatte, und begann mit seiner Recherche. In die Suchmaschine gab er einige Begriffe ein, die ihm auf der Rückfahrt aus Helsingborg durch den Kopf gegangen waren.

Sie wussten noch immer viel zu wenig über August Björk. Tommy hatte zwar die wichtigsten Karrierestationen in dessen Leben herausgearbeitet, aber Niklas fehlten persönliche Anekdoten. Details und Geschichten, die sich nicht aus einem Lebenslauf ablesen ließen.

Nach einer knappen Stunde hatte er eine Ahnung, weshalb sich Tommys Informationen vor allem auf die beruflichen Eckdaten von Björk konzentrierten: Es gab so gut wie nichts, das einen besseren Einblick in die private Person August Björk lieferte. Obwohl er als Vorsitzender einer Partei, die in Schweden einen rasanten Aufstieg hingelegt hatte, eigentlich im Fokus der Öffentlichkeit gestanden hatte, war erstaunlich wenig über seine eigentliche Motivation und seine Sozialisierung zu finden. Oder generell über sein Privatleben.

Tommy hatte berichtet, dass Björk ledig sei. Aber was hieß das denn? Hatte er eine Partnerin? War er vielleicht früher schon einmal verheiratet gewesen? Oder lebte er tatsächlich allein, so wie sein öffentliches Erscheinungsbild es vermuten ließ?

Nach dem dritten Glas Wein spürte Niklas eine gewisse Müdigkeit, aber endlich auch eine Lockerheit in seinen Gedanken. Die Schwere war verschwunden, er richtete den Blick wieder nach vorn, und wenn auch nur aus einer Trotzhaltung heraus. Sein Verhalten am Ribban beschäftigte ihn immer noch. Nicht nur, weil er sich schuldig fühlte.

Plötzlich fiel sein Blick auf einen Treffer bei seiner Recherche im Internet. Er hatte in sozialen Medien und einigen Foren nach August Björk gesucht. Und auf einmal war da etwas, das seine Aufmerksamkeit erregte. Ein zweizeiliger Kommentar unter einem Artikel, der mehr als zehn Jahre alt war. Damals war Björk durch hohe Umfragewerte immer stärker in den medialen Fokus gerückt. Es war ein Bericht im »Aftonbladet«, der Björks politische Ziele nicht nur negativ darstellte, wie die meisten Leitmedien es taten, sondern versuchte, zugleich positive Aspekte herauszustellen.

Die Kernbotschaft lautete: Kann ein patriotisches Schweden auch modern sein?

Unter dem Online-Artikel hatte es Hunderte Kommentare gegeben. Die meisten verurteilten die reißerische Überschrift und die Spaltung der Gesellschaft durch derartige Texte. Manch einer fühlte sich bemüßigt, in die eine oder andere Richtung zu argumentieren und dabei im übertragenen Sinne kein Blatt vor den Mund zu nehmen.

Aber dann war da ein Kommentar, über den Niklas beim Herunterscrollen stolperte. Nur ein kurzer Satz, wenige Worte. Eine Beschimpfung, bei der er sich fragte, weshalb sie überhaupt noch immer dort zu lesen war, anstatt vom Betreiber des Portals entfernt worden zu sein. Zweifellos wünschte dort jemand Björk den Tod und titulierte ihn als »Schwuchtel«, die niemals glaubhaft die schwedischen Rechten vertreten dürfe.

Schwuchtel.

Einfach nur ein hasserfüllter Kommentar ohne irgendeine Bedeutung? Oder wusste da etwa jemand mehr über Björks Privatleben?

Der bekannteste rechte Politiker Schwedens, über den sie herausgefunden hatten, dass er durch einen Putsch die Macht im Land an sich reißen wollte, war womöglich schwul. Wenn Letzteres zutraf, war das tatsächlich einer dieser Hinweise, der die Ermittlungen in eine neue Richtung lenken konnte. Jedenfalls war sich Niklas sicher, dass es gerade in der rechten Szene so manchen gab, dem eine solche sexuelle Neigung mehr als ein Dorn im Auge war.

Ich bin bereit

Seit zwei Tagen war das Leben von Mikael Ekdal eine einzige Katastrophe. Nichts mehr war wie zuvor. Er hatte kaum eine Minute geschlafen seit seiner Rückkehr aus Stockholm, wo er sich mit einer Kontaktfrau von der Säpo getroffen hatte. Sie hatte ihm bestätigt, dass jeder, der in die Operation eingebunden war, bereit für den großen Schlag sei. Anschließend hatte er die aktuellen Pläne erläutert, so wie es ihm Björk aufgetragen hatte, woraufhin die Frau ihn argwöhnisch angesehen hatte. Jede weitere Verzögerung würde ein nicht kalkulierbares Risiko nach sich ziehen. Sie könne nicht garantieren, dass sie sich auf jedes einzelne Rädchen auch in ein paar Monaten noch verlassen konnten. Worin die erneute Verschiebung denn begründet liege, hatte sie gefragt. Aber darauf konnte er keine Antwort geben. Wäre es nach ihm gegangen, hätten sie schon längst zugeschlagen und die Regierung gestürzt.

Hätte er gewusst, was ihn in Kvistofta bei seiner Rückkehr erwartete, wäre er wahrscheinlich in Stockholm geblieben und bei jemandem untergetaucht, den er kannte. Alles, wofür er die letzten zwei Jahre gelebt hatte, schien sich durch das Feuer auf Björks Hof in nichts weiter als Asche und Staub verwandelt zu haben.

Er hatte Björk direkt von seinem Gespräch mit der Frau von der Säpo berichten wollen und den Hof angesteuert, als ihm bereits von Weitem aufgefallen war, dass etwas nicht stimmte. Mehrere Einsatzwagen der Feuerwehr und Polizei parkten entlang der Einfahrt. In weiser Voraussicht war er zügig an dem Grundstück vorbeigefahren und dann in einen Waldweg eingebogen, wo er seinen Wagen nach etwa zweihundert Metern abgestellt hatte, um die letzten Meter bis zur Hofrückseite durch einen kleinen Birkenwald zu laufen.

Der penetrante Brandgeruch, der in der Luft hing, ließ ihn

bereits das Schlimmste befürchten. Sekunden später sah er dann das ganze Ausmaß der Katastrophe. Von der Scheune standen nur noch einzelne Mauerreste, aber auch das Haus hatte es schwer erwischt.

Auch jetzt, zwei Tage später, hatte er weder eine Vermutung, wie es zu dem Feuer kommen konnte, noch wusste er, wo Björk steckte. Letzteres bereitete ihm die größten Sorgen.

Zu allem Überfluss hatten kurze Zeit danach die Bullen vor seiner Tür gestanden. Sie suchten nach Björk, weil sie nicht davon ausgingen, dass er in den Flammen ums Leben gekommen war. Aber wieso sollte er dann verschwunden sein?

Das Gespräch mit ihnen war irgendwie vollkommen aus dem Ruder gelaufen. Es war ihm in dieser Situation nicht gelungen, seine Gedanken zu ordnen. Somit hatte er sich immer weiter in die Bredouille gebracht und sich dazu verleiten lassen, Dinge zu sagen, die er sofort wieder bereut hatte. Aus dieser Verwirrung heraus war es zu der Entscheidung gekommen, Björk zu verraten und vorzutäuschen, er hätte mit der ganzen Sache nichts zu tun.

Ekdal stützte sich mit beiden Händen auf dem Rand des Waschbeckens in seinem Badezimmer ab und betrachtete sich im Spiegel. Sein unrasiertes Gesicht machte einen übermüdeten Eindruck, der Blick war so leer, dass ihn die Vorstellung überkam, durch sich selbst hindurchsehen zu können.

Wie hatte er nur so dumm sein können? Wenn Björk Wind davon bekam, würde er mit Sicherheit nicht zögern …

Plötzlich zuckte er zusammen. Sein Handy, das auf der Ablage unterhalb des Spiegels lag, vibrierte und leuchtete auf. Hastig warf er einen Blick auf das Display und erschrak direkt ein weiteres Mal: Björk hatte ihm eine Nachricht geschrieben. Sie nutzten einen ziemlich unbekannten Messenger, der angeblich sicherer war als die üblichen Apps.

Wusste Björk bereits Bescheid über den Verrat? Andererseits hatten die Bullen wahrscheinlich ohnehin auf dem Hof Beweise gefunden, die Björk belasteten. Er hatte doch nur ausgesagt, was sie auch ohne ihn herausgefunden hätten. Verdammt, fluchte er in sich hinein. Er hätte ihnen auch einfach nichts sagen können, dann wäre die Situation zwar genauso beschissen, aber er hätte wenigstens ein gutes Gewissen und müsste nicht Björks Rache befürchten.

Am liebsten hätte er die Nachricht einfach ignoriert, hätte sich aufs Sofa gesetzt, ein weiteres Bier geöffnet und »Call of Duty« an seiner Konsole gespielt. Aber das würde Björk bestimmt noch wütender machen. Und er wusste aus eigener Erfahrung, was es hieß, wenn der wütend wurde. Dann wurde es richtig ungemütlich.

Angespannt entsperrte er das Handy und öffnete die App. Die Nachricht war nicht lang, und er überflog sie:

Ich bin für ein paar Tage untergetaucht, aber mir geht es gut. Es sind leider Sachen vorgefallen, die so nicht geplant waren. Natürlich machen wir wie vorgesehen weiter, und selbstverständlich brauche ich dich dafür. Aber wir müssen uns zuerst dringend treffen, um die weiteren Schritte zu besprechen. Ich melde mich kurzfristig bei dir.

Ekdal schüttelte irritiert den Kopf. Er hatte mit Beschimpfungen und Drohungen gerechnet. Nach dem, was in den letzten Stunden und Tagen passiert war, bestenfalls mit einer knappen Anweisung, so wie er es aus der Vergangenheit kannte. Aber nicht mit einer Nachricht, in der Björk darum bemüht war, die Dinge herunterzuspielen. Und ihm vor allem das Gefühl zu vermitteln, wie wichtig er sei.

Er war ein kleiner Handlanger, der Björks Pläne unterstützte. Der genug hatte von dieser Regierung und dem Kuschelkurs, den sie gegenüber den vielen Migranten fuhr. Von viel zu hohen Preisen und dem ganzen Klimagequatsche. Und schon gar nichts wollte er von gendergerechter Sprache hören. Er wollte ein Schweden zurück, in dem die Welt in Ordnung war. Ein Schweden, von dem ihm seine Großeltern erzählt hatten.

Aber meinte Björk das wirklich ernst? Er wollte in dieser Situation, in der er untergetaucht war, ausgerechnet ihn treffen, um die weiteren Schritte zu besprechen? Das konnte doch eigentlich unmöglich wahr sein. Aber es stand hier genau so in dieser Nachricht auf seinem Handy, auf die er immer noch fassungslos starrte.

Er würde ihm sofort antworten. Das Vertrauen, das Björk in ihn gesetzt hatte, musste er zurückzahlen. Das schlechte Gewissen nagte an ihm. Aber so wie es aussah, wusste Björk nichts von seinem Verrat. Alles war in Ordnung. Für ihn.

Sein Daumen huschte über die Tastatur seines Handys. Ekdal fasste sich so kurz wie möglich. Er wollte weiterhin Teil des Ganzen sein. August Björk unterstützen. Noch viel stärker, als er es bislang getan hatte.

Er las die Worte, die er geschrieben hatte, noch einmal:

Ich bin bereit.

Mehr war es nicht. Dann drückte er auf »Senden«.

Offene Münder

»Johanna Marklund. Zweiundvierzig Jahre alt, wohnhaft in Helsingborg. Lokalpolitikerin bei den Schwedendemokraten. Ihr Bruder hat sie als vermisst gemeldet, weil sie gestern Abend nicht zu einem verabredeten Abendessen erschienen ist, nicht an ihr Handy ging und zu Hause die Wohnungstür nicht geöffnet hat. Die Fotos, die wir von ihr gefunden haben, lassen kaum einen Zweifel aufkommen, dass sie die Frau ist, die gestern Abend tot auf dem Kärnan-Turm in Helsingborg gefunden wurde. Eine Identifizierung der Leiche steht allerdings noch aus.«

Niklas versuchte, die Information, die Tommy ihm gerade auf dem Flur der Mordkommission zugeraunt hatte, einzuordnen. Er kannte keine Johanna Marklund, aber das hatte nichts zu bedeuten. Für Politiker und Politikerinnen auf kommunaler Ebene hatte er sich nie sonderlich interessiert. »Standen die beiden sich nahe?«, rief er ihm hinterher.

Tommy zuckte nur mit den Schultern und ging weiter.

In drei Minuten sollte Niklas zusammen mit Larsson eine Pressekonferenz abhalten, um darüber zu berichten, was in Kvistofta und gestern Abend geschehen war. Kurz hatten sie darüber nachgedacht, das Ganze in Helsingborg zu veranstalten, aber weder hatte jemand Lust darauf, sich mit den Kollegen abzustimmen, noch war es sinnvoll, lag die Verantwortung für den Fall doch ausschließlich bei ihnen.

Die Zeitungen spekulierten längst und hatten ihre Journalisten darauf angesetzt, herauszufinden, was sich auf dem Hof von August Björk abgespielt hatte. Vielleicht hatten sie zu lange damit gewartet, an die Öffentlichkeit zu gehen, aber ihre Informationslage war selbst heute Morgen noch nicht so belastbar, dass sie mit einem guten Gefühl Rede und Antwort stehen konnten. Und die Information von Tommy war sicherlich noch nichts, was sie nach außen geben konnten. Genauso wenig wie das, was Niklas vergangene Nacht recherchiert hatte, als er nicht schlafen konnte und sich vor seinem Computer mit Arbeit die schlechten Gedanken vertrieben hatte.

Nicht nur deshalb hasste Niklas Pressekonferenzen. Er mochte es grundsätzlich nicht, im Mittelpunkt zu stehen, aber es gab in ihrem Team auch niemand anderen, der diesen Part gern übernahm.

Er hatte geahnt, dass das Interesse groß sein würde. Zum einen, weil August Björk landesweit über viele Jahre das bekannteste Gesicht der Rechten in Schweden gewesen war, zum anderen hatte der gestrige Fund der Leiche auf dem Kärnan medial bereits hohe Wellen geschlagen. Dass der Raum, in dem etwa dreißig Stühle aufgestellt waren, nicht nur bis auf den letzten Platz gefüllt war, sondern auch noch mehr als ein Dutzend Journalisten ganz hinten an der Wand lehnten und nicht erwarten konnten, ihre reißerischen Artikel zu schreiben, hatte Niklas allerdings nicht erwartet.

Augenblicklich spürte er eine Nervosität in sich aufsteigen, die er schon lange nicht mehr gefühlt hatte. Emma und er waren, weit bevor sie zusammengekommen waren, ein berufliches Paar gewesen. Jahrelang hatten sie Seite an Seite ermittelt. Jeder wusste genau, wie der andere tickte, und sprang ein, wenn es nötig war. Sie traten als Team auf, in dem beide ihre Stärken einbrachten.

Doch jetzt musste er allein durch die Stuhlreihen bis ganz nach vorn gehen und die neugierigen Blicke der versammelten Journaille ertragen. Zu seiner großen Überraschung stand nicht nur Petter Larsson hinter dem Tisch, auf dem bestimmt ein Dutzend Mikros positioniert waren, sondern auch die Polizeipräsidentin Stine Borg. Die Lage war also so ernst, dass sie ihn nicht allein mit Larsson der Pressemeute zum Fraß vorwerfen wollte.

Niklas nickte den beiden zu, erntete jedoch lediglich einen hilflosen Blick von Larsson und einen grimmigen Gesichtsausdruck von Stine Borg. Er konnte nicht daraus schließen, dass sie besonders schlechte Laune hatte, denn im Prinzip kannte er nur diese eine Mimik von ihr.

Er setzte sich auf den Stuhl ganz links und tat so, als blättere er durch die Unterlagen, die er mitgebracht hatte.

»Bist du gut vorbereitet?«

Niklas fuhr herum. Hinter ihm lehnte sich Larsson über seine Schulter und sah ihn mit einem für seine Verhältnisse besorgten Blick an. »Sie will nur ein paar einleitende Worte sagen. Über die Erkenntnisse, die uns bislang vorliegen, sollen allerdings wir berichten. Das bedeutet, dass ...«

»... es an mir hängen bleibt, weil du keine Ahnung hast, wo wir stehen«, platzte es aus Niklas hervor. Noch nie hatte jemand aus dem Team Larsson gesagt, was sie davon hielten, dass er keine Verantwortung übernahm und sich für Ermittlungen immer nur oberflächlich interessierte.

»Du schaffst das schon.« Larsson lächelte seinen Kommentar weg und klopfte ihm auf die Schulter. Im nächsten Moment pochte Stine Borg mit ihrem Finger gegen eines der Mikros und erhob ihre tiefe Stimme.

Sie begrüßte die anwesenden Reporter der Print- und Online-Medien sowie die TV- und Radio-Teams. Dann stellte sie Larsson und Niklas vor und berichtete kurz von dem Brand auf dem Hof in Kvistofta sowie dem Leichenfund in Helsingborg. Weder erwähnte sie, dass auch auf Björks Anwesen eine Leiche gefunden worden war, noch nannte sie irgendeinen Namen.

Als sie das Wort an Larsson weitergab und der schon nach dreißig Sekunden Niklas das Mikro hinschob, hatte er nicht den Hauch einer Ahnung, was er der Presse erzählen sollte.

Anders als sonst in Pressekonferenzen üblich, entschied er sich, möglichst viele Informationen preiszugeben. Die Pläne von August Björk und ihre Entdeckung des Waffenlagers behielt er allerdings genauso wie die Identität von Johanna Marklund für sich. Nach fünf Minuten schloss er mit den Worten: »Wir haben es mit einem komplexen Geschehen zu tun. Weshalb ich gerade beide Taten erwähnt habe: Es gibt Hinweise darauf, dass sie zusammenhängen könnten. Aktuell verfolgen wir mehrere Spuren, denen das ganze Team akribisch nachgeht. Hierzu können wir zum jetzigen Zeitpunkt allerdings noch nichts Konkretes sagen. Danke schön.«

Sofort spürte Niklas Erleichterung. Er hatte das Gefühl, dass er die bisherigen Erkenntnisse gut zusammengefasst hatte. Auch das Nicken von Stine Borg nahm er aus dem Augenwinkel wahr, was ihn bestärkte.

Wenn da nicht im nächsten Moment Dutzende Arme in die Luft geschnellt und unzählige Fragen auf ihn eingeprasselt wären. Er kam sich vor wie in einem Film, in dem sich die Polizei oder Staatsanwaltschaft der aufgeregten Presse entgegenstellte. Jemand musste das Ganze verdammt noch mal koordinieren, fuhr es ihm durch den Kopf.

»Ruhe!«, hallte es auf einmal durch den Raum. »Wenn Sie wollen, dass Ihre Fragen beantwortet werden, verhalten Sie sich jetzt bitte zivilisiert, verstanden? Andernfalls beenden wir das Ganze hier sofort.«

Niklas' Blick glitt zur Seite. Reza lehnte links von ihnen zwischen zwei Fenstern an der Wand und warf seinen kritischsten Blick in die Runde. Niklas hatte nicht mitbekommen, dass er hier war, umso mehr freute er sich jetzt über die unverhoffte Unterstützung.

Rezas Stimme schien Gewicht zu haben. Die anwesenden Journalisten beruhigten sich wieder. Jetzt war es Stine Borg, die noch einmal dazwischenging und klarmachte, dass sie bestimmten, wie diese PK verlief.

Noch immer meldeten sich die Journalisten, jetzt aber deutlich zurückhaltender. Niklas zögerte nicht lange und nickte einer jungen, dunkelhäutigen Frau in der ersten Reihe zu.

»Ich habe verstanden, dass auch in Kvistofta jemand ums Leben gekommen ist. Gehen Sie davon aus, dass August Björk etwas damit zu tun hat? Suchen Sie ihn, weil er einen Menschen getötet hat?«

»Die ehrliche Antwort ist, dass wir nicht wissen, was in Kvistofta passiert ist. Unsere Fahndung konzentriert sich derzeit auf August Björk, aber das muss nicht heißen, dass er der Täter ist.«

»Kann es denn sein, dass er sich selbst auch in Gefahr befindet?«, fragte ein Mann aus den hinteren Reihen.

»Auch das ist nicht auszuschließen. Wir gehen allen Hinweisen nach.«

»Können Sie denn irgendetwas zu der Identität der Opfer sagen?«, fragte ein weiterer Reporter.

»Die Obduktionen stehen in beiden Fällen noch aus und gestalten sich schwierig«, antwortete Niklas.

»Stimmt es, dass das Opfer in Kvistofta in dem Feuer ums Leben gekommen ist?«

»Ja, das ist richtig.«

»Und was lässt Sie annehmen, dass es sich um eine Straftat handelt und nicht um einen Unfall?«, wollte der Nächste wissen.

»Wir haben Hinweise gefunden, dass der Brand mutwillig gelegt wurde«, antwortete Niklas geduldig. So viel durfte er wohl verraten.

»Nein, ich spreche von dem Opfer«, entgegnete der Journalist postwendend. Ein kleiner, untersetzter Mann mit wenigen Haaren, deren Reste er quer über seinen runden Kopf frisiert hatte. »Wieso gehen Sie davon aus, dass diese Person ermordet wurde?«

»Das ...« Niklas stockte. Sollte er erzählen, dass die unbekannte Frau in einem Kellerverlies unterhalb der Scheune angekettet an ein Rohr qualvoll verkohlt war? Er entschied sich für einen anderen Weg.

»Wir möchten uns an dieser Stelle noch nicht dazu äußern, bitte verstehen Sie das. Wir haben allerdings keine Zweifel daran, dass das Opfer nicht durch einen tragischen Unfall zu Tode gekommen ist.« So sollten die Pressevertreter auch selbst darauf kommen, was er meinte, ohne dass er zu viele Details preisgab.

»Habe ich das vorhin richtig verstanden, bei dem Opfer in Helsingborg handelt es sich um eine Frau?«, hakte die Frau aus der ersten Reihe ein, die Niklas schon zuvor aufgefallen war. Sie stach hervor, weil sie im Gegensatz zu ihren Kolleginnen und Kollegen einen zurückhaltenden und freundlichen Eindruck machte.

»Das stimmt«, antwortete er. »Wir gehen davon aus, dass auch das Opfer in Kvistofta weiblich ist.«

»Könnte es denn sein, dass der Täter ein Serienmörder ist, der es speziell auf Frauen abgesehen hat?«

»Wenn zwei Frauen innerhalb weniger Tage ermordet werden und ein Zusammenhang nicht ausgeschlossen werden kann, müssen wir das theoretisch in Betracht ziehen, aber unser bisheriger Ermittlungsstand lässt diesen Schluss dennoch nicht zu. Wir suchen nicht nach einem Serienmörder im klassischen Sinn.«

Niklas forderte einen jungen Mann in der zweiten Reihe auf, seine Frage loszuwerden. Er war einer derjenigen, die sich besonders aufdringlich gemeldet hatten.

»Sie werden doch bestimmt eine Theorie haben, ob August Björk nun als Täter in Frage kommt, oder nicht?«, begann er mit provokantem Unterton. »Für die Bevölkerung wäre es gut zu wissen, wie gefährlich der Mann ist, wenn er da draußen frei herumläuft. Und weshalb brennt er seinen eigenen Hof nieder und –«

»Ich verstehe, worauf Sie hinauswollen«, unterbrach Niklas den Mann. »Aber zum jetzigen Zeitpunkt können wir Ihnen nichts über seinen Verbleib sagen. Falls er der Täter ist, glauben wir jedoch nicht, dass er eine Gefahr für die Allgemeinheit darstellt.«

»Und weshalb nicht? Immerhin reden wir über August Björk.« Der gedrungene Mann, der eben schon eine Frage gestellt hatte, war jetzt aufgestanden und fixierte Niklas. Seine Augen hatten etwas Feindseliges.

»Meines Wissens haben wir nicht zu befürchten, dass von

Björk eine Gefahr ausgeht. Nur weil er vor einigen Jahren Vorsitzender der Schwedendemokraten war, können wir ihn nicht ohne einen konkreten Verdacht zweier schwerer Verbrechen verdächtigen.«

»Nur weil er Vorsitzender der Schwedendemokraten war?«, platzte es aus dem Mann heraus. »Wissen Sie eigentlich, welche Thesen dieser Mann vertreten hat? Ich kann mir sehr gut vorstellen, dass er im wahrsten Sinne des Wortes auch über Leichen geht, wenn er seine Ziele erreichen oder irgendetwas vertuschen will.«

»Mit Verlaub, es geht hier nicht darum, was Sie sich vorstellen können«, reagierte Niklas nun zum ersten Mal gereizt. »Wir machen unseren Job und wägen sehr genau ab, was wir an Informationen herausgeben können und wo wir uns aus ermittlungstaktischen Gründen zurückhalten.«

»Was sind denn das für ermittlungstaktische Gründe?«, warf der junge Mann aus Reihe zwei in den Raum und stand jetzt ebenfalls auf. »Etwa die Tatsache, dass Björk sich auf diesem Hof in Kvistofta mit den dunkelsten Gestalten der rechten Szene getroffen hat, weil er etwas plant, das einem Putsch gleichkommt? Oder wissen Sie davon etwa gar nichts?«

Niklas zuckte zusammen. Wie zum Teufel konnte es sein, dass dieser Journalist darüber Bescheid wusste, was in Kvistofta vor sich gegangen war? Hatte jemand aus dem Team in den vergangenen Tagen geflüstert, oder hatte die Zeitung, für die der Mann arbeitete, eigene Recherchen betrieben? Aus dem Augenwinkel erkannte er, dass Larsson die Hände vors Gesicht schlug und Stine Borg wutentbrannt schnaubte.

»Mein Team und ich haben zwei Jahre lang an dieser Story gearbeitet«, fuhr der Journalist fort. Anders Forssell war sein Name, wie Niklas an dem Namensschild auf dessen Hemd erkannte. Er arbeitete für »Sydsvenskan«, die größte Morgenzeitung in Skåne.

»Wir waren kurz davor, sie zu bringen, aber dann brennt plötzlich der komplette Hof ab und Björk taucht unter. Ich frage Sie, wie kann das sein, dass so etwas mitten in Schweden passiert? Jeder weiß, wer August Björk ist, und es war jedem bekannt, dass er den Hof in Kvistofta gekauft hat. Haben Sie denn niemals überprüft, was dort vor sich geht?«

Niklas atmete tief durch, suchte noch nach den richtigen Worten, als Stine Borg neben ihm plötzlich vehement aufstand und den versammelten Journalisten ein »Es reicht jetzt!« entgegenrief.

Dann setzte sie zu einer Tirade an, die Niklas so noch nicht erlebt hatte. Mehrere Minuten lang beschimpfte sie die Medien, dass sie kein anderes Ziel verfolgen würden, als ständig die Arbeit der Polizei zu diskreditieren, und ihnen dabei auf der verzweifelten Suche nach Klicks jedes Mittel recht sei. Sie holte aus, wie unsäglich Zeitungen und Fernsehsender in der Vergangenheit über die Bandenkriminalität in Malmö berichtet und immer wieder die Polizei, und in erster Linie sie selbst, kritisiert hätten, nur weil sie versuchte, hart durchzugreifen, und viele der Kriminellen auch schon wegen kleiner Vergehen hinter Gitter steckte.

Die Medien hatten ihr Spaltung und soziale Kälte vorgeworfen. Manche Zeitung hatte sogar geschrieben, ihre Polizeipolitik sei rassistisch. Jetzt war offenbar der Moment gekommen, zurückzuschlagen. All das loszuwerden, was sich in Stine Borg aufgestaut hatte. Dabei hängte sie sich vor allem daran auf, was Anders Forssell vorhin gesagt hatte. Wie könne es sein, schrie sie beinahe, dass Journalisten seit zwei Jahren Informationen über August Björk sammelten und darüber informiert seien, was dieser plante, ohne sich damit an die Polizei zu wenden? Das Ganze sei strafbar und vollkommen verantwortungslos.

»Die Pressekonferenz ist hiermit beendet!«, setzte sie zum Schlussakkord an. »Verlassen Sie augenblicklich dieses Haus. Ich habe kein Vertrauen mehr in Sie. In Zukunft werden wir Sie über andere Kanäle informieren. Und nur noch mit dem Nötigsten!«

Abrupt, wie eine Marionette, an der jemand zu stark zog,

wandte sie sich zur Seite und verließ den Raum durch eine seitliche Tür, die eigentlich nur für Notfallsituationen vorgesehen war. Genau so eine schien jetzt gekommen.

Stine Borg knallte die Tür hinter sich zu und ließ die Journalisten-Runde mit offenen Mündern und ungläubigen Blicken zurück. Auch Niklas saß staunend da und versuchte zu begreifen, was da gerade geschehen war.

Erinnerungsblitz

Das schlechte Gewissen plagte Emma, seit sie Tommy vorhin geschrieben hatte, ihr gehe es nicht gut und sie würde heute nicht ins Präsidium kommen.

Sie war nicht krank, im Gegenteil. Sie wollte sich in Arbeit stürzen, diesen Fall so schnell wie möglich aufklären. Aber sie wollte nicht in Niklas' Nähe sein, nach dem, was gestern Abend passiert war.

In dem Moment, als er sich auf sie gestürzt hatte, hatte sie Angst gehabt. Angst, dass er den Verstand verlöre. Wie sollte sie sicher sein, dass es einmalig war? Jederzeit konnte er wieder in diesen Wahn verfallen und sie angreifen. Es war schlichtweg zu gefährlich, in seiner Nähe zu sein. Und das betraf ehrlicherweise nicht nur sie. Was, wenn er jemand anderen angreifen würde, weil plötzlich Bilder von Pernille in seinem Kopf auftauchten? Dann hätte auch sie sich strafbar gemacht, weil sie ihn nicht angezeigt hatte. Niemandem davon erzählt hatte, was geschehen war. Um ihn zu schützen, weil sie ihn liebte.

Konnte sie ihn denn überhaupt noch lieben?

Am meisten schockierte sie die Tatsache, dass er versuchte, die Sache herunterzuspielen. Niklas wollte einfach so weitermachen, als wäre nichts geschehen. Er verdrängte, dass er unter einer Psychose litt, wollte es wahrscheinlich selbst nicht wahrhaben. Aber so wie er selbst monatelang erfolglos auf Pernille eingeredet hatte, als die beiden noch ein Paar gewesen waren, würde es auch ihr nicht gelingen, ihn davon zu überzeugen, sich professionelle Hilfe zu holen. Sich womöglich sogar in eine psychiatrische Klinik zu begeben, weil seine Erkrankung schon zu weit fortgeschritten war, um sie nur mit ein paar Therapiegesprächen zu heilen.

Sie hatte es schon in Kalifornien gespürt, dass etwas nicht

mit ihm stimmte. Es waren nur kurze Aussetzer gewesen, in denen er wie weggetreten wirkte. Momente, in denen er während eines Gesprächs plötzlich nicht mehr geantwortet hatte, um Sekunden später so zu tun, als wäre gar nichts gewesen. Sie hatte ihn nicht darauf angesprochen, weil sie glaubte, es hätte vor allem mit dem Tod seines Vaters zu tun. Dass er die Ereignisse aus Kivik verarbeiten musste, war normal und vollkommen verständlich. Aber da hatte sie noch nicht geahnt, dass es so viel schlechter um ihn stand.

Sie saß nun schon seit zwei Stunden an ihrem Küchentisch und starrte auf ihr Notebook. Sie hatte Dutzende Websites auf der Suche nach einem Strohhalm durchforstet, an den sie sich klammern konnte. Es musste doch möglich sein, noch mehr über August Björk herauszufinden als das bisschen, was ihnen vorlag. Der Mensch hinter dem rechtspopulistischen Politiker war noch immer ein großes Rätsel. Mit wem hatte er sich umgeben? Wer hatte ihm besonders nahegestanden? Und vor allem: Wo konnte er sich aufhalten, wenn er nach dem Feuer auf seinem Hof geflüchtet war? Entweder weil er selbst der Täter war oder aber, weil er sich aus Angst, selbst Opfer zu werden, irgendwo versteckte.

Je tiefer sie in die Welt von Björk eingetaucht war, desto mulmiger wurde ihr zumute. Nicht dass sie nicht schon in Kvistofta genug entdeckt hatten, um schockiert zu sein – auch im Internet tummelten sich schwedische Rechtsextreme mit ihrem kruden Gedankengut auf verschiedenen Social-Media-Kanälen und in speziellen Foren. Schamlos wurde dort rechte Hetze verbreitet und offen damit gedroht, die Regierung mit Gewalt zu stürzen, wenn sich die Migrationspolitik nicht bald grundlegend ändere.

Emma kannte diese Parolen – die Schwedendemokraten hatten die politische Sprache in den letzten Jahren verändert. Sätze, die früher niemandem über die Lippen kamen, gehörten mittlerweile zur Normalität nicht nur im Internet, sondern auch auf der Straße und selbst im politischen Diskurs.

Was Emma hier in dieser Telegram-Gruppe las, in die sie eben zufällig geraten war, überstieg allerdings alles an Hass, was bislang auf dem Bildschirm vorbeigeflimmert war. Gewaltphantasien und konkrete Anleitungen, wie ein Regierungssturz vonstattengehen sollte. Pläne zur Massendeportation von Migranten, die Abschaffung von demokratischen Wahlen und der bisherigen Parteienlandschaft und die Abkoppelung vom Welthandel. Manche forderten den sofortigen Austritt aus der NATO und der EU und die eigene militärische Aufrüstung. Und dann gab es sogar noch Stimmen, die eine Ausdehnung der schwedischen Grenzen vorsahen mit Ziel, ein Großschwedisches Reich wie im 17. Jahrhundert zu erschaffen.

Sie schluckte schwer, wenn sie sich vorstellte, dass es reale Menschen waren, die sich so äußerten, und nicht irgendwelche Bots. Darauf deuteten jedenfalls die Namen der Gruppenteilnehmer hin. Klarnamen, keine Pseudonyme oder Initialen. Ob diese Leute – vorwiegend Männer, aber zu Emmas Überraschung auch einige hasserfüllte Frauen – in irgendeiner Weise mit August Björk in Verbindung standen, konnte sie nicht sagen. Zwar fiel immer wieder mal sein Name, wenn es darum ging, wer der richtige Anführer einer zukünftigen Regierung sein könnte, aber sie hatte nicht das Gefühl, dass es sich bei ihnen um enge Vertraute handelte. Eher um einzelne Rechtsextreme oder auch versprengte Gruppen.

Sie scrollte weiter durch den Chat. Noch mehr Hass und unvorstellbare nationalistische Neigungen. Es gelang ihr immer weniger, die Worte nicht an sich heranzulassen. Sie wühlten sie auf. Sie spürte Wut und Angst zugleich. Wie konnte es bloß so weit kommen, dass Menschen das gesamte Land ins Chaos stürzen wollten? Sie befanden sich noch immer in Schweden, nicht im Nahen Osten. Und schon gar nicht in den Vereinigten Staaten von Amerika.

Sie lächelte bei dem Gedanken. Ein sarkastisches Lächeln in einer Situation, die so gar nicht zum Lächeln war.

Sie grinste noch immer, als ihr Blick plötzlich auf dem Monitor ihres Notebooks hängen blieb. Ein Foto von August Björk. Sofort verschwand das Lächeln. Das Bild schien relativ aktuell zu sein, zumindest sah Björk älter aus als zu der Zeit, als er Vorsitzender der Schwedendemokraten gewesen war. Außerdem meinte sie zu erkennen, dass das Foto auf dem Hof in Kvistofta entstanden war. Im Hintergrund war die Front des Hauses zu sehen, in dem Björk seine fanatischen Pläne geschmiedet hatte.

Aber da waren noch andere Personen zu erkennen. Es machte den Anschein, als habe eine Veranstaltung auf dem Hof stattgefunden. Oder eine Feier.

Sie scrollte wieder etwas nach oben. Der Eintrag stammte vom 25. Juni. Ein Tag nach Midsommar. Ekdal hatte davon gesprochen, dass er an diesem Tag auf einem Fest bei Björk zu Besuch gewesen sei. Gut möglich, dass genau hier das Foto entstanden war.

Die Gesichter der meisten Personen waren viel zu verschwommen, als dass Einzelheiten zu erkennen gewesen wären. Vielleicht konnten die Kollegen aus der IT die Bildqualität noch verbessern, sodass sie mit etwas Glück einige der – überwiegend männlichen – Gäste identifizieren konnten. Ihr Interesse galt in diesem Moment jedoch der Person, die links neben Björk stand. Etwas zurückgesetzt, als wolle sie bewusst im Hintergrund bleiben.

Ein Mann mit einer Art Schiebermütze auf dem Kopf. Größer als Björk und mit einem wohlproportionierten Körper. Auch wenn die Mütze tief in die Stirn gezogen war, glaubte sie, dass er gut aussah. Viel attraktiver als manch andere Person in der rechten Szene, wie etwa dieser Ekdal.

Sie verdrängte den Gedanken, denn plötzlich ging ihr etwas durch den Kopf. Da war dieser Erinnerungsblitz, leider zu kurz, um ihn festzuhalten. Er war wie aus dem Nichts vor ihrem inneren Auge eingeschlagen, aber auch genauso schnell wieder verschwunden.

Obwohl sie die Erinnerung nicht einordnen konnte, war sie sich auf einmal sicher, was sie zu bedeuten hatte: Sie kannte diesen Mann. Irgendwo hatte sie ihn schon einmal gesehen.

Allzweckwaffe

Das Schweigen im Raum war so erdrückend, dass Niklas das Gefühl hatte, keine Luft mehr zu bekommen. Am liebsten hätte er die Fenster aufgerissen, aber auch heute Morgen lagen die Temperaturen bereits wieder bei knapp dreißig Grad.

Dass die Situation während der Pressekonferenz derart außer Kontrolle geraten und Stine Borg in einem hysterischen Schreianfall aufgesprungen war und die Veranstaltung abrupt für beendet erklärt hatte, war aus Niklas' Sicht sogar ein wenig verständlich, trotzdem hätte sie sich im Griff haben müssen, waren sich alle einig.

Niemand wollte sich vorstellen, wie die mediale Reaktion auf ihren Ausraster ausfallen würde. Die Fernsehteams berichteten bestimmt bereits in diesem Moment über eine cholerische Polizeipräsidentin, die mit den Ermittlungen heillos überfordert sei. Und mit Sicherheit forderten einige Zeitungen vehement den Einsatz der Reichsmordkommission.

Stine Borg hatte sich schon des Öfteren mit den Medien angelegt oder war Journalisten barsch über den Mund gefahren, aber heute Morgen war sie einen Schritt zu weit gegangen. Gut möglich, dass ihr Verhalten auch für sie persönlich noch ein Nachspiel haben würde.

»Johanna Marklund war jahrelang Björks persönliche Assistentin, als er bei den Schwedendemokraten zur Nummer eins aufgestiegen ist.« Tommy durchbrach die Stille und lenkte die Aufmerksamkeit wieder auf ihre Ermittlungen. Nach der PK hatten sie beschlossen, sich kurz zusammenzusetzen, um die neuesten Erkenntnisse auszutauschen und das weitere Vorgehen zu besprechen. Zumal sich Emma heute Morgen krankgemeldet hatte, wie Tommy berichtete. Niklas hatte auf einen Kommentar verzichtet, obwohl Reza ihn mit einem fragenden Blick angesehen hatte.

»Sie ist nach außen hin nie sonderlich in Erscheinung getreten, aber wir haben mehrere Artikel gefunden, in denen berichtet wurde, dass Björk ohne sie niemals diese Karriere hingelegt hätte. Sie hat ihm den Rücken freigehalten, Termine organisiert und sogar Teile seiner Reden geschrieben. Vor etwas mehr als fünf Jahren, kurz bevor Björk zurücktreten musste, haben sich die Wege der beiden dann allerdings getrennt. Den Grund dafür habe ich nicht herausfinden können.«

»Also war sie diejenige, die ihm vorgeworfen hat, er habe sie sexuell belästigt?« Reza lehnte sich vor und nahm das Foto von Johanna Marklund, das Tommy auf den Tisch gelegt hatte, in die Hand.

»Sehr gut möglich, aber wir wissen bislang nicht, was konkret hinter den Anschuldigungen steckte. Es gibt keine belastbaren Fakten, mit Ausnahme einiger Zeitungsartikel der bekannten Boulevardmedien. Keine konkreten Vorwürfe, keine Beweise. Björk selbst hat sich nie zu der Sache geäußert. Seinen Rücktritt hat er ausschließlich mit den angeblich veruntreuten Geldern begründet, wobei er stets beteuert hat, nichts getan zu haben, was man ihm ankreiden könne. Tatsächlich wurden die anfänglichen Ermittlungen gegen ihn schnell eingestellt. Björk sprach allerdings immer wieder davon, dass innerhalb der Partei eine regelrechte Hetzjagd auf ihn stattgefunden habe.«

»Wer waren denn bei den Schwedendemokraten seine Hauptgegner?«, fragte Niklas.

»Johan Stenmarck und Gunnar Mellberg«, antwortete Tommy. »Da flogen nach seinem Rücktritt ganz schön die Fetzen. Björk hat die beiden über die Presse heftig beschimpft, aber sie haben das nicht auf sich sitzen lassen und Björk vorgeworfen, die Partei wie ein Diktator geführt und jeden um sich herum wie seinen Lakaien behandelt zu haben. Laut ihnen muss auf den Fluren der Fraktion eine Atmosphäre der Einschüchterung, Drohungen und Angst geherrscht haben.«

»Warum wundert mich das bei den Schwedendemokraten bloß so gar nicht?«, raunte Reza.

»Es könnte also sein, dass Björk Johanna Marklund gar nicht körperlich belästigt, sondern eher psychischen Druck auf sie ausgeübt hat?«, hakte Niklas nach.

»Wäre möglich, wieso fragst du?«

»Ich bin gestern Abend über etwas gestolpert, das mich seitdem nicht mehr loslässt, auch wenn ich noch nicht weiß, ob es etwas zu bedeuten hat.« Niklas berichtete von seiner Recherche im Internet und dem homophoben Kommentar unter einem Artikel über August Björk.

»Schwule Politiker sind im Jahr 2025 nun wahrlich nichts Außergewöhnliches mehr«, sagte Tommy. »Nicht einmal in konservativen oder rechten Parteien.«

»Das ist richtig, aber sofern es denn wirklich stimmt, wirft die Sache ein anderes Licht auf ihn. Und es macht unser Motiv, dass er die Frau aus Rache getötet hat, zunichte.«

»Zumindest hat Björk sich nicht geoutet«, warf Reza ein.

»Vielleicht weil er wusste, dass es innerhalb der Partei und auch bei seinen Wählern nicht gut aufgenommen werden würde. Man sollte nicht verkennen, dass das Männerbild bei diesen Menschen sehr klassisch ist. Im Grunde kann man das fast mit meinen iranischen Landsleuten vergleichen.«

»Deine Landsleute sind doch wir«, erwiderte Niklas mit einem Grinsen. »Schließlich bist du Schwede durch und durch, mehr als jeder andere hier.«

»Ja, das sagt ihr immer. Ich frage mich aber zunehmend, ob ich das als Kompliment verstehen soll.« Reza ließ seine Worte kurz im Raum stehen, ehe er weiterredete. »Jedenfalls kann ich mir durchaus vorstellen, dass es in der rechten Szene Konsens ist, dass Homosexualität bestenfalls geduldet, aber mit Sicherheit nicht gutgeheißen wird. Nur, was heißt das nun für unsere Ermittlungen?«

»Tommy, es wäre gut, wenn du das Leben von Björk noch einmal hinsichtlich seiner sexuellen Orientierung und möglichen Beziehungen durchforstest. Ich rufe gleich bei dem Bruder von Johanna Marklund an. Vielleicht weiß er irgendetwas, das uns weiterhelfen kann. Anschließend fahren wir beide, Reza, nach Kvistofta. Ich will mir noch mal diesen Mikael Ekdal vorknöpfen. Bei unserem ersten Besuch haben wir ihn kaum zu greifen bekommen. Außerdem wusste auch er schon länger über Björks Pläne Bescheid. Er hat sich also strafbar gemacht, indem er uns nicht darüber informiert hat. Dann waren da bei unserem ersten Besuch in Kvistofta noch diese beiden älteren Frauen, die etwas gesagt haben, an das ich immer wieder denken muss. Sie äußerten die Befürchtung, dass Björk dieses Mal ›zu weit gegangen‹ sei. Irgendetwas wissen diese Frauen, das sie uns nicht sagen wollten.«

»Weißt du, was mich nachdenklich macht?«, fragte Reza plötzlich. »Wieso wissen eigentlich Journalisten und Menschen aus Kvistofta darüber Bescheid, was Björk geplant hat, aber auf unserer Seite hat offenbar nicht einmal die Säpo irgendeine Ahnung, was dort vor sich gegangen ist? Eigentlich müssten doch auch die Kollegen aus Helsingborg etwas wissen.«

»Strindberg etwa?«

»Ich habe kein gutes Gefühl bei ihm«, sagte Reza.

»Ich sowieso nicht«, sagte Niklas. »Kümmerst du dich um ihn?«

»Inwiefern?«

»Damit er uns nicht dazwischenfunkt. Behalte ihn einfach im Auge. Vielleicht kriegen wir auch noch etwas aus ihm heraus, wenn du dich geschickt anstellst.«

Reza hob seine rechte Augenbraue und blickte Niklas argwöhnisch an.

»Du weißt, wie ich das meine. Immerhin bist du unsere Allzweckwaffe.« Niklas stand auf und nickte den anderen beiden zu, spürte dabei allerdings, dass sich die Zuversicht in ihren Blicken in Grenzen hielt. Die Pressekonferenz wirkte noch nach, und auch die Tatsache, dass Emma fehlte, schien die Stimmung zu drücken. Doch was alle am meisten belastete, war die

Tatsache, dass sie nicht wussten, was in diesem Fall noch auf sie wartete.

Wohin zum Teufel war August Björk verschwunden? Und wie hoch war die Gefahr, dass dem Täter noch weitere Menschen zum Opfer fielen?

Hörig

Ulrik Marklund meldete sich nach dem dritten Klingeln. Seine Stimme klang so belegt, dass Niklas einen Augenblick lang selbst schwer schlucken musste. In solchen Momenten fühlte er sich wie gelähmt, hatte das Gefühl, in dieser höchst unangenehmen Situation keinen sinnvollen Satz hervorbringen zu können.

Doch die Realität belehrte ihn jedes Mal eines Besseren. Die mitfühlenden Worte kamen über seine Lippen, ohne dass er sie steuern konnte. Aber er spürte selbst, dass er den richtigen Ton traf, wenn er seinen Gesprächspartnern in die Augen sah. Oder wie in diesem Fall, wo ein leises »Danke« durch den Hörer hallte, nachdem er sein Beileid zum Ausdruck gebracht hatte. Und das, obwohl sie sich noch gar nicht hundertprozentig sicher waren, dass die Tote tatsächlich Johanna Marklund war.

Er versuchte, das Gespräch in Gang zu bringen, indem er ein paar unverfängliche Details zu den Umständen des Todes preisgab, doch dann kam er auf das eigentliche Thema zu sprechen.

»Wir prüfen derzeit vor allem die Verbindungen Ihrer Schwester zu August Björk. Wie Sie sicherlich wissen, hat sie einige Jahre für ihn gearbeitet und –«

»Natürlich weiß ich das«, fuhr Ulrik Marklund dazwischen und klang von einer auf die andere Sekunde hellwach. »War *er* etwa dieses Schwein?«

»Das können wir zum jetzigen Zeitpunkt nicht sagen. Aber vielleicht haben Sie mitbekommen, dass der Hof von Björk südlich von Helsingborg abgebrannt ist? Seitdem ist er verschwunden, wir glauben nicht, dass er dort ums Leben gekommen ist.«

»Ja, ich hörte von dem Brand.«

»Erzählen Sie doch bitte über die Zeit, in der Ihre Schwester für Björk gearbeitet hat.«

»Es war definitiv die schlimmste Phase ihres Lebens. Ich habe ihr immer gesagt, sie solle sich nicht darauf einlassen, für ihn zu arbeiten, aber sie erhoffte sich, dadurch Karriere zu machen. Eine Zeit lang sah es auch danach aus, aber dann äußerte sie immer öfter, wie sehr dieser Job ihr zusetzte. Die Erwartungen von Björk waren einfach unmenschlich. Sie musste ihm Tag und Nacht zur Verfügung stehen. Ständig änderten sich seine Pläne, und sie musste darauf eingehen. Es gab Zeiten, da rief mich Johanna täglich an, um mir zu erzählen, dass sie es nicht eine Minute länger an Björks Seite aushielte. Aber dann hörte ich wieder wochenlang nichts von ihr. Sie schaffte es einfach nicht, sich von ihm loszusagen. Sie war ihm hörig. Ich würde fast sagen, sie war ihm auf eine gewisse Weise verfallen.«

»Auch als seine Partnerin?«, fragte Niklas vorsichtig.

»Darüber haben wir nie gesprochen. Aber wenn ich mich zurückerinnere, würde ich eher sagen, dass sie ihn bewunderte, weil er etwas ausstrahlte, das sie politisch faszinierte.«

»Können Sie sich denn vorstellen, dass zwischen den beiden dennoch mehr war als nur eine Arbeitsbeziehung?«

»Ich würde es nicht vollständig ausschließen, aber mein Eindruck war, dass sie es einfach ein wenig genoss, an seiner Seite zu sein. Manchmal war meine Schwester etwas zu gutgläubig.«

»Irgendwann sind die beiden dann getrennte Wege gegangen«, fuhr Niklas fort. »Haben Sie eine Ahnung, wie es dazu kam?«

»Und ob ich die habe«, antwortete Ulrik Marklund energisch. »Sie war komplett am Ende. Eines Abends rief sie mich an und erzählte völlig aufgelöst, dass ich sie abholen soll. Sie könne endgültig nicht mehr. Sie war dieser physischen und psychischen Belastung nicht mehr gewachsen. Ich bin dann nach Stockholm in die Parteizentrale der Schwedendemokraten gefahren, um sie da rauszuholen und zu mir nach Göteborg zu bringen. Eigentlich hatte ich befürchtet, dass es schwierig werden könnte und Björk nicht zulässt, dass Johanna ihn verlässt, aber es hat ihm überhaupt nichts ausgemacht.«

»Haben Sie ihn persönlich dort getroffen?«

»Nur ganz kurz, er war beschäftigt. Mir war wichtiger, dass ich Johanna schnell da rausbekomme. Ihr ging es so schlecht, dass ich kurz davor war, sie in ein Krankenhaus zu fahren. Sie hatte sich im wahrsten Sinne fast zu Tode gearbeitet.«

»Verstehe«, sagte Niklas. Er dachte darüber nach, was das für ihre Ermittlungen bedeutete. Eine Frage schob er noch vor sich her, er musste sie jetzt stellen. »Hat Johanna jemals erwähnt, dass Björk ihr gegenüber übergriffig geworden ist?«, fragte er vorsichtig.

»Ob er sie belästigt hat, meinen Sie?«

»Genau.«

»Ich glaube nicht, davon hat sie jedenfalls nichts erzählt. Aber er hat sie auf andere Weise fertiggemacht. Auch wenn es ihr schwerfiel, darüber zu reden, habe ich herausgehört, dass er sie auf eine ganz widerliche Weise erniedrigt hat. Ich glaube, er hat sie von sich abhängig gemacht. Einerseits von sich als Person, als starker Führer, und andererseits von seiner Politik, dem großen Systemwechsel, den er immer beschworen hat.«

Niklas ließ die Worte von Ulrik Marklund einige Sekunden sacken. Selbst wenn die Vorwürfe also nicht sexueller Natur waren, musste diese seelische Gewalt, die Björk offenbar ausgeübt hatte, grausam gewesen sein. »Wann ist Ihre Schwester nach Helsingborg gezogen?«, wechselte er schließlich das Thema.

»Ein halbes Jahr nachdem sie Stockholm verlassen hatte. Sie hat einige Monate bei mir gelebt, dann ging sie nach Helsingborg, um ganz neu beginnen.«

»Wussten Sie, dass August Björk nach seinem Rücktritt den Hof südlich von Helsingborg gekauft hat?«

»Ich las vor einiger Zeit davon.«

»Johanna wird davon auch Kenntnis gehabt haben«, sagte Niklas.

»Wenn Sie darauf hinauswollen, dass sie wieder Kontakt zu

ihm hatte, muss ich Sie enttäuschen. Wir haben sogar darüber gesprochen, dass sie sich bloß nicht wieder von ihm vereinnahmen lassen soll. Ich hatte das Gefühl, dass sie gefestigt war. Wenn überhaupt, empfand sie noch Wut, aber eigentlich war er ihr im Laufe der Zeit gleichgültig geworden. Auch, weil sie selbst in Helsingborg Karriere in der Partei machte. Sie wollte eines Tages Bürgermeisterin werden.«

»Das heißt, Sie glauben, die beiden hatten auch zuletzt keinen Kontakt miteinander?«

»Ja, sie hat jedenfalls nie etwas davon erwähnt. Es ging Johanna gut. Besser als je zuvor.« Ulrik Marklund schluckte hörbar.

Auch Niklas spürte die plötzliche Schwere des Gesprächs. Und er fürchtete, dass ihnen die neuen Informationen nicht entscheidend weiterhalfen.

»Ich danke Ihnen, dass Sie sich die Zeit genommen haben«, sagte er schließlich. »Meine Kollegen werden sich sicherlich in Kürze noch einmal melden, wenn es darum geht, Ihre Schwester zu identifizieren. Gibt es eigentlich noch weitere Familienmitglieder, die wir verständigen müssen?«

»Unsere Eltern sind vor einigen Jahren gestorben, mehr Familienangehörige als mich hat Johanna nicht.«

»In Ordnung, dann versuchen Sie –«

»Wenn Björk es war, hoffe ich, dass Sie verhindern werden, dass es weitere Opfer gibt.«

»Bitte was? Wie meinen Sie das denn?«

»Als ich Johanna damals geholt habe, war da noch eine andere Frau, die offenbar für Björk Dinge regelte«, antwortete Marklund. »Ich hatte sofort das Gefühl, dass er Johanna einfach durch eine neue Frau an seiner Seite ersetzt. Ich habe sie gesehen, und glauben Sie mir, in Ihren Augen habe ich dieselbe Mischung aus Entschlossenheit einerseits und Angst andererseits wie bei Johanna wahrgenommen.«

»Wer war diese Frau?«

»Sie hieß Sara.«

Niklas fuhr zusammen. Seine Aufmerksamkeit, die längst nachgelassen hatte, kam mit einem Schlag wieder zurück. Der Name, den Joakim Ingesson genannt hatte. Die Frau an Björks Seite, als er den Hof verkauft hatte. »Sara? Wie weiter?«

»Ihren Nachnamen?«

»Ja«, drängte Niklas.

»Ich glaube, sie hieß ...« Marklund stockte kurz und dachte angestrengt nach. »Boman, glaube ich.«

»Sara Boman«, flüsterte Niklas. Hatten sie endlich den Namen der toten Frau in Kvistofta?

Rosenduft

Reza hatte sich an diesem Morgen gegenüber den anderen nichts anmerken lassen. Das hoffte er zumindest. Aber vielleicht ahnte Niklas auch, dass seine Intention, gestern Abend noch länger am Tatort zu bleiben und mit Anita Molander zu sprechen, nicht nur mit den Ermittlungen zu tun hatte. Während der Kollege sich allein auf den Rückweg nach Malmö gemacht hatte, war er selbst mit Anita in einem irischen Pub in Helsingborgs Altstadt versackt und hatte um kurz nach Mitternacht den letzten Zug nach Hause genommen.

Wenn er es darauf angelegt hätte, wäre an dem Abend vielleicht mehr möglich gewesen, wobei er Anita noch nicht wirklich einschätzen konnte. Ob sie einfach situationsbedingt mit ihm zusammen gewesen war oder ihn auch so sympathisch fand, dass sie sich schon bald wiedertreffen würden, hatte er nicht einschätzen können. Aber so, wie sie hier heute Morgen im Präsidium aufkreuzte und ihn mit Küsschen links, Küsschen rechts begrüßte, hatte er durchaus das Gefühl, dass weitere private Treffen nicht ausgeschlossen waren.

Vorher musste sie allerdings erst einmal dem Phantombildersteller die notwendigen Beschreibungen des Mannes liefern, den sie »Fuchs« nannte.

Über das Ende der Pressekonferenz hatte Reza nur den Kopf schütteln können – was auch immer in Stine Borg gefahren war, die Polizeipräsidentin war vollkommen außer Kontrolle gewesen. Anschließend hatte er noch kurz mit den anderen zusammengesessen und über die aktuellen Entwicklungen gesprochen, bevor er Anita unten am Empfang abgeholt und hoch zu dem Kollegen geführt hatte, der das Phantombild erstellen sollte.

Die Chemie zwischen ihnen war direkt wie gestern Abend gewesen. Anita verhielt sich extrovertiert und anders als alle

Frauen, die er bislang kennengelernt hatte. Etwas an ihr war vollkommen verrückt, jedes Gesprächsthema endete in einem Durcheinander, in dem niemand mehr wusste, worum es eigentlich ging. Sie zerschlug mit einem einzigen Satz alle normalen Konventionen und trieb andere in den Wahnsinn. So wie Niklas gestern Abend.

»Ich bin sehr gespannt auf das Phantombild«, sagte Reza, während er ihr nun in seinem Büro den Kaffee reichte, den er gerade am Automaten auf dem Flur gezogen hatte.

»Ich befürchte, ihr werdet nicht viel damit anfangen können. Der Mann sieht wahrscheinlich aus wie ein Fuchs im Robin-Hood-Kostüm mit ein wenig Peaky-Blinders-Attitüde. So attraktiv ich den Mann gestern noch fand, zu dem Zeitpunkt kannte ich dich ja noch nicht.« Sie lachte so laut auf, dass es über den ganzen Flur hallte.

Reza hätte sich am liebsten zu ihr vorgebeugt und ihr die Hand auf den Mund gelegt, denn etwas unangenehm war ihm das Ganze schon. Oder ihr einen Kuss gegeben, um sie zum Schweigen zu bringen, dachte er schmunzelnd.

Der klingelnde Ton einer eingegangenen E-Mail unterbrach den kurzen unanständigen Gedanken. Sie kam von Olavson, dem Phantombildersteller. Ein junger Kerl, der mit der modernsten Software und dem Einsatz von KI binnen weniger Minuten unglaublich detaillierte Bilder kreieren konnte, die aussahen wie reale Fotos. Noch vor ein paar Jahren hatte der alte Svensson Phantombilder aufwendig mit Bleistiften und Radiergummi gezeichnet. Ein Polizist der ganz alten Schule. Vielleicht war es besser für ihn, dass er diese modernen Zeiten nicht mehr miterlebte. Gott hab ihn selig, dachte Reza.

Er starrte auf den Monitor und das Bild, das den Mann zeigte, den sie suchten. Es war, wie Anita gesagt hatte: Viel war unter dieser Schiebermütze nicht von dessen Gesicht zu erkennen. Aber er war sich einigermaßen sicher, dass es sich tatsächlich nicht um August Björk handelte. Was einmal mehr die Frage aufwarf, wo der sich befand.

»Der sieht ja gar nicht aus wie mein Fuchs!«

Reza fuhr herum. Anita Molander war um seinen Schreibtisch herumgekommen, ohne dass er es bemerkt hatte, und sah ihm über die Schulter. Ihr Parfum kitzelte ihn in der Nase. Schon gestern Abend war er wie betört von dem Rosenduft gewesen.

»Hoffentlich verhaftet ihr mit diesem Bild nicht versehentlich den Falschen.« Wieder lachte sie laut auf. »Das hänge ich mir jedenfalls nicht zu Hause auf.«

»Es sollte eigentlich die Person zeigen, die du gesehen hast. Unser Phantombilderstellers ist zwar noch jung, aber bereits eine Koryphäe auf seinem Gebiet.«

»Offenbar nicht«, reagierte sie barsch und ging zurück auf die andere Seite des Schreibtischs. »Oder denkst du etwa, es liegt an mir?«

»Natürlich nicht«, versuchte Reza sofort, Anita zu beruhigen. Er hatte gestern Abend genügend Situationen mit ihr erlebt, in denen er ihr Temperament hatte zügeln müssen. Obwohl etwas in ihm auch den Drang verspürte, sie einfach so laufen zu lassen, wie sie war. Sie war zweiundvierzig Jahre und auch ohne irgendwelche schlauen Ratschläge so alt geworden. Wie sollte er sich anmaßen, ihr zu sagen, wie sie sich verhalten sollte?

»Fang bloß nicht an, mich hier als Spielball für eure Ermittlungen zu benutzen«, fuhr sie in noch immer distanziertem Ton fort. »Wenn du mir nicht glaubst, werden wir beide ein Problem miteinander bekommen.«

Reza beobachtete Anita Molander. Objektiv betrachtet war diese Frau wirklich vollkommen wahnsinnig. Unter anderen Umständen hätte er vielleicht den sozialpsychiatrischen Dienst angerufen, um sie einliefern zu lassen. Aber solch eine Idee lag ihm fern. Sie faszinierte ihn einfach. Ein wenig wie ein Verkehrsunfall, von dem man seinen Blick nicht lassen konnte. Nur in schön.

Er spürte, dass seine Gedanken mittlerweile schon genauso

irrsinnig wie ihre Worte waren. In seinem Kopf fuhren sie
Achterbahn. Konnte es wirklich sein, dass er sich in sie …?

Das kurze Klopfen an seiner Bürotür riss Reza aus seinen
Tagträumen. Im nächsten Moment stand Niklas in der Tür. Sein
Blick wechselte zwischen Anita und ihm hin und her. Niklas
schien ernsthaft schockiert, dass sie sich hier bei ihm im Büro
aufhielt.

»Wir haben ein Phantombild.« Reza versuchte, den unangenehmen Moment zu überspielen.

»Lass mich raten – suchen wir einen Fuchs?«

»Nein, es ist vielleicht nicht das beste Phantombild, aber ich
denke, wir können es herausgeben und darauf hoffen, dass wir
Hinweise aus der Bevölkerung bekommen.«

»Wenn ihr ihn fasst, will ich mit ihm sprechen. Und zwar
unter vier Augen«, sagte Anita Molander.

»Wie bitte?«, fragte Niklas.

»Ich möchte wissen, wie er als Mensch ist«, antwortete
sie. »Es ist wichtig für mich zu wissen, ob ich mich auf mein
Urteilsvermögen noch immer verlassen kann.«

»Wir suchen einen zweifachen Mörder, was interessiert mich
da Ihr Urteilsvermögen«, brach es aus Niklas heraus. Diese
Frau verstand es wirklich, ihn mit wenigen Worten zum Über-
kochen zu bringen. »Wenn wir ihn gefunden haben, wird er
bestenfalls noch mit seinem Anwalt sprechen dürfen.«

»Reza, würdest du deinem Kollegen bitte sagen, dass er so
nicht mit mir reden soll, andernfalls werde ich mich bei seinem
Vorgesetzten beschweren müssen.«

»Die Situation ist für Anita nicht einfach«, sagte Reza ach-
selzuckend an Niklas gewandt. »Immerhin hat sie als einzige
Person den Täter gesehen, auf ihr lastet –«

»Was redest du denn da?«, unterbrach Niklas ihn. »Gestern
Abend hat sie selbst gesagt, sie hätte sein Gesicht nicht einmal
richtig erkennen können. Wahrscheinlich ist das Phantombild
nichts wert.«

»Ich verbitte mir solche Aussagen. Reza, tu endlich etwas!«

»Was läuft hier eigentlich?«

»Gar nichts läuft hier«, antwortete Reza beschwichtigend und stand auf. »Anita und ich haben –«

»Sag ihm doch ruhig, wie sehr du mich umgarnt hast, weil du ein Auge auf mich geworfen hast«, fuhr Anita Molander dazwischen. Sie fuhr sich aufgeregt durch ihre Haare und trippelte auf der Stelle, als wisse sie nicht, in welche Richtung sie sich bewegen sollte. »Sei doch ein Mann und steh zu deinen Gefühlen.«

»Das wird gerade alles etwas zu viel«, sagte Reza leise.

»Mir auch.« Niklas schüttelte nur noch den Kopf und wandte sich ab, um das Büro zu verlassen. »Eigentlich wollte ich mit dir über Sara Boman sprechen, aber das scheint mir nicht der richtige Augenblick zu sein. Melde dich, sobald du wieder klar im Kopf bist. Wenn es geht, so schnell wie möglich. Dann fahren wir nach Kvistofta und reden in Ruhe.«

»Mein erster Eindruck von dir war also doch richtig«, sagte Anita Molander, nachdem Niklas gegangen war. »Ein äußerlich starker Kerl, aber mehr steckt leider nicht dahinter. Keine Eier in der Hose, wenn es darum geht, eine Frau zu verteidigen.«

»Aber ich habe doch –«

»Nein, das hast du nicht. Du bist eingeknickt vor deinem unverschämten Kollegen. Ich hoffe, ihr findet meinen Fuchs niemals, der würde sich in so einer Situation nämlich ganz anders verhalten.« Energisch trat sie Richtung Tür, nicht ohne ihm einen letzten empörten Blick zuzuwerfen.

Reza saß mit offenem Mund da und sah ihr hinterher. Diese Frau war noch verrückter, als er ohnehin schon gedacht hatte. Ihre Stimmungsschwankungen kamen mit einer atemberaubenden Geschwindigkeit daher. Obwohl er sich davon überfordert fühlte, musste er wieder schmunzeln. Sie sprengte alle Ketten, vor allem auch in seinem Kopf.

Etwas in ihm wollte ihr hinterherrennen, um sich zu entschuldigen, dass er sie vor Niklas nicht vehementer verteidigt hatte. Und um ihr zu sagen, was er fühlte. Wie glücklich sie ihn machte. Aber dafür war jetzt keine Zeit. Der Fall war wichtiger als Anita und seine seltsamen Gefühlsduseleien, die er so gar nicht von sich kannte.

Er musste mit Larsson besprechen, ob und über welche Kanäle sie das Phantombild herausgeben sollten. Und dann war da noch etwas anderes, das ihn beschäftigte. Niklas hatte eben einen Namen genannt.

Sara Boman.

Die Sara, die offenbar zuletzt eng an August Björks Seite gearbeitet hatte? Die in dem Feuer in Kvistofta ums Leben gekommen war? Wovon sie zumindest ausgehen mussten.

Sara Boman. Er kannte eine Frau mit diesem Namen. Wenn er sich richtig erinnerte, war sie allerdings vor einigen Jahren eine der erfolgreichsten schwedischen Leichtathletinnen gewesen.

Prosecco aus der Dose

Ihr Kopf dröhnte längst. Emma war von Kaffee, der nach der dritten Tasse für Sodbrennen gesorgt hatte, auf stilles Wasser umgestiegen, aber sie brauchte irgendetwas anderes, das ihr Energie gab und ihre Gehirnzellen mit Frischluft versorgte.

Sie schaltete den Ventilator, den sie letzte Woche gerade noch im Baumarkt ergattert hatte, bevor sie in ganz Malmö ausverkauft gewesen waren, auf volle Stufe. Dann ging sie rüber an den Kühlschrank und öffnete ihn. Sie sog die kalte Luft aus dem Inneren auf und verharrte einige Sekunden.

Außer einem Rest an Vollmilch gab der Inhalt nichts her, was sie erfrischt hätte. Enttäuscht wollte sie die Tür gerade wieder schließen, als ihr einfiel, dass im Gemüsefach noch ein paar Dosen Prosecco lagen, die sie vor Monaten für einen Abend mit ihren Freundinnen besorgt hatte. Aufgrund ihrer Ermittlungen in Österlen, kurz bevor sie in die USA geflogen waren, hatte sie das Treffen absagen müssen.

Ein kurzer Blick auf die Uhr an der Wand. Gerade mal Viertel vor zwölf. Egal, sagte sie sich. Was sie seit gestern Abend erlebt hatte, rechtfertigte allemal, schon um diese Uhrzeit Alkohol zu trinken, um den verspannten Rücken und ihre blockierten Gedanken zu lockern.

Sie setzte sich wieder und legte die kalte Dose kurz in ihren Nacken. Dann öffnete sie sie und nahm einen beherzten Schluck. Die gewünschte Wirkung setzte binnen weniger Sekunden ein. Sofort entspannten sich ihre Muskeln, und ihr wurde nun auch von innen wohlig warm.

Nach zwei weiteren Schlucken richtete sie ihre Aufmerksamkeit wieder auf das Notebook vor sich auf dem Küchentisch. Woher sie die Person mit der Mütze kannte, hatte ihr bislang nicht einfallen wollen, was ihre Ungeduld minütlich ansteigen ließ. Sie hatte gehofft, relativ schnell bei ihrer Recherche auf weitere Fotos zu stoßen, auf denen der Mann zu sehen war. Sie besaßen im Präsidium professionelle Software, mit der sie Fotos im Internet suchen konnten, aber hier zu Hause musste sie sich durch verschiedene Suchmaschinen und unzählige Websites mit rechtsradikalen Inhalten wühlen, um am Ende trotzdem auf nichts zu stoßen, was ihr weiterhalf.

Woher nur kannte sie dieses Gesicht? Sie ging noch einmal alle Situationen durch, seitdem sie vor achtundvierzig Stunden in Malmö mit Ziel Kvistofta losgefahren waren. Das Erste, an das sie denken musste, war der Anruf von Magnus Strindberg.

Für einen kurzen Augenblick hatte sie sogar überlegen müssen, wer er war. So sehr hatte sie diesen Widerling aus ihrem Gedächtnis verdrängen können. Aber dann kamen die Erinnerungen und das Gefühl, wie schwach sie sein konnte, wenn sie Männern wie Strindberg gegenüberstand, mit voller Macht zurück. Es hatte sie gelähmt, und sie war wieder das Mädchen gewesen, das ihrem Vater niemals widersprach, wenn er zu Hause wie ein Patriarch über alles bestimmt hatte. Dass sie längst ein anderer Mensch war, der sich durchsetzen konnte und sich auch von ihrem Partner nichts gefallen ließ, hatte sie erst gestern Abend bewiesen. Jedenfalls hatte sie Niklas klar zu verstehen gegeben, dass er eine Grenze überschritten hatte, die es ihr schwer machte, ihm zukünftig noch trauen zu können.

Weshalb gelang es ihr, dem Menschen, den sie liebte, ihre Meinung zu sagen und ihn von sich zu stoßen, während sie bei Typen wie Strindberg wie das Kaninchen vor der Schlange erstarrte?

Und ausgerechnet er strahlte sogar eine gewisse Anziehung auf sie aus. Als sie ihn auf dem Hof von August Björk wiedergetroffen hatte, war sie innerlich aufgewühlt gewesen. Seine verachtenswerte Art wollte nicht so richtig zu seinem Äußeren passen. Oder zumindest zu dem, was sie in seinem Äußeren sah. Den starken, maskulinen und dominanten Mann. So wie es ihr Vater früher auch gewesen war.

Sie atmete tief durch, versuchte, die Gedanken wieder abzuschütteln, und trank den Prosecco mit einem kräftigen Schluck aus. Einerseits war sie froh, hier zu Hause am Küchentisch zu sitzen und somit Niklas und auch Strindberg aus dem Weg zu gehen. Doch andererseits spürte sie, dass sie mit ihrer Recherche nicht weiterkam. Ihr fehlten nicht nur geeignete Computerprogramme, sondern vor allem der Austausch mit den Kollegen. Auch die Gespräche mit potenziellen Zeugen und Verdächtigen wie in Kvistofta, als Niklas und sie dort gewesen waren.

Verdammt, fuhr es ihr auf einmal durch den Kopf.

Das Gesicht dieses Mannes mit der Mütze. Oder zumindest das, was davon zu sehen gewesen war. Sie erinnerte sich wieder an ihn. Und so unvorstellbar das Ganze war, so sehr ergab plötzlich alles einen Sinn.

Monster

Tommy Wallner nahm einen großen Schluck Kaffee, der schon viel zu stark abgekühlt war, und klappte sein Notebook zu.

Er hatte die Eckdaten über Sara Boman recherchiert, nachdem Niklas ihm von seinem Gespräch mit Ulrik Marklund berichtet hatte. Besser gesagt, über alle sechs Sara Bomans, auf die er in den Registern gestoßen war. Zwei von ihnen waren bereits über siebzig Jahre alt. Eine erst sechzehn. Die anderen unterschieden sich optisch glücklicherweise so stark, dass er sie auch am Telefon vergleichsweise leicht beschreiben konnte. Also hatte er bei Joakim Ingesson, dem früheren Besitzer des Hofs in Kvistofta, angerufen. Sie waren ziemlich schnell übereingekommen, dass nur eine Sara Boman in Frage kam. Eine sechsundvierzigjährige Frau mit Wohnsitz in Halmstad. Groß gewachsen, mit langen blonden Haaren. Und mit einer spannenden Vergangenheit, denn immerhin war sie um die Jahrtausendwende herum eine der erfolgreichsten Leichtathletinnen des Landes gewesen, wie sich Reza bereits erinnert hatte. Bis sie sich bei einem Skiunfall so schwer am Knie verletzt hatte, dass sie ihre Karriere beenden musste.

Tommy hatte versucht herauszufinden, was sie in den letzten Jahren gemacht hatte. Es war allerdings nicht viel, was das Netz preisgab. Es gab keinen Hinweis darauf, dass sie sich ins rechte Spektrum verändert hatte. Geschweige denn, dass sie in direktem Kontakt zu August Björk stand.

Wenn er die zahlreichen Artikel während ihrer sportlich erfolgreichen Zeit richtig interpretiert hatte, war sie ein Einzelkind gewesen. Ihre Mutter war an Krebs verstorben, als Sara gerade einmal volljährig gewesen war. Die Telefonnummer ihres Vaters, der ebenfalls in Halmstad lebte, hatte er sich besorgt, aber vorher wollte er noch ein anderes Gespräch führen.

Eine halbe Stunde später stand er im Büro von Professor Lars Lundin, dem Leiter der Rechtsmedizin. Lundin war eine unscheinbare Person. Dunkelblonde Haare, die zu einem leichten Seitenscheitel gelegt waren, eine dunkelbraune Hornbrille und dazu ein sehr runder Kopf auf einem etwas stämmigen Körper. Unabhängig davon gab es wohl niemanden bei der Kripo, der nicht der Meinung war, dass jede längere Unterhaltung mit dem derart nüchternen Lundin eine Tortur war. Vor allem, weil seine Monologe so sehr in rechtsmedizinische Details abschweiften, dass ihm kaum jemand folgen konnte und die eigentlichen Ergebnisse in einem Brei aus Informationen verschwammen.

Weil er genau dieses Szenario erwartete, war Tommy vorbereitet. Er hatte sich konkrete Fragen überlegt, die er stellen wollte, aber schon nach wenigen Sekunden war klar, dass sich Lundin nicht die Gesprächsführung aus der Hand nehmen lassen wollte.

Tommy ließ es eine Weile über sich ergehen und nickte gelegentlich, um ein Mindestmaß an Freundlichkeit zu suggerieren. Nach wenigen Minuten konnte er schließlich nicht mehr an sich halten und fuhr dazwischen, als Lundin gerade Luft holte.

»Wir haben eine Vermutung, um wen es sich bei der Toten aus Kvistofta handeln könnte«, sagte er. »Die Frau war sechsundvierzig Jahre alt und hatte sehr blondes Haar. Ein wichtiger Fakt dürfte wahrscheinlich ihre Körpergröße sein. Sie war einen Meter einundachtzig groß. Kannst du anhand dieser Informationen vielleicht –«

»Heute Morgen habe ich lange mit Johansson gesprochen«, unterbrach Lundin ihn. »Ich habe ihm gesagt, dass es unseriös ist, sich zur Identität des Opfers zu äußern, wenn uns keine DNA vorliegt, mit der wir einen Abgleich vornehmen können. Informationen zum Gebiss wären sicherlich auch etwas, das –«

»Haben wir beides nicht.« Auch Tommy ließ den Professor nicht ausreden. Er musste ihn rechtzeitig ausbremsen und auf eine klare Antwort drängen. »Die Leiche wurde doch bestimmt vermessen. Wenn sie um die eins achtzig misst, haben wir zwar keinen Beweis, aber wenigstens ein sehr deutliches Indiz.«

»Ich wiederhole mich, als Ermittlungsergebnis wäre das unseriös und nicht haltbar. Der verkohlte Körper kann nicht mit einer üblichen Leiche verglichen werden.«

»Wir brauchen keinen ultimativen Beweis«, entgegnete Tommy nun deutlich ungeduldiger. »Bevor ich allerdings mit Angehörigen von Sara Boman spreche, wäre es gut, wenn wir ein paar Fakten überprüft hätten. Sodass wir uns einigermaßen sicher sein können.«

»Das wird schwierig, der einzige Hinweis, den ich dir liefern kann, ist eine Metallplatte im Knie, aber das dürfte dir wahrscheinlich auch nicht helfen.«

»Eine Metallplatte?« Tommy wurde hellhörig. Der Skiunfall, von dem er gelesen hatte. Er musste fünfzehn oder zwanzig Jahre zurückliegen. »Werden solche Platten nach einem Unfall nicht irgendwann wieder entfernt?«

»Bei gesunden Menschen normalerweise schon, aber es gibt Risikopatienten, bei denen darauf verzichtet wird. Zum Beispiel, wenn jemand allergisch auf Narkosemittel reagiert.«

Tommy nickte zufrieden. Er hatte genug gehört. Es konnte kaum noch einen Zweifel daran geben, dass es sich bei der Leiche um Sara Boman handelte. Diejenige Sara Boman, die 2008 bei den Olympischen Spielen den fünften Platz im Weitsprung erreicht hatte.

»Danke, das reicht mir als Information, um einigermaßen Gewissheit zu haben.« Sofort sah er Lundins enttäuschten Blick. Offenbar war er mit seinen grundsätzlichen Ausführungen noch nicht am Ende. Für einen kurzen Augenblick empfand Tommy so etwas wie Mitleid mit dem Mann, aber dafür war jetzt keine Zeit. Er musste noch etwas anderes klären.

»Was kannst du zu der Todesursache bei dem Opfer aus Helsingborg sagen? Johansson war sich relativ sicher, dass die Verbrennungen nicht der alleinige Grund waren.«

»Nun, das ist eine komplexe Angelegenheit, bei der ich etwas ausholen muss«, antwortete Lundin.

»Bitte die Kurzfassung.«

»Es ist nicht mein Stil, so zu arbeiten«, entgegnete Lundin nun energischer. »Und ich verbitte mir, dass du mir vorschreibst, wie ich zu berichten habe.«

Tommy wollte noch erwidern, dass sie keine Zeit zu verlieren hätten und er sich deswegen mit den wichtigsten Ergebnissen zufriedengeben würde. Aber er musste sich geschlagen geben, Lundin kannte kein Pardon und berichtete haarklein über jedes Detail, das er bislang herausgefunden hatte.

Zwanzig Minuten später brummte Tommy der Schädel von zu vielen Einzelheiten, aber immerhin wusste er jetzt, dass Johanna Marklund höchstwahrscheinlich mit demselben acetonhaltigen Stoff bewusstlos gemacht worden war, der in beiden Todesfällen auch als Brandbeschleuniger verwendet worden war. Darauf deuteten zumindest Spuren in Rachen und Lunge hin. Das wiederum hieß wohl, dass Johanna Marklund noch am Leben gewesen war, als der Täter sie auf der Spitze des Kärnan angezündet hatte.

Außerdem hatte Lundin trotz der Verbrennungen etliche Hämatome an ihrem Körper feststellen können, was den Schluss zuließ, dass sie von der Aussichtsplattform über den harten Steinboden nach ganz oben geschleppt worden war.

Als Tommy wieder in seinem Dienstwagen saß, zog er sein Handy hervor und suchte die Nummer von Martin Boman heraus. Während es anderen Kollegen schwerfiel, Angehörige über den Tod eines Familienmitglieds zu informieren, machte es ihm nicht viel aus. Er hatte eine Strategie entwickelt, sich solchen Momenten emotional zu entziehen. Was für andere vielleicht empathielos wirkte, war für ihn reiner Selbstschutz.

Nach dem vierten Klingeln meldete sich eine leise, fast gebrechlich klingende Stimme.

»Tommy Wallner, Kriminalpolizei Malmö. Spreche ich mit Martin Boman?«

»Tun Sie. Worum geht's?«

Täuschte sich Tommy, oder klang der Mann ziemlich gleichgültig? »Normalerweise überbringen wir solche Nachrichten persönlich, aber die aktuelle Situation zwingt uns dazu, Sie vorab telefonisch zu informieren und Ihnen eine wichtige Frage zu stellen. Es geht dabei um Ihre Tochter.«

»Das ist mir klar, weitere Angehörige habe ich nicht mehr. Ist sie etwa tot?«

»Nach derzeitigem Stand ist das leider nicht auszuschließen. Um Gewissheit zu haben, muss allerdings erst noch eine Identifizierung vorgenommen werden.«

»Dafür stehe ich nicht zur Verfügung, tut mir leid.«

Tommy hielt inne. Mit dieser Reaktion hatte er nicht gerechnet. »Darf ich fragen, weshalb?«

»Weil ich mit meiner Tochter vor Jahren schon gebrochen habe«, antwortete Boman knapp. Er machte keine Anstalten, das Ganze näher auszuführen.

Tommy entschied sich, erst einmal die Frage loszuwerden, wegen der er Boman überhaupt angerufen hatte. »Ist es richtig, dass Sara ihre Karriere als Leichtathletin aufgrund eines Skiunfalls beenden musste?«

»Rückblickend würde ich sagen, dass dieser Tag der Auslöser für alles war, was danach kam. In ihrem Knie war so viel zertrümmert, dass selbst die Ärzte die Hände über den Köpfen zusammenschlugen. Selbst als ich sie vor vier Jahren das letzte Mal gesehen habe, zog sie noch immer das Bein nach.«

»Wissen Sie, ob Sara infolge des Unfalls dauerhaft eine Metallplatte im Kniegelenk hatte?«

»Ja, anfangs hieß es, alle Schrauben und Platten würden entfernt, aber dann gab es Komplikationen bei einem Eingriff, und die Ärzte entschieden schließlich, darauf zu verzichten.«

Tommy atmete tief durch. Er war sich zwar ohnehin fast sicher gewesen, aber jetzt bestand für ihn endgültig kein Zweifel mehr: Sara Boman war die Tote aus Kvistofta.

»Ich möchte Ihnen mein Beileid aussprechen«, sagte er.

»Anhand dessen, was Sie gerade bestätigt haben, müssen wir mit sehr hoher Wahrscheinlichkeit davon ausgehen, dass Ihre Tochter bei einem Brand auf einem Anwesen südlich von Helsingborg ums Leben gekommen ist.«

»Der Hof von August Björk?«

»Sie haben davon gehört?«

»Natürlich.«

»Wissen Sie, in welcher Beziehung Ihre Tochter zu Björk stand?«

»Björk ist der Grund, weshalb ich zu Sara keinen Kontakt mehr habe. Sara hat sich für ein Leben an der Seite eines Mannes entschieden, den ich verachte. Björk ist eine reale Gefahr für unsere Demokratie.«

»An der Seite?«, hakte Tommy vorsichtig nach. »Sie meinen, als seine Assistentin?«

»Ich möchte mir nicht vorstellen, dass noch mehr zwischen den beiden gewesen ist.«

»Das wissen Sie also nicht?«

»Nein.«

»Wie kam es überhaupt dazu, dass Sara für Björk gearbeitet hat? Hatte Sie vorher schon politische Ambitionen?«

»Ich glaube ehrlich gesagt nicht, dass Sie jemals Interesse an Politik hatte. Es war die Person August Björk, der sie verfallen ist, wenn er im Fernsehen auftrat und seine Parolen verbreitete. Das fing schon vor zehn Jahren an, als sein Stern bei den Schwedendemokraten aufging. Während der Pandemie hat sie dann immer mehr für ihn und seine Ideen geschwärmt. Da war sie komplett in ihrer Blase gefangen. Wenige Wochen bevor Björk zurückgetreten ist, hat sie schließlich Kontakt zu ihm aufgenommen, um ihm ihre Hilfe anzubieten. Ich habe sie gewarnt, dass ich mit ihr nichts mehr zu haben will, wenn sie das macht. Aber es war ihr schlichtweg egal, dass sie sich von einem Menschen komplett abhängig macht.«

»Wann haben Sie das letzte Mal mit ihr gesprochen?«

»Das war …« Martin Boman stockte. »Eigentlich hätte ich

gesagt, dass unser letztes Gespräch vor dreieinhalb Jahren war, aber tatsächlich hat sie vor zwei Monaten Kontakt zu mir aufgenommen. Sie hat mir eine Nachricht geschickt.«

Tommys unterdrückte den Drang, genauer nachzufragen. Boman würde es von sich aus erzählen, war er sich sicher.

»Sara schrieb, es ginge ihr nicht gut«, erklärte Boman. »Sie wollte, dass ich ihr helfe. Dass ich sie da raushole. Sie sei seelisch und körperlich am Ende und Björk ein Monster, das sie jeden Tag ein Stück mehr auffresse. Alleine würde sie es aber nicht schaffen, sich von ihm zu lösen. Wissen Sie, wie ich reagiert habe?«

»Gar nicht?«

»Richtig.«

Tommy wartete einen Moment, weil er dachte, es kämen nun Worte der Reue, aber nichts dergleichen geschah. Es herrschte nur noch Stille in der Leitung.

Dieser Mann hatte seiner Tochter nicht verziehen, dass sie August Björk bewundert und schließlich sogar für ihn gearbeitet hatte. Nicht einmal, als sie ihn vor nicht allzu langer Zeit um Hilfe gebeten hatte, um sich aus ihrer Abhängigkeit von Björk zu befreien.

Kühle Getränke

Seine Verunsicherung war noch immer zu groß, als dass es Mikael Ekdal sinnvoll erschienen war, unbewaffnet loszufahren. Obwohl die Textnachrichten von Björk sich lasen, als bräuchte er tatsächlich seine Hilfe, waren da diese Restzweifel. Was, wenn das Ganze doch nur eine Falle war, weil Björk dahintergekommen war, dass er gegenüber der Polizei gesungen hatte? Dass Björk öfter mal nach Falsterbo fuhr, wusste Ekdal. Es hatte sich herumgesprochen, dass er dort ein Ferienhaus besaß oder es zumindest regelmäßig anmietete, um Kraft zu tanken. Manch einer hatte gespöttelt, er würde bald seine Zelte in Kvistofta abbrechen und komplett auf die Halbinsel im Südwesten ziehen. Vielleicht, um Muscheln zu züchten oder eine Fischräucherei zu eröffnen, aber nicht mehr, um den großen Umsturz zu planen.

Ekdal hatte nichts darauf gegeben. Auf ihn hatte Björk weiterhin einen entschlossenen Eindruck gemacht. Und genau deshalb war er auf der Hut, als er in die Straße einbog, die Björk ihm mitgeteilt hatte. Der Västra Strandgången war ein Schotterweg, der vom Ammebrovägen abzweigte und durch ein lockeres Waldgebiet führte, in dem verstreut einige Ferienhäuser standen. Bei den meisten handelte es sich um einfache Holzhäuser, aber ein paar schienen weitaus luxuriöser. Am Briefkasten mit der Nummer 30 blieb er stehen und parkte seinen Wagen am Rand. Er konnte das Haus nur hinter einigen Bäumen erahnen, war sich aber sicher, dass es eher zu den komfortableren gehörte.

Wenn er tief in sich hineinhörte, wollte er das hier gerade eigentlich nicht. Lieber wäre er den Weg einfach weiter zum Strand gegangen, von wo aus er vereinzelte Kinderstimmen zu hören glaubte. Aber er hatte Björk geschrieben, dass er bereit sei, also musste er es auch durchziehen.

Das Butterfly-Messer verstaute er in seiner hinteren linken Hosentasche, die Glock-Pistole hingegen vorn im Hosenbund, über den sein weites T-Shirt hing, das er sich extra hierfür angezogen hatte.

Dann zog er sein Handy hervor und tippte eine Nachricht an Björk, dass er jetzt da sei. Doch kurz bevor er auf »Senden« drückte, hielt er inne. Vielleicht war es besser, sich erst einmal einen Überblick zu verschaffen, als direkt in eine mögliche Falle zu tappen.

In gebückter Haltung ging er den schmalen Weg an Sträuchern und Bäumen entlang, bis sich nach etwa fünfzig Metern zwischen Nadelbäumen ein Holzhaus auftat, das sehr modern und großzügig wirkte.

Auf den letzten Metern blieb er noch wachsamer, bis er das Gebäude erreicht hatte. Dann presste er sich gegen die Außenwand und hielt einige Augenblicke inne, ehe er sich sicher war, dass ihn niemand gesehen hatte. Vorsichtig bewegte er sich jetzt nach rechts, bis er ein Fenster erreicht hatte. Vielleicht würde es ihm gelingen, einen Blick ins Innere zu werfen und sich davon zu überzeugen, dass alles in Ordnung war.

»Da bist du ja.«

Ekdal erstarrte augenblicklich. Was zum Teufel …? Oder vielmehr: Wer zum Teufel …? Diese Stimme. Sie gehörte definitiv nicht zu Björk, aber er kannte sie.

Ganz langsam, wie in Zeitlupe, drehte er sich um. Als er schließlich sah, zu wem die Stimme gehörte, runzelte er die Stirn. Was hatte der hier zu suchen?

»Wahrscheinlich wunderst du dich jetzt, aber ich kann dir das alles erklären. Lass uns reingehen, drinnen ist es angenehmer, und wir haben kühle Getränke.«

»Wir?«

»August wartet auf dich.«

Ekdal nickte nachdenklich und fixierte den Mann mit der Mütze. Noch immer hatte er nicht den Ansatz einer Idee, warum der hier war.

»Folge mir, ich habe auch eine Kleinigkeit zu essen vorbereitet.«

Ekdal hielt inne. Irgendetwas stimmte hier nicht. Björk hatte ihm geschrieben, dass ein paar ungeplante Dinge vorgefallen seien. Aber er hatte auch darum gebeten, mit *ihm* die nächsten Schritte zu besprechen. Von einer weiteren Person hatte er nichts erwähnt. Und schon gar nichts von der, die ihn gerade aufforderte, ihm zu folgen.

Er war auf der Hut und tastete den Hosenbund und die hintere Hosentasche ab, um sicherzugehen, sich im Fall der Fälle so schnell wie möglich zur Wehr setzen zu können.

»Was ist los? Zögerst du etwa?«

»Nein, wieso sollte ich? Ich habe ja geschrieben, dass ich bereit bin.«

»Sicher. Also, gehen wir?«

Mikael Ekdal antwortete nicht. Er wusste, er musste mit ihm gehen. Ob es allerdings die richtige Entscheidung war, bezweifelte er.

Der Schwede aus dem Bilderbuch

Den Großteil der Fahrt über hatten sie geschwiegen. Obwohl sie eigentlich über Sara Boman reden wollten, war weder Niklas gewillt gewesen, das Gespräch zu beginnen, noch Reza, der wohl im Stillen darüber nachdachte, ob eine der ehemals besten Weitspringerinnen und Siebenkämpferinnen des Landes tatsächlich die Assistentin von August Björk gewesen war. Die Situation mit Anita Molander hing noch immer wie eine unangenehm dunkle Regenwolke über ihnen.

Es wäre besser gewesen, wenn ich Reza gestern Abend wieder mit zurück nach Malmö genommen hätte, dachte Niklas. Anstatt ihn mit dieser Verrückten allein zu lassen, die ihm ganz offenbar den Kopf verdreht hatte. Jedenfalls erkannte er Reza nicht mehr wieder. Aus dem Löwen war eine Miezekatze geworden, die sich von einer Zeugin an der Nase herumführen ließ. Er hoffte, dass es Reza wenigstens selbst etwas peinlich war. Bislang machte der allerdings nicht den Eindruck, dass ihm seine Gefühle für Anita Molander unangenehm waren.

Erneut in diesen Ort südlich von Helsingborg zu fahren, fühlte sich noch einsamer an als beim ersten Mal. Kvistofta war wie ein Geisterort, wie eines dieser amerikanischen Dörfer im Wilden Westen, das seit Jahrzehnten verlassen war. Durch das nur noch Staub und vertrocknete Pflanzen wehten. Durch die anhaltende Hitze schien Niklas dieser Vergleich nicht einmal so weit hergeholt zu sein.

Sie parkten schräg gegenüber der Kirche vor dem Haus, in dem Mikael Ekdal lebte. Bei ihrem letzten Besuch hatte hier noch ein schwarzer Kompaktwagen gestanden, der womöglich Ekdal gehörte.

Niklas klingelte.

Nichts.

Sie klopften an der Tür. Laut genug, dass Ekdal es hätte hören müssen.

Keine Reaktion.

Sie warteten minutenlang. Klopften immer wieder. Und riefen laut Ekdals Namen.

Er war nicht zu Hause. Oder falls er zu Hause war, hatte er sich entschieden, die Tür nicht zu öffnen.

Niklas warf Reza einen unmissverständlichen Blick zu. Sie waren ein eingespieltes Team. Reza wusste sofort, was zu tun war. Er zog seinen selbst aus Draht angefertigten Dietrich aus der Hosentasche und begann, das Schloss zu bearbeiten. Was sie taten, war nicht rechtens, also mussten sie so vorsichtig wie möglich sein. Da half es, dass Reza Türen öffnen konnte, ohne Spuren zu hinterlassen. Keine dreißig Sekunden später standen sie im Flur der Wohnung von Mikael Ekdal.

Unabhängig voneinander sahen sie sich um. Die Wohnung machte einen geräumigen und auf den ersten Blick sehr sauberen Eindruck. Niklas musste zugeben, dass er bei jemandem wie diesem Ekdal etwas anderes erwartet hatte. Unordnung, ein paar leere Bierdosen, eindeutige rechtsextreme Symbole an den Wänden, etwas in der Art. Aber nichts von diesen Klischees traf hier zu.

»Nazis von heute führen offenbar ein bürgerliches Spießerleben, könnte man meinen«, sagte er, nachdem er in jeden Raum einen kurzen Blick geworfen hatte.

»Dann muss man eben hinter die Fassade schauen«, antwortete Reza, der sich mittlerweile Handschuhe übergezogen hatte. »Hier, ging ziemlich schnell.« Er hielt eine englische Ausgabe von Hitlers »Mein Kampf« und ein Swastika-Amulett hoch. »Lag beides in der Schublade seines Nachttischs.«

Niklas stöhnte leise auf. »Eigentlich müssten wir das hier auffliegen lassen, aber das muss noch ein wenig warten. Leg die Sachen wieder zurück. Vielleicht finden wir noch etwas anderes, das uns weiterhilft. Bestenfalls irgendeine Verbindung zu Björk.«

»In der Küche stehen noch eine halb gefüllte Tasse Kaffee

und ein angebissenes Brötchen«, sagte Reza. »Könnte bedeuten, dass er ziemlich überhastet aufgebrochen ist.«

»Bei unserem ersten Besuch hier hat er gesagt, dass er gerade erst von einem mehrtägigen Trip zurück wäre. Er scheint ziemlich viel unterwegs zu sein.«

»Denkst du, wir könnten hier eine Schiebermütze finden?«, fragte Reza und ging, alles inspizierend, über den Flur zurück in Richtung des Wohnzimmers, wo er aufmerksam seinen Blick schweifen ließ.

»Nein, zumindest nicht, wenn wir Anita Molander Glauben schenken«, rief Niklas hinter ihm her. »Ekdal passt nicht zu ihrer Beschreibung des Täters. Er ist eher klein, und ich würde mich sehr wundern, wenn sie bei seinem Anblick so ins Schwärmen geraten wäre. Ekdal ist nicht ihr Fuchs, da bin ich mir sicher.«

»Ist er das hier?«

Niklas folgte Rezas Stimme und betrat den angrenzenden Raum. Ihm war hier bei seinem kurzen Rundumblick vorhin nichts Außergewöhnliches aufgefallen.

Reza stand vor einem modernen Schreibtisch mit mehreren Fächern und Schubladen. Unterhalb der Schreibtischplatte stand eine davon offen.

»Was ist das?«

»Ein Foto von August Björk und Mikael Ekdal. Sie scheinen sich gut verstanden zu haben. Offenbar besser, als er euch bei eurem Gespräch erzählen wollte.«

Niklas betrachtete die Aufnahme, die auf Björks Hof entstanden war. Im Hintergrund erkannte er den großen Holztisch und den Sekretär aus dem Raum, den das Feuer etwas verschont hatte. Björk und Ekdal standen Arm in Arm und posierten für die Kamera. Während Ekdal lächelte und für seine Verhältnisse ein freundliches Gesicht machte, wirkte Björk ernst, fast ein wenig unsicher. Als wollte er sich nicht ablichten lassen.

Ob das Foto an Midsommar entstanden war, als Ekdal seiner Aussage nach bei Björk zu Besuch gewesen war, ließ sich nicht erkennen. Ekdals Äußerem nach zu urteilen, schien das Treffen allerdings schon eine Weile zurückzuliegen. Seine Haare waren länger und vor allem schwarz gefärbt.

Niklas betrachtete Björk. Seit dem Moment, als sie von dem Leichenfund in Kvistofta erfahren hatten, geisterte sein Name in ihren Köpfen. Wie ein Phantom, das sie nicht zu fassen bekamen. Sie wussten weder mit Gewissheit, ob er der Täter und schon längst geflohen war, sich vielleicht ins Ausland abgesetzt hatte, noch konnten sie sicher sein, dass er nicht selbst in Gefahr oder möglicherweise gar nicht mehr am Leben war.

Was dachte dieser Mann mit den kurzen dunklen Haaren, dem leichten Silberblick und den spitzen Wangenknochen wohl, während Mikael Ekdal stolz zu sein schien, sich mit ihm gemeinsam auf einem Foto zeigen zu dürfen? Ging ihm sein Plan, die Regierung zu stürzen, durch den Kopf? Oder war ihm die Nähe zu Mitstreitern einfach unangenehm, wie es hier den Eindruck machte?

Björk wirkte nicht wie ein Anführer. Jedenfalls nicht auf diesem Bild. Niklas erinnerte sich an Reden, die er zweifellos leidenschaftlich, aber auch mit einer fast unerträglich unmenschlichen Rhetorik gehalten hatte. In diesen Momenten war er jemand anderes als auf diesem Foto gewesen. Hoch konzentriert, voller Anspannung und dem Willen, die Zuhörer für sich zu begeistern, indem er die demokratischen Grundwerte mit Füßen getreten und die politische Konkurrenz diffamiert hatte.

»Woran denkst du?«, unterbrach Reza seine Gedanken.

»Findest du nicht auch, dass Björk erschöpft aussieht? Sein Blick wirkt leer. Sieht so jemand aus, der einen Putsch plant?«

»Ehrlich gesagt weiß ich gar nicht, wie jemand aussehen soll, der solche Gedanken verfolgt.«

»Immerhin wissen wir jetzt, dass Ekdal uns angelogen hat. Er ist nicht nur stramm rechts, sondern Björk und er kannten sich wesentlich besser und offenbar auch schon länger, als er uns weismachen wollte.«

»Bleibt die Frage, ob er nur mal kurz einkaufen gefahren

oder mittlerweile genau wie Björk untergetaucht ist.« Reza legte das Foto zurück in die Schublade.

»Glaubst du, Björk trägt eine Schiebermütze?«, fragte Niklas plötzlich. »Auch wenn Anita Molander es sich gestern Abend nicht vorstellen konnte, dass der Mann –«

»Du hast doch das Phantombild selbst gesehen. Darauf ist nicht August Björk zu sehen.«

»Aber können wir Anita Molander wirklich vertrauen?«, fragte Niklas. »Mir ist es egal, mit wem du dich einlässt. Es geht mich auch gar nichts an, aber für unsere Ermittlungen ist es sicher nicht förderlich, wenn uns unsere wichtigste Zeugin auf der Nase herumtanzt und wir nicht wissen, was sie ernst meint und was nur ihrer blühenden Phantasie entspringt.«

»So ist sie eben«, antwortete Reza lapidar und winkte ab. »Klar, sie macht es uns nicht leicht, und ihre Aussagen stellen ein gewisses Risiko dar, weil wir nicht sicher darauf vertrauen können. Sie ist nun mal ziemlich verrückt, das komplette Gegenteil von mir. Ich mag das.«

Niklas sagte nichts weiter dazu. Es störte Reza offenbar, dass er ihn wegen Anita belehren wollte.

Erfolglos kontrollierten sie noch einige Schränke und Schubladen, um irgendetwas zu finden, das ihnen bei der Suche nach Ekdal und Björk half. Wenige Minuten später verließen die beiden schweigend die Wohnung.

Frida Mellegård lebte am anderen Ende des Ortes, fußläufig keine tausend Meter entfernt. Die Entscheidung, dennoch den Wagen zu nehmen, war angesichts der Temperaturen leichtgefallen. Die Digitalanzeige im Auto stand bei achtunddreißig Grad. Ihre Kleidung klebte an der Haut, salzige Schweißtropfen benetzten ihre Gesichter. Niklas drehte die Klimaanlage auf höchste Stufe und niedrigste Temperatur, während er gedankenverloren losfuhr und sich in Erinnerung rief, was Frida Mellegård ihnen vor zwei Tagen erzählt hatte. Oder vielmehr, was sie ihnen nicht gesagt hatte.

Sie hatte die Befürchtung geäußert, es könnten weitere Menschenleben in Gefahr sein, weil Björk diesmal »zu weit gegangen« sei. Als er nachgehakt hatte, war sie schweigsam geblieben. Im Nachhinein hatte er sich geärgert, nicht sofort hartnäckiger nachgefragt zu haben. Die Ermittlungen und die Situation um Pernille und Emma hatten vielleicht verhindert, dass er so fokussiert war, wie es in dieser Situation nötig gewesen wäre.

Die Frau mit der rötlichen Gesichtsfarbe und den kurzen grauen Haaren öffnete die Tür erst, nachdem Niklas ein zweites Mal lange geklingelt hatte. Wie bei ihrem ersten Treffen machte sie auch heute einen sehr nervösen Eindruck. An ihrer Reaktion meinte Niklas zu erkennen, dass sie kurz überlegen musste, wer er war. Und als es ihr einfiel, fuhr sie sofort zusammen und trat einen Schritt zurück.

»Niklas Zetterberg, Kripo Malmö. Sie erinnern sich an uns?«

Frida Mellegård nickte.

»Wir würden Ihnen gerne noch ein paar Fragen stellen, die sich in den letzten Tagen ergeben haben«, begann er.

»Ich habe Ihnen schon bei unserem ersten Gespräch gesagt, dass ich nichts weiß.«

»Vor zwei Tagen haben wir aber auch nicht darüber geredet, dass bei dem Brand auf dem Hof jemand ums Leben gekommen ist.«

»Auch dazu kann ich Ihnen nichts sagen.«

»Ich erinnere mich sehr genau an Ihre Bemerkung, diesmal wäre August Björk ›zu weit gegangen‹. Vor dem Hintergrund, dass es hier einen Mord gegeben hat und ein weiterer in Helsingborg damit in Verbindung stehen könnte, stellt sich uns die Frage, was Sie denn nun damit gemeint haben.«

»Hören Sie, ich habe das nur –«

»Keine Ausreden mehr«, unterbrach Reza die Frau, nachdem Niklas ihm mit einem kurzen Kopfnicken zu verstehen gegeben hatte, einzugreifen. »Sie sagen uns jetzt alles, was Sie wissen.«

»Weshalb sollte ich mit jemandem wie Ihnen darüber reden?«, entgegnete Frida Mellegård. Ihre Mimik, die bislang Unsicherheit und Argwohn verraten hatte, veränderte sich. Mit einem Mal strahlte sie etwas Feindseliges aus.

»Mit jemandem wie mir?«, wiederholte Reza mit ruhiger Stimme. »Wie habe ich denn das zu verstehen?«

Frida Mellegård kniff ihre Lippen zusammen. Die Worte, die ihr auf der Zunge zu liegen schienen, schluckte sie im letzten Moment herunter. Offenbar gab es in diesem Dorf noch mehr rechte Gesinnung, als sie bislang gedacht hatten.

»Ab jetzt sollten Sie gut aufpassen, was Sie sagen.« Niklas sprach langsam, aber unmissverständlich. Er musste den Druck auf die Frau erhöhen.

»Dann sage ich gar nichts mehr.«

Reza zog sein Handy aus der Hosentasche und suchte nach dem Phantombild, das er im Präsidium abfotografiert hatte. Dann baute er sich vor Frida Mellegård auf und hielt ihr das Display vors Gesicht. »Kennen Sie diesen Mann?«

Niklas beobachtete sie. Ihre roten Wangen verblassten immer mehr. Vor allem schien sie plötzlich auf der Hut zu sein. »Nie gesehen. Wer soll das sein?«

»Das hätten wir gerne von Ihnen erfahren.«

Ohne das Foto näher zu betrachten, zuckte sie mit den Schultern.

»Sagt Ihnen der Name Mikael Ekdal etwas?«, fragte Niklas.

»Das ist nicht Mikael.« Ihre Antwort kam schnell und klar, als wäre es ihr wichtig, das klarzustellen. Sie schien Ekdal jedenfalls gut zu kennen.

»Das wissen wir. Was können Sie denn über ihn sagen?«

»Mikael ist mein Sohn aus erster Ehe.«

Jetzt war es Niklas, der für einige Augenblicke regelrecht baff war. Auf eine gewisse Weise fügte sich alles zusammen. In diesem Dorf kannte man sich nicht nur oder war miteinander verwandt, er war sich auch sicher, dass alle wussten, was auf dem Hof von August Björk vor sich gegangen war. Wenn sie nicht sogar selbst Teil dieser rechten Szene waren. Jedenfalls schien es so, als hätte Frida Mellegård ihre Gesinnung direkt an ihren Sohn weitergegeben.

»Lebt der Vater von Mikael auch in Kvistofta?«, fragte Reza, der sein Handy wieder zurück in die Hosentasche steckte.

»Er ist schon vor langer Zeit gestorben. Hat sich zu Tode gesoffen, um es klipp und klar zu sagen.«

»Mikael gehörte zu den Unterstützern von Björk.« Niklas trat nun ebenfalls einen Schritt vor. »Er ist ein lupenreiner Nazi und will Björk dabei helfen, die schwedische Regierung zu stürzen. Erzählen Sie uns alles, was Sie darüber wissen.«

»Fragen Sie ihn doch einfach selbst.«

»Würden wir gerne, aber er scheint nicht zu Hause zu sein. Ist er vielleicht bei Ihnen?«

»Mikael ist so gut wie nie hier.«

»Haben Sie denn eine Ahnung, wo er sich aufhält? Einer geregelten Arbeit geht er offensichtlich nicht nach.«

»Keine Ahnung, er ist öfter mal für ein paar Tage weg.«

»Und wo ist er dann?«

Ihr trotziges Achselzucken war entlarvend. Sie wusste es, hatte aber kein Interesse daran, es ihnen zu verraten. So kamen sie nicht weiter. Sie mussten eine andere Taktik einschlagen.

»Wir können nicht ausschließen, dass sich Ihr Sohn in Gefahr befindet«, sagte Niklas mit ernster Stimme. »Entweder ist August Björk derjenige, der es auf Mikael abgesehen hat, oder es gibt noch jemand anderen.«

Frida Mellegård schloss die Augen, als wünschte sie, sich dem Gespräch auf diese Weise entziehen zu können.

»Noch einmal zurück zu dem Mann, den ich Ihnen eben gezeigt habe«, drängte Reza. »Wer ist das?«

»Ich ...« Sie stockte. Dann atmete sie tief durch, öffnete ihre Augen und sah sie entschlossen an. »Selbst wenn ich wüsste, wer er ist, würde ich es Ihnen nicht sagen.«

»Dann bleibt uns nichts anderes übrig, als Sie kurzfristig auf unser Präsidium nach Malmö vorzuladen«, sagte Niklas.

»Ist Ihnen bewusst, dass Sie sich strafbar machen, wenn Sie uns wichtige Informationen vorenthalten?«

»Es gibt diese Person«, brach es plötzlich aus Frida Mellegård heraus. »Aber ich kenne sie nicht. Es gibt viele Erzählungen über den Mann. Jemand, der Björk angeblich sehr nahesteht. Das ist alles, was ich dazu sagen werde.«

»Sagen *werde* oder sagen *kann*?«

Sie schwieg. Doch gerade als Niklas noch ein letztes Mal nachhaken wollte, begann sie zu reden. »Mikael hat mich angerufen«, sagte sie mit belegter Stimme. »Er war auf dem Weg nach Falsterbo, wo er sich mit Björk treffen wollte.«

»Und das verraten Sie erst jetzt?« Niklas rang um Fassung und musste sich zurückhalten, die Frau nicht noch lauter anzugehen.

»Ich hätte es Ihnen auch gar nicht sagen können«, reagierte Frida Mellegård trotzig.

»Wann genau war dieses Telefonat?«, hakte Reza nach und gab Niklas ein Zeichen, sich zurückzuhalten.

»Vor etwas mehr als einer Stunde. Ich habe ihn eben noch einmal angerufen, um zu hören, ob alles in Ordnung ist, aber sein Handy ist aus.«

»Glauben Sie denn, es könnte irgendetwas nicht in Ordnung sein?«

»Ich habe kein gutes Gefühl«, antwortete Frida Mellegård. »Mikael sagte, er mache sich auf den Weg, um Björk zu helfen, weil der ihn darum gebeten habe.«

»Mehr nicht?«, fragte Reza.

»Nein, er kannte selbst keine Einzelheiten. Aber er freute sich darüber, dass Björk auf ihn setzt.«

Niklas spürte, dass die Wut zurückkam. Es fühlte sich fast so an wie am Ribban, als ihm Pernille erschienen war. Doch diesmal war sein Zorn echt. Wie konnte diese Frau, deren Sohn sich dem gefährlichsten Rechtsextremen des Landes angeschlossen hatte, ihnen ohne jede Scham erzählen, dass Mikael voller Freude war, Björk zu helfen?

»Sie können wirklich stolz sein, so einen tollen Sohn zu haben«, blaffte er sie an. »Was kann einem schon größere Freude bereiten, als jemandem zu helfen, der die schwedische Regierung mit Waffengewalt stürzen will?«

Während Frida Mellegård ihm mit ihren Blicken Giftpfeile zuwarf, erkannte Niklas aus dem Augenwinkel den erschrockenen Gesichtsausdruck von Reza. Seine Nerven lagen tatsächlich blank, früher hätte er in einer solchen Situation immer die Ruhe bewahrt.

»Sie sagten, Mikael sei in Richtung Falsterbo unterwegs.« Reza überspielte Niklas' kurzen Ausbruch. »Warum treffen sich die beiden dort?«

»Ich weiß es nicht, aber Mikael hat einmal erzählt, dass Björk des Öfteren in Falsterbo war«, antwortete Frida Mellegård.

»Dann ist er dort also untergetaucht«, sagte Niklas leise. Doch schon im nächsten Moment wurde er wieder energischer. »Verdammt, ich glaube Ihnen einfach nicht. Sie wissen ganz genau, wer diese Person ist, die Björk nahesteht.«

»Es tut mir leid, ich kenne den Namen …«

Schwuchtel, fuhr es Niklas im nächsten Moment durch den Kopf. Weshalb war er nicht sofort darauf gekommen? Er selbst war gestern Abend auf den Kommentar im Internet gestoßen, der vermuten ließ, dass August Björk schwul war. Es gab also jemanden, der ihm sehr nahestand. Mit dem er womöglich eine Beziehung führte und der sich offenbar im Hintergrund hielt. Der Mann mit der Schiebermütze.

Das Vibrieren seines Handys in der Hosentasche holte Niklas aus den Gedanken heraus, die ihm durch den Kopf gingen. Die Puzzleteile fügten sich gerade zu einem großen Ganzen zusammen. Eigentlich hatte er nichts anderes im Sinn, als sofort das ganz große Aufgebot anzufordern und sich auf den Weg an die Südwestküste zu machen. Um August Björk und Mikael Ekdal zu finden. Und hoffentlich auch den unbekannten Mann, der Johanna Marklund getötet hatte und höchstwahrscheinlich auch für die Brandstiftung in Kvistofta verantwortlich war.

Es war nur ein kurzer Augenblick, in dem er einen Blick auf das Display warf und den Namen der Anruferin sah, aber er reichte aus, um seinen Pulsschlag noch weiter in die Höhe schnellen zu lassen. Es war Emma, die ihn anrief.

Er atmete einmal tief durch, dann meldete er sich.

»Pontus Wahlgren«, kam sie sofort zur Sache.

»Was ist los?«, fragte Niklas irritiert. »Wer soll das sein?«

»Der Feuerwehrmann aus Kvistofta, erinnerst du dich? Er ging an uns vorbei, als wir mit den beiden alten Frauen vor der Kirche gesprochen haben.«

»Natürlich, was ist mit ihm?«

»Er ist einer von Björks Leuten. Ich habe ihn auf einem Foto im Internet wiedererkannt. Ich gehe davon aus, dass es bei diesem Midsommar-Fest entstanden ist, von dem Ekdal uns erzählt hat. Ich hätte ihn beinahe nicht erkannt, er trägt auf dem Bild so eine Art Schiebermütze, die er tief ...«

Niklas hörte nicht mehr richtig zu, während er seine rechte Hand mit dem Telefon langsam vom Ohr sinken ließ.

Es war wie immer in diesen Momenten, wenn nach Tagen der Ungewissheit und des Tappens im Dunkeln sich plötzlich fast wie aus dem Nichts eine Tür öffnete, hinter der sich die Lösung des Falls befand. Adrenalin schoss durch seinen Körper. Sie kannten also den Täter. Pontus Wahlgren. Der Feuerwehrmann mit den blonden Haaren und den stechend blauen Augen. Der Schwede aus dem Bilderbuch.

Weshalb dieser Mann das Feuer gelegt und zwei Frauen getötet hatte, wussten sie allerdings nicht. Genauso wenig, auf wen er es womöglich noch abgesehen hatte.

Ohnmacht

Mikael Ekdal hatte sich an den langen Holztisch gesetzt, wie es ihm der Mann mit der Mütze aufgetragen hatte, und verharrte dort regungslos. Er hatte nicht den Hauch einer Ahnung, was hier vor sich ging. Noch unsicherer machte ihn, dass er nicht wusste, was Pontus Wahlgren hier überhaupt zu suchen hatte.

Bestimmt zehn Minuten waren vergangen, seit Wahlgren ihn vor dem Haus aufgefordert hatte, ihm zu folgen. Kurz danach war der Mann in einen angrenzenden Raum verschwunden. Auf dem Tisch vor ihm standen Zitronenwasser mit Eiswürfeln und frischer Orangensaft. Daneben ein Tablett mit Zimtschnecken und Obstkuchen.

Ekdal senkte den Blick und begann, seine Schläfen zu massieren. Angestrengt versuchte er sich vor Augen zu rufen, ob es irgendwann Anzeichen gegeben hatte, dass Wahlgren auch Teil des Teams war. Er konnte sich lediglich an das Fest an Midsommar erinnern, bei dem er gewesen war. Aber weder davor noch danach hatte er ihn noch einmal auf dem Hof gesehen. Wieso sollte also ausgerechnet er so eng mit Björk verbunden sein, dass er sich hier an dessen Rückzugsort aufhielt?

Plötzlich hörte er Schritte auf dem Parkettboden. Sie kamen schnell näher. Sein Kopf wandte sich nur langsam zur Seite, weil sich in ihm etwas dagegenstemmte. Jetzt war da nur noch Angst, die seinen Körper gefangen nahm. Denn dass hier etwas nicht stimmte, wurde ihm spätestens klar, als Wahlgren wieder erschien. In seiner rechten Hand hielt er eine Pistole und zielte damit in seine Richtung.

»Unterhalten wir uns ein wenig«, sagte Wahlgren kühl und nahm am Kopfende des Tisches Platz. »Wir kennen uns kaum«, redete er weiter. »Und dabei soll es auch bleiben. Ich habe nie verstanden, was August in dir gesehen hat.«

»Wo ist er?« Ekdals Stimme bebte. Er presste jedes einzelne Wort förmlich heraus. »Was hast du mit ihm gemacht?«

»Du klingst ja beinahe so, als würdest du dir Sorgen um ihn machen.«

»Wieso sollte ich das nicht tun? Ich unterstütze ihn, weil ich an die Sache glaube.«

»Da habe ich von meinen Informanten bei der Säpo anderes gehört«, sagte Wahlgren. »Dort ist man der Meinung, du wärst ein Risiko, weil du leider gar nicht davon überzeugt bist, was wir vorhaben.«

»Wir?«, fragte Ekdal überrascht.

»Ja, genau. Alle glauben immer, August sei der große Strippenzieher.« Wahlgren lachte verächtlich und schüttelte dabei den Kopf. Mit seiner rechten Hand drehte er die Pistole fortlaufend auf dem Eichentisch im Kreis.

»Ist das denn etwa nicht so?«

»Schluss jetzt«, reagierte Wahlgren auf einmal vehement. »Du stellst hier nicht die Fragen.«

»Aber die Nachricht, dass ich hierherkommen soll, kam von Augusts Handy. Sag mir wenigstens, was du mit ihm gemacht hast.«

»Es geht ihm gut, keine Sorge.« Wahlgren nahm seine Waffe fest in die Hand und stand auf, um dann im Raum auf und ab zu gehen. Das tat er minutenlang, ohne auch nur ein einziges Wort zu sagen. Er wirkte einerseits leicht nervös, andererseits auf eine beunruhigende Weise sehr entschlossen.

Schließlich blieb er auf der anderen Tischseite, genau gegenüber von Ekdal, stehen und fixierte ihn.

»Hast du die Videos gesehen?«, fragte Wahlgren so eindringlich, dass Ekdal sofort klar war, dass er gerade auf den entscheidenden Punkt zu sprechen kam.

»Welche Videos?« Er hatte ernsthaft keine Ahnung, wovon Wahlgren sprach.

»Du weißt genau, was ich meine.« Wahlgren lehnte sich jetzt mit dem Oberkörper über den Tisch, sodass sein Kopf nur noch eine Armlänge von seinem entfernt war. Er sah aus wie eine Raubkatze, die im nächsten Moment zum Sprung ansetzen würde.

»Es tut mir wirklich leid, aber ich habe nicht den geringsten Schimmer, worauf du hinauswillst. Was immer das überhaupt für Videos sein sollen, ich kenne sie nicht.«

»Nenn mir auch nur einen einzigen Grund, weshalb ich dir glauben soll.«

»Weil es die Wahrheit ist. Um was für Videos geht es denn?«

»Sara und du, ihr habt euch doch immer gut verstanden, oder nicht?« Wahlgren ignorierte seine Frage und wechselte abrupt das Thema.

»Wir hatten nie sonderlich viel miteinander zu tun. Und in letzter Zeit war sie immer etwas …« Ekdal stockte. »Moment mal, ist sie etwa die Tote, die in der Scheune gefunden wurde?«

»Sie hat dir also keine Videos geschickt?«

»Nein, hat sie nicht. Sag mir, ist sie die Tote?«, wiederholte er seine Frage.

»Natürlich ist sie das«, antwortete Wahlgren nüchtern.

»Also hast du sie auf dem Gewissen«, sagte Ekdal leise. »Du hast den Hof in Brand gesteckt und alles zerstört, worauf wir hingearbeitet haben.«

»Genau das Gegenteil ist der Fall, aber das begreifst du nicht.« Wahlgren zog sich zurück und begann erneut, auf und ab zu gehen.

Ekdal verzichtete auf eine Erwiderung. Noch immer fiel es ihm schwer zu begreifen, dass Wahlgren nicht nur dazugehörte, sondern offenbar … Sein Gedanke wurde abrupt unterbrochen. Er zuckte zusammen. Jemand hatte gerade an die Tür geklopft.

Wahlgren dagegen schien nicht überrascht zu sein. Er verließ den Raum, um den Gast hereinzulassen. Leise Stimmen, eine kurze Begrüßung. Danach Schweigen.

Was ging hier nur vor sich? Hatte Wahlgren etwa noch mehr Leute zusammengerufen? Ekdal wurde immer nervöser. Vielleicht sollte er versuchen abzuhauen. Einfach eines der Fenster öffnen, rausspringen und so schnell wegrennen, wie er nur konnte.

Allein der Versuch einer Flucht scheiterte jedoch daran, dass er plötzlich zitterte. Er konnte keinen klaren Gedanken mehr fassen. Und ihn überfiel geradezu eine Ohnmacht, als er erkannte, wer in Wahlgrens Schatten den Raum betrat.

Falsterbo

Emma hatte darauf bestanden, dass Niklas und Reza sie auf dem Weg von Helsingborg nach Falsterbo mitnahmen. Niklas hatte kurz protestieren wollen – er hielt es nicht für eine gute Idee, wenn sie zusammen ermittelten. Aber sie hatte ihm klar zu verstehen gegeben, dass sie das, was gestern zwischen ihnen vorgefallen war, fürs Erste beiseiteschieben mussten.

Bevor sie das Gespräch beendeten, hatte Emma ihn gefragt, ob er überhaupt in der Verfassung sei, an einem Einsatz teilzunehmen, der womöglich gefährlich werden könnte. Sie habe kein gutes Gefühl bei der Sache und würde am liebsten Larsson informieren, andererseits wolle sie auch nicht diejenige sein, die ihn verpfeife. Er solle schon selbst den Mut aufbringen, sich einer Therapie zu unterziehen und eine Weile aus dem Polizeidienst auszuscheiden. Wenn er es nicht täte, würde sie allerdings dafür sorgen, dass alle die Wahrheit über ihn erführen.

Niklas hatte nichts zu ihrer kurzen Abrechnung mit ihm gesagt. Natürlich hatte sie nicht unrecht damit, dass er sich Hilfe holen musste, aber ihm die Pistole auf die Brust zu setzen, war auch nicht gerade die feine Art. Erst einmal würden sie diese Ermittlungen abschließen, danach würde er darüber nachdenken, wie er mit seinen Problemen umgehen sollte. Und wie ihre gemeinsame Zukunft aussähe.

Emma hatte sich mit einem Uber bis zum Baumarktparkplatz an einer Abfahrt der E 6 bringen lassen und war dann in Niklas' Dienstwagen eingestiegen. Sie hatte sich zum Glück nichts anmerken lassen, denn immerhin wusste Reza nicht, was Niklas getan hatte. Und dabei sollte es auch bleiben.

»Wir glauben zu wissen, dass Pontus Wahlgren der Täter ist, aber was uns nach wie vor komplett fehlt, ist ein Motiv«, sagte Emma, nachdem sie eine ganze Weile schweigend in Richtung Süden gefahren waren. »Was haben Johanna Marklund, diese

Sara und möglicherweise Mikael Ekdal gemein, dass Wahlgren es auf sie abgesehen hat? Und welche Rolle spielt August Björk dabei?«

»Das sind die Fragen, auf die wir Antworten finden müssen«, antwortete Niklas. »Wahlgren könnte auch nur ein äußerst wichtiger Mitstreiter von Björk sein, aber wir sollten in Betracht ziehen, dass die beiden mehr verbindet als nur der politische Wille, die Regierung zu stürzen. Wenn ich an die Worte von Frida Mellegård denke, könnte es sein, dass die beiden eine Beziehung führen, was in der rechtsextremen Szene sicherlich nicht überall auf Zuspruch stößt. Ich habe zumindest einen Hinweis gefunden, der darauf schließen lässt, dass August Björk auf Männer steht.«

»Das ist doch kein Grund, solche Verbrechen zu begehen«, setzte Emma an, als das Telefon über die Freisprechanlage klingelte. Auf dem Display im Cockpit war der Name des Anrufers zu sehen.

»Tommy, was gibt's?«

»Wo seid ihr gerade?«

Niklas berichtete, was sie in Kvistofta herausgefunden hatten und dass sie auf dem Weg nach Falsterbo waren.

»Wir haben für den Fall, dass die Lage eskaliert, bei Larsson die mobile Spezialeinheit angefordert, aber es wäre gut, wenn du die Einsatzleitung vom Präsidium aus koordinierst. Die nächsten Stunden könnten durchaus herausfordernd werden.«

»Ich kümmere mich«, sagte Tommy. »Übrigens habe ich mit dem Vater von Sara Boman gesprochen. Was er erzählt hat, passt zu dem, was du über Johanna Marklund berichtet hast. Die beiden müssen seelisch durch die Hölle gegangen sein. Was im Detail vorgefallen ist, weiß ich zwar nicht, aber sie wollte aussteigen. Im Gegensatz zu Johanna Marklund hat sie es nicht geschafft, auch weil ihr Vater ihr nicht geholfen hat. Er hat ihr nicht verziehen, dass sie Björk bewundert und für ihn gearbeitet hat.«

»Jetzt sind beide tot«, fasste Niklas zusammen. »Es wird

kein Zufall sein, dass Johanna Marklund und Sara Boman sterben mussten.«

»Aber nicht Björk hat die beiden umgebracht, sondern höchstwahrscheinlich dieser Pontus Wahlgren«, warf Reza ein. »Mit dem Björk vielleicht ein Verhältnis oder mehr hat«, sagte Niklas nachdenklich.

»Die beiden Frauen hatten etwas gegen Björk in der Hand.« Niklas warf einen Blick in den Rückspiegel. Es fühlte sich komisch an, dass Emma in seinem Auto saß, als wäre nichts vorgefallen. Aber wichtiger war, was sie da gerade gesagt hatte. War das etwa das Motiv, nach dem sie suchten? »Wie meinst du das?«, fragte er.

»Vielleicht mussten Sara Boman und Johanna Marklund sterben, weil sie Björk gedroht oder erpresst haben? Und Pontus Wahlgren hat die Aufgabe zugewiesen bekommen, die beiden Frauen zu töten. Ich verstehe nur nicht, weshalb Wahlgren auch den kompletten Hof in Brand gesteckt hat.«

»Irgendein Detail übersehen wir noch. Warum ist Björk in Falsterbo untergetaucht? War Kvistofta nicht mehr sicher genug für ihn? Ahnte er, dass jemand ihn verraten wollte und dann auch das Waffenlager aufflöge?«

»Dann hätte er die Waffen besser rechtzeitig wegschaffen sollen«, sagte Emma. »Je länger ich darüber nachdenke, desto mehr bin ich der Überzeugung, dass wir es nicht mit einer von langer Hand geplanten Tat zu tun haben. Auf mich wirkt es fast wie eine Affekthandlung.«

»Entschuldigt, dass ich euer Gespräch unterbreche, aber Larsson hat mich eben gefragt, ob ihr eigentlich die Kollegen aus Helsingborg informiert habt«, klang Tommys Stimme im nächsten Moment durch die Freisprechanlage. »Mein Gefühl ist, dass er die Verantwortung für die Ermittlungen gerne von uns wegschieben möchte, gerade nach dem Auftritt unserer Polizeipräsidentin.«

Niklas und Reza blickten sich an und schüttelten beide gleichzeitig den Kopf.

»Eigentlich hat niemand Lust auf Strindberg«, antwortete Niklas. »Aber meinetwegen kannst du ihn anrufen und ihm sagen, dass wir auf dem Weg nach Falsterbo sind.«

Sie verabschiedeten sich und vereinbarten, in engem Austausch zu bleiben, sobald sich neue Entwicklungen auftaten. Niklas drückte das Gaspedal durch, während er hinter Vellinge die E 6 verließ und auf die 100 fuhr.

Neben ihm geriet Reza ins Grübeln. Denn ihm war etwas eingefallen, das Magnus Strindberg beim Gespräch im Helsingborger Präsidium über Ekdal gesagt hatte. Als einen kleinen, unbedeutenden Nazi hatte er Ekdal abgetan, dessen Vergehen bisher nicht ausgereicht hätten, um ihn zu verhaften. Ein Spinner aus einem kleinen Dorf wie Kvistofta, bei dem sie sich offenbar nicht die Frage gestellt hatten, ob es irgendeine Verbindung zu August Björk geben könnte.

Das war jedoch nicht das Einzige, was Reza durch den Kopf ging. Die Pressekonferenz hing ihm noch immer nach. Nicht nur Stine Borgs Abrechnung mit der Presse, sondern auch das, was dieser Journalist Anders Forssell von der »Sydsvenskan« gesagt hatte. Woher zum Teufel wusste er so genau, was auf Björks Hof vor sich gegangen war?

Es war nur ein flüchtiger Gedanke. Das Bild eines Mannes, der vielleicht eine ganz andere Rolle spielte, als er vorgab. Jemand, der sogar mehrere Rollen auf einmal ausführte? Die Vorstellung war eigentlich absurd, und dennoch hielt Reza sie für möglich. Konnte es wirklich sein, dass der Feind sich in den eigenen Reihen befand?

Ruß

Das menschliche Gehirn war ein Phänomen. Es war, als wüsste es instinktiv ganz genau, wann es auf Tauchstation gehen musste, um Erlebtes auszublenden oder zumindest irgendwo tief im Unterbewusstsein zu verstecken. Meistens dann, wenn sie zu einem Einsatz fuhren und sich schlimme Bilder vor ihren Augen auftaten. Dann funktionierten sie beinahe wie Maschinen, jedes Rädchen griff ins andere, jeder wusste exakt, was zu tun war. Mit dem alleinigen Ziel, das Feuer zu löschen.

Lennart Andersson war froh über viele dieser Gedächtnislücken. Er hatte vieles erlebt in seiner Zeit als Feuerwehrmann: aus dem dritten Stockwerk springende Menschen, qualvoll verbrannte Kinder, Existenzen, die in Schutt und Asche lagen. Aber die Bilder hatten sich nicht bei ihm eingebrannt, zumindest nicht vordergründig. Er ahnte allerdings, dass sie im Verborgenen schlummerten und nur darauf warteten, zum Vorschein zu kommen, wenn er einen schwachen Moment hatte. Wenn er daran zweifelte, dass dieser Job noch der richtige für ihn war.

Bislang war diese Situation noch nicht eingetreten, und er hatte sich geschworen, sich dagegen zu wehren, falls es jemals so weit käme. Schließlich liebte er seine Arbeit, egal mit welchen psychischen und auch physischen Anstrengungen sie verbunden war. Feuerwehrmann zu sein war für ihn in erster Linie eine Berufung und kein Beruf.

Dennoch musste er zugeben, dass der Brand in Kvistofta etwas in ihm verändert hatte. Es fiel ihm schwer zu beschreiben, was der Grund dafür war. Es hatte weniger mit dem Feuer selbst oder dem Fund der verkohlten Leiche zu tun, denn beides verschwamm in seinem Kopf längst wieder mit anderen Erinnerungen zu einem undefinierbaren Einerlei.

Nein, es war etwas anderes, das er seitdem mit sich herumtrug. Als er davon gehört hatte, dass August Björk auf dem Hof gelebt hatte und welche Pläne er verfolgte, war ein Gedankenkarussell bei ihm in Gang gekommen. Die Minuten, als er und seine Kollegen von der Feuerwehr Bårslöv den Hof in Kvistofta erreicht hatten, waren hektisch gewesen. Es dämmerte, wodurch die Flammen noch bedrohlicher gewirkt hatten, als sie in die Einfahrt eingebogen waren. Natürlich hatte er sich gewundert, dass Pontus schon vor Ort gewesen war – normalerweise fuhren alle gemeinsam im Löschzug mit.

Lennart erinnerte sich, dass der Kollege auffällig fahrig gewirkt hatte. Er war verschwitzt gewesen, sein Gesicht voller Dreck oder Ruß. Als wäre er schon eine Weile vor Ort und hätte versucht, auf eigene Faust das Feuer zu bekämpfen.

Pontus hatte sich eine Ausrüstung aus einem der Fahrzeuge genommen und war dann eine Weile verschwunden. Zumindest hatte Lennart ihn nicht mehr gesehen. Sie arbeiteten schon seit einigen Jahren zusammen, aber so richtig viel hatten sie nie miteinander zu tun gehabt. Genau genommen hatte Pontus mit niemandem in ihrem Team engeren Kontakt. Er war ein Einzelgänger. Jemand, der kaum redete und meistens schlecht gelaunt wirkte. Sein Charakter wollte so gar nicht zu seinem Äußeren passen. Auf seinen durchtrainierten Körper und das markante Gesicht mit den blauen Augen war Lennart fast ein wenig neidisch. Er musste ein richtiger Frauentyp sein. Aber seine Art machte das alles wieder zunichte.

Eine ganze Weile später war Pontus wiederaufgetaucht. Gemeinsam hatten sie versucht, gegen die Flammen zu kämpfen, ohne dabei viele Worte zu wechseln. Mehr als zwei Tage lang mit nur wenigen Stunden Unterbrechung hatte Lennart jedes noch so kleine Glutnest ausfindig gemacht, bis er irgendwann dieses Kellerverlies entdeckt hatte, in dem jemand eine Frau an ein Rohr gekettet und jämmerlich hatte sterben lassen. Pontus war in dieser Zeit mehrere Male vorbeigekommen und hatte ihm geholfen. Aber zwischendurch war er auch immer wieder stundenlang verschwunden gewesen.

Seit gestern Abend versuchte Lennart, sich die beiden Tage in Kvistofta vor Augen zu führen. Immer wieder blieb er an der Szene hängen, als sie im Halbdunkeln angekommen waren und Pontus bereits auf sie wartete. Abgekämpft und schmutzig. Aber vor allem nervös.

Weshalb war Pontus dort gewesen?

Genau das hatte er ihn gefragt, als sie sich vorgestern voneinander verabschiedet hatten. Und die leise Antwort war wohl der Grund dafür gewesen, weshalb Lennart endgültig ins Grübeln gekommen war und sein Gehirn dieses Mal nicht dazu bereit war, das Gesehene einfach so wegzuschließen. Was genau Pontus gemeint hatte, als er sagte, dass er es nicht mehr rechtzeitig in die Feuerwache geschafft habe, war ihm bis eben noch nicht klar gewesen, aber jetzt hatte er keinen Zweifel mehr.

Sie hatten einen Feuerteufel in ihren eigenen Reihen. Der dazu auch noch ein Mörder war.

Kaltes Metall

Magnus Strindberg warf ihm ein heimtückisches Grinsen zu, als er neben Wahlgren stehen blieb. Überhaupt strahlte alles an ihm Bösartigkeit und Verlogenheit aus.

Eigentlich überraschte es Ekdal nicht, dass Strindberg hier an Björks Seite war, und doch lähmte ihn dessen Anblick nur noch mehr. Es gab nicht viele aus dem engeren Kreis, zu denen er tatsächlich näheren Kontakt gehabt hatte. Björk hatte immer darauf gedrängt, dass sie sich außerhalb des Hofes nicht trafen und möglichst auch nicht miteinander kommunizieren sollten. Aus Vorsicht und Angst davor, dass jemand unaufmerksam war und sie aufflogen.

Aber mit Strindberg hatte er in der Anfangszeit ein paarmal gesprochen. Einmal hatten sie sich sogar in Helsingborg getroffen. Aber schnell war Ekdal klar geworden, dass er mit diesem Mann nichts zu tun haben wollte. Auch wenn sie beide Björk unterstützten und das gleiche Ziel verfolgten, Strindberg traute er einfach nicht über den Weg. Er war der Typ Mensch, der einem das Messer in den Bauch rammte und dabei noch dreckig lachte.

Ekdal war in die Falle getappt. Er hatte ernsthaft geglaubt, Björk würde seine Hilfe benötigen. Dabei hatten Wahlgren und Strindberg ihn hier in diesem Haus in den letzten Tagen festgehalten. Offenbar hatten sich die beiden zusammengetan und gegen Björk gestellt. Nichts an dieser Situation schien einen Sinn zu ergeben. Weshalb taten sie das? Was war ihr Ziel? Und vor allem, was wollten sie von ihm?

»Reden wir über ein paar wichtige Dinge, die uns auszeichnen«, sagte Wahlgren und durchbrach die Stille im Raum.

»Meinetwegen.« Ekdal versuchte, ruhig und kontrolliert zu klingen, vermutete allerdings, dass seine Stimme zitterte.

»August hat uns in den letzten drei Jahren darauf eingeschworen, dass wir seinem Plan folgen und uns akribisch auf den Umsturz und die dann folgende Phase vorbereiten.« Wahlgren räusperte sich und begann erneut, mit der rechten Hand seine Pistole auf dem Eichentisch im Kreis zu drehen.

»Ich glaube, wir waren auf einem sehr guten Weg. Wir hatten gute Leute, ausreichend Waffen und vor allem ein Netzwerk, das in alle wichtigen Apparate des Staats hineinreicht. Mit Hilfe dieser Personen hätten wir den Putsch innerhalb von vierundzwanzig bis maximal achtundvierzig Stunden durchführen können. Wir werden nicht von unserem Ziel abrücken, aber leider sind wir gezwungen worden, einige Dinge zu verändern.«

»Wie wollen wir weitermachen?« Ekdal wagte es erneut, eine Frage zu stellen. »Unsere Waffen sind in dem Feuer zerstört worden. Ihr habt unseren Anführer aus dem Verkehr gezogen. Und die Bullen sind uns längst auf den Fersen.«

»Sind sie das?«, entgegnete Wahlgren argwöhnisch. »Ich würde sagen, einer von ihnen sitzt hier mit am Tisch.«

»Du weißt genau, wie ich das meine.«

»Nein, erkläre es uns. Oder warte mal, ich habe eine noch bessere Idee – reden wir über Loyalität. Wie stehst du denn dazu?«

»Ich war August gegenüber immer loyal und habe alles dafür getan, dass wir unseren Plan erfolgreich umsetzen. Auch mit den Kontakten bei der Säpo gab es nie Probleme. Ich wüsste nicht, weshalb dort jemand etwas anderes behaupten sollte.«

Wahlgren und Strindberg verzogen keine Miene. Obwohl Ekdal noch immer keine Ahnung hatte, was die beiden von ihm wollten, ahnte er, wie riskant es war, zu widersprechen. »Ich bin hergekommen, weil ich dachte, August braucht meine Hilfe. Mehr Beweise für meine Loyalität kann es doch gar nicht geben.«

»Tja, ich weiß nicht«, sagte Wahlgren. Er stand auf und begann wieder, in dem Raum auf und ab zu laufen. »Magnus, bitte«, schob er hinterher.

Jetzt saß also nur noch Strindberg vor ihm. Ekdal versuchte, dessen stechendem Blick standzuhalten, aber er spürte, dass er keine Chance gegen die Dominanz hatte, die von ihm ausging.

»Ich hatte gestern Besuch von einem meiner Kollegen aus Malmö«, begann Strindberg. »Er hat mir einiges über die Ermittlungen in Kvistofta erzählt. Sie waren auch bei dir, oder?«

Ekdal schluckte schwer. Sie wussten also, dass er sie verpfiffen hatte. Die Situation, als die Bullen klingelten, hatte ihn überfordert. Ein Wort hatte das andere ergeben. Er hatte gar nicht richtig darüber nachgedacht, was er ihnen erzählte. In dem Moment war es ihm nur wichtig gewesen, sich von Björk möglichst zu distanzieren. Ja, er hatte sich hinreißen lassen, ein paar Dinge zu sagen, die dumm gewesen waren. Hatte ihnen flapsig einige Brocken hingeworfen, dass Björk einen Umsturz plante, aber –

»Ich habe dich etwas gefragt«, unterbrach Strindberg seine Gedanken. »Hast du mit den Kriminalbeamten aus Malmö gesprochen?«

»Ja, das habe ich.«

»Ich gehe davon aus, dass du nichts über unsere Pläne verraten hast.«

»Natürlich nicht.«

»Weil du gar nichts über August weißt, richtig?«

Ekdal schwieg. Was sollte dieses Theater? Er hatte keine Lust mehr, ihnen noch länger etwas vorzuspielen. Vorsichtig tastete er nach seiner Waffe im Hosenbund. Sie war da, wo sie sein sollte.

Aber wo war eigentlich Wahlgren? Sofort spürte er Unruhe, die unmittelbar in Panik überging. Sein Blick wanderte von links nach rechts im Raum, aber nirgends war er zu sehen.

Ekdal zückte seine Pistole und richtete sie kurz auf Strindberg. Dann fuhr er nach links herum, weil er glaubte, aus dem Augenwinkel einen Schatten hinter sich wahrgenommen zu haben.

Da war niemand.

Im nächsten Moment spürte er einen Lufthauch zu seiner Rechten. Dann kaltes Metall auf seiner Schläfe. Das böse Grinsen von Strindberg vor ihm, bevor auch er sich abwandte. Ekdal zählte die Sekunden, kam allerdings nur bis zwei. Dann hallte ein dumpfes Geräusch durch den Raum, und er kippte zur Seite, während die Kugel aus der Pistole mit dem aufgeschraubten Schalldämpfer durch seinen Kopf jagte.

Wasser und Brot

Diesen einen Tag in seinem Leben würde August Björk niemals vergessen. Es war der Tag gewesen, an dem sich alles verändert hatte. Er war ein vergleichsweise unscheinbarer Endzwanziger gewesen, der zu der Zeit in Stockholms Schwulenszene eher inkognito unterwegs war. Fast zwanzig Jahre waren seitdem vergangen.

Was Männer betraf, war er noch unerfahren. Vorsicht war sein oberstes Gebot gewesen, weil er wusste, welche Gefahren an jeder Ecke lauerten. In der kurzen Zeit in Boston hatte er mehr gesehen, als er tatsächlich sehen wollte. Vieles hatte ihm nicht gefallen, beispielsweise Menschen, die sämtliche Hemmungen verloren und Dinge taten, die ihn anwiderten.

Er hatte es langsam angehen lassen, was sexuelle Kontakte betraf. Auch damals schon, weil er einen Karriereplan hatte, der eigentlich nicht vorsah, dass er auf Männer stand. Homosexualität war zwar längst in der Mitte der Gesellschaft angekommen, aber nicht unbedingt in den Kreisen, in denen er sich politisch bewegen wollte.

Der Abend, an dem es passierte, hatte wie jeder andere angefangen. In einer Bar hatte er sich ein paar Drinks genehmigt, um in Stimmung zu kommen. Als er in einen Club weitergezogen war, hatte es nicht lange gedauert, bis er einen älteren Mann um die fünfzig kennengelernt hatte, der ihn auf einen Cocktail einlud. Er hatte gut ausgesehen mit seinen kurzen angegrauten Haaren, dem braun gebrannten Gesicht und einem Körper, um den ihn jeder Zwanzigjährige beneidet hätte.

Dem einen Drink folgten zwei weitere, und plötzlich hatte er die Kontrolle über sich verloren. Im Nachhinein war er sich sicher gewesen, dass der Mann ihm irgendetwas in sein Getränk getan hatte, das ihn so außer Gefecht setzte, dass er gefügig wurde.

An das, was im Einzelnen passiert war, konnte er sich nicht mehr erinnern. Wollte er auch gar nicht. Als er die Wohnung des Mannes verließ, hatte ihn bereits eine Ahnung beschlichen, dass er den größten Fehler seines Lebens gemacht hatte. Er war unvorsichtig gewesen. Dumm und naiv. Hatte alle Regeln missachtet. Seinen Kodex, den er sich auferlegt hatte. Drei Wochen später hatte er schwarz auf weiß die Gewissheit, dass er HIV-positiv war. Das Leben, das er vierundzwanzig Jahre lang geführt hatte, fiel von einer auf die andere Sekunde wie ein Kartenhaus in sich zusammen. Seine Zukunft, die Ziele und Pläne, die er besaß, alles löste sich vor seinem inneren Auge wie eine zerplatzte Seifenblase auf. Das Loch, das sich vor ihm auftat, war so schwarz und bedrohlich, dass ihm schwindelig geworden war. Er hatte getaumelt, als er am Abgrund stand. Viel hatte nicht gefehlt, und er wäre hineingestürzt.

Aber etwas in ihm hatte sich zur Wehr gesetzt. Schritt für Schritt hatte er sich von der Abbruchkante entfernt und einen Weg zurück ins Leben gefunden. Die Zuversicht kehrte zurück, auch weil ihm die Ärzte Mut machten. Die Krankheit würde nicht ausbrechen, wenn er die entsprechenden Medikamente nähme.

Er war skeptisch gewesen, aber je mehr Zeit verging und er sich körperlich gut fühlte, desto geringer wurden seine Sorgen. Seine Infektion rückte mehr und mehr in den Hintergrund, und er konzentrierte sich wieder auf die politische Karriere, die er angestrebt hatte. Da er sich bei den Moderaten nicht mehr zu Hause fühlte, kam es ihm gelegen, dass eine vergleichsweise noch junge Partei, die viele seiner Werte vertrat, in einigen Regionen des Landes immer größeren Zuspruch erhielt. Nationalistisch und sozialkonservativ, wie sie sich selbst bezeichneten. Sie setzten sich für Themen ein, die auch ihn beschäftigten. Über allem stand das Ziel, Schweden wieder zu dem zu machen, was es einmal gewesen war. Schon kurz nachdem er in die Partei eingetreten war, gelang es ihm, sich an die Spitze der Schwedendemokraten und einer neuen Bewegung im Land zu setzen.

Vorsicht war seine wichtigste Begleiterin gewesen. Nie wieder wollte er einen solchen Fehler wie damals im Spätsommer 2006 begehen, der ihn an den Rand seiner Existenz gebracht hatte. Von jetzt an hatte nur noch der Weg an die Macht gezählt. Andere Menschen hatte er fortan als Mittel zum Zweck betrachtet.

August Björk lächelte müde. Er hatte schlicht und einfach versagt. War erneut unvorsichtig gewesen, doch diesmal würde es für ihn nicht gut ausgehen, war er sich sicher.

Er hatte Pontus vertraut. So sehr, dass er ihn näher an sich herangelassen hatte, als er es wollte. Zum ersten Mal seit fast zwanzig Jahren gab es wieder jemanden in seinem Leben, der mehr war als ein nützlicher Helfer auf seinem Weg nach oben. Jemand, der ihm etwas bedeutete. Mit dem er sich mehr vorstellen konnte als diese kurzen Affären und One-Night-Stands von damals.

Jetzt saß er hier seit Tagen in einem warmen Raum des Ferienhauses, das in den vergangenen Monaten ihr gemeinsamer Rückzugsort gewesen war. Abwechselnd auf einer Matratze auf dem Boden oder auf einem viel zu harten Stuhl, gefesselt und geknebelt und ohne zu wissen, was Pontus mit ihm vorhatte.

Die Zuneigung zu ihm – er vermied es, das Wort Liebe in den Mund zu nehmen oder es auch nur zu denken – hatte ihn schwach und anfällig gemacht. Sein Ziel, auf das er so lange hingearbeitet hatte, war aus dem Fokus geraten. Er hatte Zweifel bekommen, ob er noch die notwendige Kraft besaß, um dieses Land in eine bessere Zukunft zu führen. Und er hatte von Tag zu Tag mehr gespürt, dass auch Pontus zweifelte. Aber nicht an sich selbst, sondern an ihm. An seiner Stärke, seinem Willen, seiner Kraft und vielleicht auch ein wenig an der Art und Weise, wie rücksichtslos er mit anderen Menschen umging. Er hatte ihm seine Bedenken nicht direkt gezeigt, eher auf eine subtile Weise, die besonders wehtat. Nach und nach waren es Pontus' Ideen gewesen, die immer stärkeren Einfluss auf ihre Planungen nahmen.

Doch vor fünf oder sechs Tagen – die Dunkelheit, der er ausgesetzt war, erschwerte zunehmend sein Zeitgefühl – war die Situation wie aus dem Nichts eskaliert. Was war bloß passiert, dass Pontus ihn bewusstlos geschlagen und anschließend zurück ins Haus geschleppt hatte, um ihn hier bei Wasser und Brot wie einen räudigen Hund festzuhalten?

Er hatte kein einziges Wort mit ihm gesprochen, sich nicht einmal gezeigt. In manchen Momenten hatte er sich gefragt, ob es überhaupt Pontus gewesen war, der ihn außer Gefecht gesetzt hatte. Was, wenn jemand anderes es auf ihn abgesehen hätte?

Er wusste, dass der Gedanke absurd war. Vielmehr fragte er sich, ob der Putsch da draußen schon längst im Gange war. Vielleicht herrschte bereits ein gewalttätiger Umsturz? Befand sich Schweden im Chaos? Oder war alles glatt verlaufen, und Pontus Wahlgren hatte sich bereits zum neuen Ministerpräsidenten des Landes ernannt?

Jeden Tag, der verging, kam der Abgrund, vor dem Björk damals gestanden hatte, wieder ein Stück näher. Er sah das schwarze Loch bereits, und etwas in ihm sehnte sich inzwischen förmlich danach, endlich darin zu verschwinden. Ein für alle Mal.

Auch um zu vergessen, wie schlecht er die Leute um sich herum behandelt hatte. Wie rücksichtslos, manipulierend und verletzend er gewesen war. Weil er keinen Zugang zu Menschen fand, kein Vertrauen aufbauen konnte, in ihnen immerzu nur den Mann sah, der ihn, ob wissentlich oder nicht, mit diesem Virus infiziert hatte.

Jetzt hatte also Pontus seine Rolle eingenommen. Vielleicht war er sogar noch eine Spur zielstrebiger als er. Und vor allem skrupelloser.

Plötzlich zuckte er zusammen. Die Tür zu dem Raum, in dem er gefangen gehalten wurde, öffnete sich. Schritte waren zu hören, im nächsten Moment riss ihm jemand die Augenbinde vom Kopf.

Pontus bückte sich zu ihm herunter und fixierte ihn. Die Augen funkelten unter seiner Mütze hellblau wie Gletscherwasser. Auf seiner linken Wange erkannte Björk Blutspritzer.

»Kann ich dir vertrauen?«

Pontus' Frage kam so überraschend, dass Björk ihn einige Sekunden lang ungläubig anstarrte. Wie kam er darauf, dass er ihm nicht vertrauen könnte? Das Gegenteil war der Fall – Pontus hatte doch *ihn* hintergangen. Augenblicklich stieg eine Wut in ihm auf, die er schon vergessen geglaubt hatte.

»Antworte mir.«

Er konnte nicht antworten. Das Tuch über seinem Mund hinderte ihn daran. Aber er nickte. So widerwillig, dass ihm bestimmt anzusehen war, was er von der Frage hielt.

»Dann sag mir, ob du hiermit etwas zu tun hast.« Pontus zog ein Handy aus seiner Hosentasche und hielt es ihm vors Gesicht.

Es war das Telefon von Sara, das erkannte Björk sofort. Als im nächsten Moment auf dem Display zu sehen war, wie Pontus und er sich ausgerechnet in ihrer Waffenkammer liebten, wurde er kreidebleich. Er hatte zwar noch immer keine Ahnung, was hier vor sich ging, aber der Grund für die Wut in Pontus' Augen wurde ihm in diesem Augenblick mit voller Wucht bewusst.

Schmerz

Reza hatte seine Vermutung, dass Strindberg etwas mit der Sache zu tun haben könnte, erst mit den anderen geteilt, nachdem er bei Tommy nachgehakt hatte, ob der den Kollegen aus Helsingborg erreicht habe. Strindberg war nicht an sein Diensttelefon gegangen, und einer seiner Kollegen hatte gesagt, dass er sich heute Mittag krank abgemeldet hatte. Für Reza reichte diese Information aus, um sich in seiner Theorie gestärkt zu fühlen.

»Ich weiß nicht«, sagte Niklas. »Niemand von uns mag ihn, aber das scheint mir ziemlich weit hergeholt zu sein. Wir wissen ja nicht einmal, ob dieser Journalist seine Erkenntnisse über Björk nicht auf ganz anderem Wege erhalten hat.«

»Wenn Björk wirklich diese ernsthaften Umsturzpläne verfolgt, wird er dafür gesorgt haben, dass er ein möglichst breites Unterstützernetzwerk hat«, warf Emma ein. »Leute bei der Polizei, beim Militär oder bei der Säpo könnten auf jeden Fall hilfreich sein. Und sind wir mal ehrlich, würdest du für jeden Polizisten in Malmö deine Hand ins Feuer legen, dass er nicht in rechten Kreisen verkehrt?«

»Ausgerechnet du traust Strindberg so etwas zu?«, fragte Niklas provokant.

Erstaunt über die plötzliche Schärfe in seiner Stimme blickte Reza seinen Kollegen von der Seite an. Aber weder antwortete Emma auf den Einwurf, noch fügte Niklas etwas hinzu. Ein unterkühltes Schweigen ließ die Temperatur im Auto sinken.

Als sie eine Viertelstunde später in Falsterbo an der Südwestküste Skånes ankamen, neigte sich der Nachmittag langsam gen Ende. Die Temperaturen kratzten weiterhin an der Vierzig-Grad-Marke, sodass die Straße vor ihnen flimmerte und Niklas nur darauf wartete, dass jeden Moment eine Fata Morgana am

Horizont auftauchte. Vielleicht in Person von Pernille, seiner eigenen Fata Morgana. Er würde einfach Gas geben und sie überfahren, um diesen bösen Geist ein für alle Mal aus seinem Leben zu verjagen. Er lächelte schief bei der Vorstellung.

Dass sie die Adresse des Hauses, in dem sich Björk und Mikael Ekdal aufhalten sollten, so schnell herausgefunden hatten, verdankten sie Tommy, der vor ein paar Minuten noch einmal angerufen hatte. Zu ihrer Überraschung besaß nämlich Pontus Wahlgren ein Haus in Falsterbo, weshalb sie davon ausgingen, dass das Treffen dort stattfand. Die Frage, wie es sein konnte, dass ein einfacher Feuerwehrmann sich ein Ferienhaus in einer der beliebtesten Lagen Südschwedens leisten konnte, würden sie hoffentlich im Rahmen dieser Ermittlungen noch klären.

Niklas parkte im Ammebrovägen, von wo aus der Västra Strandgången abbog, in dem sich das Ferienhaus befand. Sie stiegen aus und sahen sich um. Der Ammebrovägen war vollgeparkt von Einheimischen und Touristen, die am Strand sonnenbadeten. Vor ihnen stieg gerade eine braun gebrannte Familie mit allerhand Strandutensilien, nassen Haaren und wenig Kleidung in ihren Volvo. Es kam Niklas surreal vor, dass sie in dieser Sommeridylle einen Einsatz gegen jemanden vorbereiteten, der den gewaltsamen Sturz der schwedischen Regierung plante.

Sie waren die Ersten, die in Falsterbo eintrafen. Sämtliche Einsatzkräfte, die sie unterwegs angefordert hatten, vor allem das mobile Einsatzkommando, würden noch mindestens zwanzig Minuten benötigen, um hier Position zu beziehen. Zeit genug, um sich ein wenig umzusehen und mit der Umgebung vertraut zu machen.

Niklas nickte Emma und Reza zu, dann liefen sie das letzte Stück auf dem geschotterten Weg vor bis zu dem Grundstück, auf dem das Holzhaus mit der Nummer 30 stand. Es war umrahmt von einigen Bäumen.

Am Wegrand standen mehrere Fahrzeuge, unter anderem ein schwarzer Seat Leon. Frida Mellegård hatte ihnen gesagt, dass ihr Sohn genau solch einen Wagen fuhr. Ob es sich bei dem großen SUV oder dem Audi Avant womöglich um das Auto von Pontus Wahlgren handelte, konnten sie nur vermuten. Reza griff sofort zu seinem Handy und gab Tommy die Kennzeichen und Fahrzeugdaten durch.

»Klingeln wir einfach, oder werfen wir einen vorsichtigen Blick durch ein Fenster ins Haus?«, fragte Niklas.

»Eigentlich würde ich sagen, weder das eine noch das andere«, antwortete Reza. »Wir sollten auf die Verstärkung warten.«

»Eigentlich?«

»Ich denke daran, was Frida Mellegård gesagt hat. Sie machte sich Sorgen um ihren Sohn. Wir sollten nicht ausschließen, dass auch er sich in Gefahr befinden könnte.«

»Ich bleibe hier und behalte euch im Auge«, sagte Emma.

»In Ordnung.« Niklas warf Emma ein Lächeln zu. Obwohl er wusste, dass für sie die Situation zwischen ihnen noch längst nicht wieder normal war, war er froh, dass sie an seiner Seite war.

In gebückter Haltung bewegten er und Reza sich etwas abseits des Wegs zum Haus vorwärts, bis sie hinter einer großen Kiefer stehen blieben.

Das Fenster, das sie im Auge hatten, war jetzt nur noch wenige Meter entfernt. Richtung Strand waren von Weitem leise Kinderstimmen zu hören, ansonsten war es mucksmäuschenstill. Aus dem Haus drang kein Geräusch nach draußen.

»Bist du bereit?«, flüsterte Niklas.

»Immer«, antwortete Reza trocken.

Beide zückten ihre Dienstpistolen und gingen so tief in die Knie, dass sie hoffentlich von innen nicht zu sehen waren. Als sie das Haus erreichten, pressten sie sich direkt neben dem Fenster mit dem Rücken an die Hauswand und verharrten einige Sekunden.

Ganz langsam schob sich Niklas näher heran, bis er schließlich einen Blick durch die Scheibe werfen konnte. Augenblicklich zuckte er zusammen. Da lag jemand auf dem Boden, um dessen Kopf sich eine große Blutlache gebildet hatte. Trotzdem erkannte er am Haarschnitt, um wen sich handelte.

»Was ist?«, fragte Reza, der Niklas' Reaktion bemerkt hatte.

»Ich befürchte, wir sind zu spät.« Niklas hatte seinen Kopf wieder zurückgezogen. »Sie haben Ekdal erschossen.«

»Scheiße«, kommentierte Reza die Situation treffend.

»Allerdings, wir sollten wirklich besser auf das Einsatzkommando warten.« Während Niklas das sagte, riskierte er einen neuerlichen Blick. Diesmal erstarrte er jedoch.

Genau wie die Person im Innern des Hauses, die ihn plötzlich aus stechend blauen Augen ansah. Direkt vor ihm, nur durch eine Glasscheibe getrennt, stand Magnus Strindberg.

»Verdammt!« Mit einem großen Schritt zur Seite ging Niklas in Deckung, denn auch Strindberg hatte seine Pistole gezückt.

»Ich habe gerade Strindberg gegenübergestanden. Du hattest recht mit deiner Theorie. Er ist tatsächlich einer von denen.«

»Also sind sie mindestens noch zu dritt«, sagte Reza.

»Ja, und er hat mich gesehen.«

»Sie werden versuchen abzuhauen. Wir müssen sofort zurück zu Emma.«

»Strindberg ist bewaffnet, wir müssen einen anderen Weg nehmen.«

Auf einmal waren laute Stimmen aus dem Haus zu hören. Anweisungen, aber auch diverse Flüche. Dann wieder Stille. Im nächsten Augenblick wurde das Fenster geöffnet.

»Los, weg von hier!«, rief Niklas.

Sie rannten am Haus entlang bis zur Rückseite. Dahinter wurde der Wald dichter. Aus dem Augenwinkel sah Niklas, dass Strindberg aus dem Fenster gesprungen war und ihnen folgte.

Äste und Sträucher zerkratzten ihre Gesichter, während sie immer tiefer in den Wald liefen. Niklas wollte Reza, der offenbar schneller war als er und schon längst aus seinem Blickfeld verschwunden war, hinterherrufen, dass er sich hinter Bäumen verstecken sollte, als er über eine große Wurzel stolperte und abhob. Er landete eine Körperlänge entfernt auf dem Waldboden, knallte mit der Stirn allerdings auf einen spitzen Stein. Einen Moment lang war er wie benommen, dann schüttelte er sich und sah sich um. Er hatte seine Waffe verloren.

Den Schmerz auf der Stirn nahm er gar nicht richtig wahr, das Adrenalin in seinem Körper und der Gedanke an Strindberg, der ihm auf den Fersen war, ließen ihn stattdessen wieder auf die Beine kommen. Doch dann spürte Niklas, dass er blutete. Die rote Flüssigkeit rann über seine Nasenwurzel und bahnte sich ihren Weg nach unten.

»Stehen bleiben, Zetterberg!« Strindbergs autoritäre Stimme ließ Niklas zusammenfahren. Langsam drehte er sich um, merkte aber, dass seine Beine plötzlich nachgaben, sodass er sich auf den Knien abstützen musste. Ihm wurde schwindelig. Der Sturz setzte ihm mehr zu, als er im ersten Augenblick wahrgenommen hatte. Gut möglich, dass er eine Gehirnerschütterung hatte.

Strindberg stand vor ihm, keine drei Meter entfernt. Er lächelte schief und richtete seine Waffe auf Niklas. »Ich habe es Emma ja gesagt, dass sie einen Trottel als Freund hat, aber sie wollte nicht auf mich hören.«

»Ja, vielleicht hast du recht«, sagte Niklas mit schwacher Stimme. Sein Kopf dröhnte, alles um ihm herum drehte sich mittlerweile. »Eigentlich hätte ich gleich merken müssen, was mit dir los ist. Dass du ein Arschloch bist, versuchst du schließlich gar nicht erst zu verbergen.«

»Gar nichts habt ihr kapiert«, entgegnete Strindberg gewohnt überheblich. »Aber das ist jetzt auch egal. Wenn ich mir deine Stirn so ansehe, muss ich dich gar nicht erschießen. Das regelt sich womöglich von allein.«

»Den Gefallen werde ich dir bestimmt nicht tun. Du musst schon selbst abdrücken und einen Kollegen töten. Du hast doch Übung darin – ich habe gesehen, was du mit Ekdal gemacht hast.«

»Ich habe Ekdal nicht erschossen.«

»Weil Wahlgren euer Mann fürs Grobe ist?«

»›Mann fürs Grobe‹?« Strindberg lachte laut auf. »Du hast offenbar noch weniger Ahnung, als ich vermutet habe. Die ach so tolle Kriminalpolizei aus Malmö tappt komplett im Dunkeln.«

Niklas verstand nicht, worauf Strindberg hinauswollte. Vielleicht lag es auch daran, dass er das Gefühl hatte, jeden Moment das Bewusstsein zu verlieren.

Strindberg trat jetzt so nahe an ihn heran, dass die Pistole fast Niklas' blutende Stirn berührte. So wie er vor ihm kniete, kam es ihm wie eine Hinrichtung vor.

Wo zum Teufel steckte eigentlich Reza?

»Los, drück schon ab.« Niklas war kaum noch zu verstehen.

»Das lasse ich mir nicht zweimal sagen.« Strindberg bohrte den Lauf seiner Pistole in Niklas' immer noch stark blutende Wunde. Der Schmerz stieg jetzt ins Unermessliche. Ihm wurde schwarz vor Augen.

Im nächsten Augenblick hallte ein dumpfer Schuss durch das Waldgebiet.

Festgefahren

Emma warf einen raschen Blick auf das Display ihres Handys. Etwas mehr als zehn Minuten waren vergangen, seit Niklas und Reza vor bis zu dem Holzhaus gegangen waren, in dem sie August Björk, Mikael Ekdal und wahrscheinlich auch Pontus Wahlgren vermuteten.

Es konnte nicht mehr lange dauern, bis die Kollegen und vor allem das Einsatzkommando hier waren. Bei der Stürmung eines Hauses musste die Kripo kein Risiko eingehen, hierfür waren die Spezialeinheiten bestens ausgebildet. Dennoch wurde sie von Minute zu Minute unruhiger. Sie hatte Niklas und Reza von hier, wo sie wartete, nicht im Blick. Dabei hatte sie ihnen genau das versprochen. Sie kannte Niklas gut genug, um zu wissen, dass er in solchen Situationen nicht unbedingt zurückhaltend war. Wenn sich eine Chance auftat, einen Täter dingfest zu machen, ergriff er diese. Nicht fahrlässig oder undurchdacht, aber durchaus mit einem gewissen Risiko. Was bei ihr unter normalen Umständen bereits zu einem Magengrummeln geführt hätte, machte ihr angesichts seiner psychischen Verfassung in den letzten Tagen ernsthafte Sorgen. Wieso hatte sie nicht einfach widersprochen, als die beiden auf die Idee gekommen waren, einen Blick ins Innere des Hauses zu werfen!

Emma wählte Tommys Nummer und fragte nach, wie lange die Verstärkung noch benötigen würde. Dass sie angespannt klang, spürte sie selbst, aber Tommy tat so, als bemerke er nichts. Er stand mit dem Leiter des Einsatzkommandos in Kontakt, sie hatten gerade Ljunghusen passiert, sodass sie in wenigen Minuten den Västra Strandgången erreichen würden. Er hoffte zudem, schnellstmöglich eine Info über die Fahrzeughalter zu bekommen.

Sie wandte sich gerade ab und wollte zurück zum Ammebrovägen gehen, um die anderen abzufangen, als sie aus dem Augenwinkel plötzlich eine Bewegung wahrnahm. Vor dem Haus erkannte sie zwei Personen, die sich in ihre Richtung bewegten. Zwei Männer. Aber definitiv nicht Niklas und Reza. Emma zückte unverzüglich ihre Pistole und fokussierte ihren Blick. Wer waren die beiden? Sie meinte Björk zu erkennen, aber sie kannte den Mann nur von Fotos. Und der andere? Es musste Wahlgren sein, Ekdal schloss sie jedenfalls aus.

Wo waren denn bloß Niklas und Reza? Sie mussten doch mitbekommen haben, dass die beiden das Haus verlassen hatten.

Emma ging hinter dem Seat in Deckung. Allein konnte sie nichts ausrichten, das wäre viel zu gefährlich. Mit Sicherheit waren auch sie bewaffnet. Sie war sich jetzt sicher, dass es sich bei dem kleineren Mann um August Björk handelte. Er sah müde und deutlich älter aus, als sie ihn früher im Fernsehen und bei ihrer Recherche im Netz wahrgenommen hatte.

Auf einmal schrak sie zusammen. Ein lauter Knall aus Richtung des Waldes hinter dem Haus war zu hören. Zweifellos ein Schuss. Björk und Wahlgren blieben stehen und sahen sich um. Dann tauschten sie ein paar Worte und gingen zügiger weiter. Genau in ihre Richtung. Emma spürte ihr Herz schlagen. Was hatte der Schuss zu bedeuten? Hatten Niklas oder Reza etwa auf Ekdal geschossen? An eine andere Möglichkeit wollte sie gar nicht denken.

Die Blinker des SUVs, der ein Stück weiter vorn parkte, leuchteten auf. Björk und Wahlgren näherten sich dem Auto. Gerade als sie einsteigen wollten, nahm Emma Motorengeräusche wahr. Einen Moment später bogen zwei Streifenwagen in den Weg ein.

Endlich war die Verstärkung da, hoffentlich nicht zu spät. Denn Björk und Wahlgren sprangen gerade fluchend in den Wagen, um Sekunden später mit auf dem Schotterbelag durchdrehenden Reifen davonzufahren. Emma trat hinter dem Seat hervor und winkte den Kollegen zu. Als der erste Streifenwagen hielt, öffnete sie die hintere Tür und stieg ins Fahrzeug.

»Kriminalkommissarin Emma Steen. Los, fahrt hinterher! In dem Auto sitzen die Personen, die wir suchen.«

»Bist du allein?«, fragte der Kollege auf dem Beifahrersitz.

»Nein, ich weiß nur nicht ...« Sie stockte. »Egal, gib bitte über Funk durch, dass ein paar Einheiten beim Haus mit der Nummer 30 halten sollen. Meine beiden Kollegen sind dort. Ich weiß leider nicht, ob bei ihnen alles in Ordnung ist.«

»Der Weg führt übrigens Richtung Strand«, warf der ziemlich jung aussehende Polizist am Steuer ein, während der andere laute Anweisungen ins Funkgerät gab.

»Natürlich«, antwortete Emma ruppiger, als sie eigentlich wollte. Aber die Anspannung und die Sorge um Niklas und Reza setzten ihr zu.

»Sie werden nicht weit kommen, wenn sie einfach weiterfahren.«

»Wie heißt du?«

»Carl.«

»Carl? So heißt auch mein Vater. Also, Carl, es war nicht ihr Plan, in diese Richtung zu fahren. Einer der beiden in dem Wagen ist Schwedens Staatsfeind Nummer eins. Und der andere ist ein zweifacher Mörder. Wir müssen alles daransetzen zu verhindern, dass sie davonkommen.«

»Verstanden.«

Emma glaubte zu erkennen, dass seine Gesichtsfarbe von einer auf die andere Sekunde aschfahl geworden war. Dass der arme Kerl den ersten Streifenwagen fuhr, der hier eingetroffen war, tat ihr fast ein wenig leid.

Der schwarze SUV, vermutlich mit Pontus Wahlgren am Steuer, fuhr jetzt etwa fünfzig Meter vor ihnen. Sie beschleunigten noch einmal und rasten mit fast einhundert Stundenkilometern über den schmalen Weg. Links und rechts passierten sie noch ein paar Ferienhäuser, aber das Ende des Västra Strandgången zeichnete sich bereits vor ihnen ab.

»Sieht nicht danach aus, als würden sie anhalten.«

Emma wandte sich um und warf einen Blick durch die Heckscheibe. Mindestens drei weitere Einsatzwagen folgten ihnen. Eigentlich genügend Leute, um Björk und Wahlgren zu stoppen.

Der Weg machte plötzlich einen leichten Linksknick, was dazu führte, dass der SUV um ein Haar aus der Kurve geflogen wäre und eines der Holzhäuser voll erwischt hätte. Dahinter tat sich eine Dünenlandschaft auf, noch etwas weiter waren der traumhafte Strand und das glitzernde Meer zu sehen.

Ohne vom Gas zu gehen, fuhr Wahlgren in den Sand, dessen Beschaffenheit hier im dünengeschützten Bereich durch den Bewuchs mit Strandhafer und anderen Pflanzen offenbar etwas fester war.

»Ich glaube, das ist wirklich keine gute Idee«, sagte Carl und klang beinahe ängstlich. »Das wird der Wagen nicht überleben.«

»Scheiß auf den Wagen!«, rief Emma, aber im nächsten Moment verstummte sie, denn als sie den Schotterweg verließen, wurden sie augenblicklich durchgeschüttelt, bevor sie nach wenigen Metern stecken blieben.

»Ich sagte doch, dass –«

»Besser, du kommentierst nicht alles«, fuhr Emma scharf dazwischen. Sie öffnete die Tür und stürzte aus dem Auto. Hinter ihnen waren mehr als ein halbes Dutzend Streifenwagen noch rechtzeitig zum Stehen gekommen, bevor auch sie sich festgefahren hätten.

Der SUV schien es auf dem sandigen Untergrund einfacher zu haben. Er fuhr weiter, aber nur noch in einer Geschwindigkeit, mit der sie fast zu Fuß Schritt halten konnten. Als Wahlgren und Björk einen kleineren Hügel überwinden wollten, blieben auch sie im Sand stecken.

Alle bereits eingetroffenen Einsatzkräfte rannten in Richtung des SUV, blieben aber mit gezückten Waffen in einigen Metern Entfernung stehen.

Emma sah sich um. Den Leiter des Spezialkommandos konnte sie nirgends erkennen. Sie war die Einzige, die jetzt Befehle geben konnte, aber was sollte sie tun?

Mit einer Handbewegung gab sie den Kollegen zu verstehen, ruhig zu bleiben und abzuwarten. Noch wollte sie einen Zugriff nicht riskieren. Zuerst würde sie sichergehen, dass Wahlgren und Björk nicht ihrerseits das Feuer auf sie eröffneten. Langsam näherte sie sich dem Wagen von der Seite. Als sie noch knapp zehn Meter entfernt war, konnte sie die Umrisse der beiden durch die getönten Scheiben erahnen. Sie redeten anscheinend miteinander. Besser gesagt, sie diskutierten.

Schritt für Schritt bewegte sich Emma vorwärts, den Blick immerzu auf die beiden Personen im Auto gerichtet. Sie gestikulierten und stritten offenbar. In Wahlgrens linker Hand erkannte sie eine Pistole, auf die ein Schalldämpfer geschraubt war. Wenn die beiden mit sich selbst beschäftigt waren, wäre es vielleicht an der Zeit –

Sie kam nicht mehr dazu, ihren Gedanken zu Ende zu führen. Zwischen Wahlgren und Björk entwickelte sich ein wildes Handgemenge. Lautes Stimmengewirr drang bis zu ihr nach draußen.

Im nächsten Moment nahm sie ein dumpfes Geräusch wahr. Blut spritzte an die Fensterscheibe auf der Fahrerseite. Wahlgrens Oberkörper kippte nach vorn aufs Lenkrad.

Wie lange Emma dort neben dem Auto gestanden hatte, bis August Björk mit erhobenen Händen ausgestiegen war, wusste sie im Nachhinein nicht mehr. Als die Einsatzkräfte an ihr vorbeistürmten, um Björk festzunehmen, wandte sie sich schließlich ab. Hier konnte sie nichts mehr ausrichten, aber sie musste endlich wissen, was mit Niklas und Reza passiert war.

Starker Held

Zwei Tage später

Der Raum war so voll, dass sie einige Stühle hinaustragen mussten, um mehr Stehplätze für die Medienvertreter, die aus dem gesamten Land angereist waren, zu schaffen. Auch Journalisten aus dem Ausland. Die dramatischen Ereignisse in Falsterbo und die Ermittlungsergebnisse rund um das, was August Björk in Kvistofta geplant hatte, waren die bestimmenden Nachrichten der letzten achtundvierzig Stunden in Schweden gewesen. Reza hatte sich bereits an den langen Tisch gesetzt, von wo aus auch er zu der hungrigen Meute sprechen sollte. Larsson war der Einzige, der schon bei ihrer letzten Pressekonferenz hier vorn gesessen hatte. Wohlwollend hätte man sagen können, er war so etwas wie der Fels in der Brandung. Die Wahrheit war jedoch, dass er sich während der Ermittlungen wieder einmal weitestgehend aus allem herausgehalten hatte. Wäre es nach ihm gegangen, hätten sie die Verantwortung für den Fall nach Helsingborg abgegeben. Ausgerechnet an Strindberg. Reza verzog bitter lächelnd den Mund.

Stine Borg hatte gestern Nachmittag ihren sofortigen Rücktritt als Polizeipräsidentin bekannt gegeben. Der mediale Druck und die Kritik an ihrem Auftreten bei der letzten PK waren zu groß geworden. Jahrelang hatte sie sich in den Wind gestellt, wenn die Journalisten oder Politiker ihre Law-and-Order-Politik bei der Bekämpfung der Bandenkriminalität angegriffen hatten, aber dieses Mal hatte sie den Bogen überspannt. So würde heute Annika Haak neben Reza Platz nehmen. Sie war die zuständige Staatsanwältin und mit ihrer sachlich-ruhigen Art genau das Gegenteil von Stine Borg.

Eigentlich hätte Emma an Rezas Stelle sitzen sollen, aber sie hatte sofort abgeblockt und ihn darum gebeten, für sie einzuspringen. Er vermutete, dass es mit Niklas zu tun hatte. Nicht nur, dass er noch immer mit einer schweren Gehirnerschütterung im Krankenhaus lag. Zwischen den beiden musste irgendetwas vorgefallen sein, weshalb ihre Beziehung kriselte. Die Staatsanwältin und Larsson betraten jetzt den Raum und setzten sich neben ihn. Annika Haak begrüßte die Anwesenden und begann mit ein paar organisatorischen Details, ehe sie auf die Ermittlungsergebnisse zu sprechen kam.

»Wir hatten es von der ersten Sekunde an mit sehr komplexen Ermittlungen zu tun. Es fing mit dem Brand in Kvistofta und dem dortigen Leichenfund an. Was dort in den Ruinen sichergestellt wurde, wird uns in der nächsten Zeit noch intensiv beschäftigen. Es ist losgelöst von den Mordfällen zu betrachten. Bitte verstehen Sie, dass wir einige Informationen zum jetzigen Zeitpunkt noch zurückhalten.« Annika Haak hielt kurz inne, um ihren Worten Nachdruck zu verleihen. Dann fuhr sie fort.

»Grundsätzlich glauben wir, dass August Björk auf seinem Anwesen in Kvistofta sehr akribisch einen staatsgefährdenden rechtsterroristischen Anschlag geplant hat. Konkret wollte er mit Waffengewalt die schwedische Regierung stürzen. Die Pläne waren weit fortgeschritten, wir glauben aber, dass die Tat nicht unmittelbar bevorstand. Es wurden allerdings zahlreiche, teils schwere Waffen gefunden. Außerdem auch eine Art Manifest. Die Gruppe um Björk umfasst mehrere Personen, einige von ihnen sind nicht mehr am Leben. Wir gehen nach aktuellem Stand davon aus, dass die Gruppierung weit verzweigt in Politik, Polizei und Militär agiert hat. Einige der Personen, die für Björk gearbeitet und ihm Informationen besorgt haben, befinden sich bereits in Untersuchungshaft. Zur Stunde laufen jedoch weitere Razzien, und wahrscheinlich werden noch Wochen vergehen, bis wir den gesamten Sumpf ausgehoben haben. An dieser Stelle kann ich sagen, dass August Björk bereits ein erstes Geständnis abgelegt und uns einige Namen genannt hat. Dass wir ihm und seinen Machenschaften überhaupt auf die

Spur gekommen sind, haben wir allerdings dem erwähnten Leichenfund und den damit verbundenen Ermittlungen der Mordkommission zu verdanken. Petter, bitte.«

Sie blickte Larsson an, der wiederum Reza zunickte. Dieses Mal verzichtete der Leiter der Mordkommission also gänzlich darauf, ein paar einleitende Worte zu sagen. Bei Larsson wunderte Reza nichts mehr. Dann würde er sich eben selbst vorstellen.

»Guten Morgen, mein Name ist Reza Azadeh Zandi. Kriminalkommissar der Kripo Malmö. Wir haben als Team in den vergangenen Tagen die Ermittlungen in dieser Angelegenheit geführt. Vorab möchte ich sagen, dass wir alle noch sehr unter dem Eindruck der Ereignisse stehen. Ein Kollege von uns liegt mit einer schweren Kopfverletzung im Krankenhaus. Ein anderer, der für die Kollegen aus Helsingborg arbeitet, hat eine Schussverletzung im Oberkörper erlitten.« Er räusperte sich und warf einen kurzen Blick auf einen Zettel, auf dem er sich einige Notizen gemacht hatte.

»Vor fünf Tagen wurden wir nach Kvistofta gerufen, weil es dort infolge der Löscharbeiten nach dem Brand zu einem Leichenfund kam. So wie sich die Situation darstellte, hatten wir es mit einem Mordfall zu tun. Zwei Tage später kam es zu einem weiteren Mord, diesmal in Helsingborg auf dem Kärnan. Beide Opfer sind weiblich. Wir sind schnell davon ausgegangen, dass die Taten in einem Zusammenhang stehen. Gleichzeitig haben wir sehr intensiv nach August Björk gefahndet.«

Reza griff nach seinem Glas und trank einen Schluck Wasser, um seine trockene Kehle zu befeuchten.

»Bei den toten Frauen handelt es sich um Sara Boman und Johanna Marklund. Letztere war die persönliche Assistentin von Björk während seiner Zeit bei den Schwedendemokraten. Sara Boman wiederum war bis zuletzt in ähnlicher Funktion für ihn tätig. Im weiteren Verlauf kam es zu einem dritten Mord in Falsterbo, verübt an Mikael Ekdal, wohnhaft in Kvistofta. Er war ebenfalls Teil der Gruppierung von August Björk und wurde für seine Dienste auch bezahlt. Kommen wir zum letzten Opfer.« Reza machte noch einmal eine kurze Pause und ließ seinen Blick durch die Reihen kreisen. Es waren weit mehr als fünfzig Pressevertreter anwesend, die sich fleißig Notizen machten und endlich wissen wollten, weshalb diese Menschen sterben mussten.

»Pontus Wahlgren, Feuerwehrmann aus Bårslöv. Das letzte Opfer und gleichzeitig der Täter. Lange Zeit war uns nicht klar, dass er die Person im Hintergrund ist. Er war nicht nur der engste Mitstreiter von Björk, sondern auch seit etwa drei Jahren das stille Mastermind. Es waren ganz maßgeblich seine Ideen, die in dem Manifest aufgeschrieben wurden. Im Laufe der Zeit ist er zum heimlichen Kopf der Gruppe geworden, so hat es uns Björk geschildert. Wir gehen allerdings davon aus, dass Björk weiterhin die Fäden in der Hand gehalten hat.«

»Erzählen Sie denn auch noch etwas Neues?«, rief plötzlich ein Mann von ganz hinten in den Raum. »Das meiste davon haben wir doch längst berichtet. Was können Sie denn zum Motiv sagen?«

Reza blieb trotz des Zwischenrufs ruhig. Er wusste, dass die Zeitungen und Fernsehsender längst schon über Wahlgren und die toten Frauen Bescheid wussten. Auch zum Motiv kursierten Gerüchte.

»Der Reihe nach«, sagte er. »Wie Sie vielleicht wissen, gab es zu seiner Zeit bei den Schwedendemokraten Vorwürfe gegen August Björk, dass er gegenüber Mitarbeiterinnen übergriffig gewesen sein soll. Uns liegen keine Informationen vor, dass es dabei um sexuelle Übergriffe ging. Allerdings wissen wir, dass Sara Boman und Johanna Marklund sehr großem mentalen und auch physischen Stress ausgeliefert waren. Beide Frauen haben Björk sehr bewundert, weshalb sie sich überhaupt erst in seinen Dienst gestellt haben. Björk hat diese Abhängigkeit allerdings so sehr ausgenutzt, dass es für die beiden Frauen die reinste Hölle gewesen sein muss. Wir haben mit Angehörigen gesprochen, die uns das bestätigt haben.«

Reza nahm ein zunehmendes Geraune im Raum wahr. Aber er ignorierte es und berichtete unbeirrt weiter.

»Während Johanna Marklund irgendwann den Absprung geschafft hat, ist dies Sara Boman nicht gelungen. Stattdessen – und jetzt kommen wir zu dem fast banalen Grund für all das, was passiert ist und eine grausame Kettenreaktion verursacht hat – hat sie Björk versucht zu erpressen. Sie besaß kompromittierende Videos, die sie ihm geschickt hat. Sie drohte damit, sie an andere Personen zu verschicken, und forderte einen hohen Geldbetrag. Wir kennen nicht den Grund, weshalb sie Björk nicht einfach verlassen hat, aber sie hatte zumindest Hilferufe ausgesendet. Möglicherweise war die Erpressung eine spontane Idee, nachdem ihr klar geworden war, was diese Videos bedeuteten.«

Die Erwähnung der Videos sorgte dafür, dass plötzlich Dutzende Hände gehoben wurden. Jetzt wollten alle ihre Fragen loswerden.

»Was sind das für Videos?«, fragte ein junger Mann aus der zweiten Stuhlreihe. Reza erinnerte sich sofort wieder an ihn. Er saß auf exakt demselben Platz wie letztes Mal. Anders Forssell von der »Sydsvenskan«. Er hatte erwähnt, dass sie schon seit längerer Zeit an einer Story über Björk und seine Pläne arbeiteten.

Rezas Vermutung, dass Strindberg der Zeitung Informationen gesteckt hatte, war noch nicht bestätigt, was auch daran lag, dass der Kollege aus Helsingborg noch nicht vernehmungsfähig war. Reza hatte in dem kleinen Waldstück in Falsterbo die linke Niere und den Magen Strindbergs getroffen, sodass der nach einer Notoperation noch auf der Intensivstation lag.

»Davon hat Ihnen Ihr Informant also nichts berichtet?«, fragte Reza provokant.

»Wir haben verschiedene Quellen«, antwortete Forssell unbeeindruckt. »Stimmt es denn, dass Björk und Wahlgren eine heimliche Beziehung führten? Ist auf den Videos der Beweis dafür zu sehen?«

»Zum Inhalt der Videos möchten wir uns nicht äußern, aber August Björk hat bestätigt, dass er und Wahlgren ein Paar waren.« Reza ließ sich nicht aus dem Konzept bringen, obwohl es ihn innerlich wurmte, über wie viel Wissen dieser Forssell verfügte.

Und trotzdem kannte er selbst wiederum noch weitere Details über Björks Leben, die er aus erster Hand erfahren hatte. Zum Beispiel darüber, wie Björk seine ersten Erfahrungen mit Männern gemacht hatte. Wie er Todesangst gehabt hatte, weil er sich mit HIV angesteckt hatte. Björk hatte mehr erzählt, als sie sich hatten träumen lassen. Die gestrige Vernehmung war für ihn offenbar wie eine Befreiung gewesen. Eine Art Psychotherapie, die er dazu genutzt hatte, reinen Tisch zu machen.

»Niemand ahnte etwas davon, und dabei sollte es auch bleiben. Das war vor allem Pontus Wahlgren sehr wichtig. Für ihn passten Homosexualität und sein Gesellschaftsbild nicht zusammen. Er fürchtete vor allem, dass ein Outing ihren Plänen schadete. Aber lassen Sie mich doch bitte zu Ende erzählen, anschließend können Sie Ihre Fragen stellen.« Reza fuhr mit dem Finger über seine Notizen, bis er den Faden wiedergefunden hatte.

»Wahlgren hat von der Existenz der Videos erfahren, was dazu geführt hat, dass bei ihm die Sicherungen durchgebrannt sind. Er hat Sara Boman in einem Kellerverlies auf Björks Hof eingesperrt und dann die Gebäude in Brand gesteckt. Björk hat er während dieser Zeit in seinem Ferienhaus in Falsterbo festgehalten. Weil Wahlgren wohl befürchtete, dass auch Johanna Marklund im Besitz der Videos war, hat er sie ebenfalls umgebracht. Die Umstände sind noch nicht komplett geklärt, aber es ist anzunehmen, dass er den Körper der Frau angezündet hat, damit wir möglichst lange im Unklaren über die Identität bleiben. Das Vorgehen war allerdings reichlich dilettantisch.«

Die letzten Worte sprach er mit möglichst viel Nachdruck aus. Er wollte keinen Zweifel daran lassen, dass Wahlgren alles andere als sorgfältig und durchdacht vorgegangen war. Bloß keinen Heldenstatus entstehen lassen, der Nachahmer auf den Plan rief.

»Weshalb Mikael Ekdal sterben musste, können wir nur mutmaßen. Vielleicht hat Wahlgren ihm nicht mehr vertraut. Jedenfalls hat er ihn in seinem Haus in Falsterbo erschossen, kurz bevor wir dort eingetroffen sind. Wahlgren und Björk wollten noch fliehen, aber wir haben sie schließlich am Strand gestellt. Die beiden gerieten in einen Streit und ein Handgemenge, was dazu führte, dass sich ein Schuss aus Wahlgrens Waffe löste und ihn tödlich am Kopf traf.«

Reza atmete tief durch und machte eine einladende Handbewegung, dass er jetzt für Fragen bereitstehe. Ein wenig kam er sich vor, als hätte er gerade eine Räuberpistole erzählt, so unglaublich klang das alles. Dabei hatte er das geplante Ende sogar noch verschwiegen. Denn Wahlgren hatte laut Björk vorgehabt, sich gemeinsam mit ihm für eine Weile ins Ausland abzusetzen. Wahrscheinlich nach Polen oder Deutschland, wo sie über einige Verbündete verfügten. Bis Gras über die Sache gewachsen wäre. Wahlgren hatte offenbar die Kontrolle über das Geschehen verloren und sich vorgemacht, dass er nach allem, was geschehen war, in einem Nachbarland untertauchen könnte, um dann nach einiger Zeit zurückzukehren.

»Können Sie etwas zum Gesundheitszustand Ihrer Kollegen sagen?«, fragte plötzlich jemand.

»Die Verletzungen sind schwer, aber nicht lebensgefährlich.«

»Gibt es einen Grund dafür, weshalb Sie verschweigen, dass der Feind in Ihren eigenen Reihen war?«

»Nein, wie Frau Staatsanwältin erwähnte, hatte Björk auch Unterstützer bei der Polizei angeworben. Unter anderem einen Kollegen aus Helsingborg, der teilweise in die Ermittlungen involviert war. Für uns eine schwierige Situation, wie Sie sicher verstehen können.«

Reza verzichtete darauf, näher auf Strindberg und seine Rolle einzugehen. Er hatte alles gesagt, was notwendig war und zum jetzigen Zeitpunkt veröffentlicht werden konnte.

Sicherlich würde es weitere Pressemeldungen geben, sobald es neue Informationen und Namen gab.

Die anwesenden Journalisten und Journalistinnen waren allerdings anderer Meinung. Sie löcherten ihn und die Staatsanwältin noch dreißig weitere Minuten mit Fragen. Geduldig beantworteten sie jede einzelne, bis schließlich ausgerechnet Larsson das Wort ergriff und die PK mit wenigen nüchternen Worten für beendet erklärte.

»Danke, das haben Sie gut gemacht.« Annika Haak nickte Reza zu und gab ihm förmlich die Hand. Dann nahm sie ihre Unterlagen vom Tisch und verschwand.

Nach und nach lichteten sich die Reihen, während Reza sitzen blieb und alles noch einmal sacken ließ. Es war besser gelaufen, als er sich erhofft hatte. Zum Glück hatte Larsson sich komplett herausgehalten.

»Danke, das haben Sie gut gemacht.«

Reza fuhr aus seinen Gedanken hoch. Vor ihm stand Anita. Mit übertriebener Stimme hatte sie die Staatsanwältin imitiert.

»Muss ich etwa eifersüchtig sein?«

»Auf die Staatsanwältin? Ich bitte dich. Was machst du hier überhaupt?«

»Ich habe mich reingeschlichen, weil ich sehen wollte, wie mein Fuchs sich schlägt.«

»Und? Bist du zufrieden mit mir?«

»Und wie! Komm schon her, mein starker Held!«

Sie packte ihn am Hemdkragen und zog ihn zu sich heran. Dann gab sie Reza einen dicken Kuss auf den Mund.

Siebenmeilenstiefel

Eine Woche später

Emma atmete tief durch, als sie aus dem Auto stieg und die letzten Meter bis zur Haustür ihrer Eltern ging. Endlich herrschten wieder Temperaturen in Skåne, die erträglich waren. Und trotzdem überkam sie plötzlich eine kurze Hitzewelle bei dem Gedanken daran, ihrem Vater in wenigen Sekunden gegenüberzutreten. Sie malte sich aus, wie er reagieren würde, wenn sie ihm all die Dinge sagte, die sich seit ihrer Jugend angestaut hatten, und ihre Gefühle fuhren Achterbahn.

Der Garten ihrer Eltern war wie ein kleines Paradies. Es gab Rosenbeete, einen Kräutergarten und einen Springbrunnen, der eigentlich eine beruhigende Wirkung hatte. Nicht heute, nicht in diesem Moment. Das plätschernde Geräusch machte sie nur nervöser, als sie ohnehin schon war, während sie darauf wartete, dass ihre Eltern sich zu ihr setzten.

Als ihre Mutter Gunilla, die sie kurz angebunden und wenig herzlich hereingelassen hatte, auf die Terrasse trat und das Tablett mit Kuchen und Kaffee auf dem Tisch abstellte, war Emma kurz davor, sich zu bedanken, aber im letzten Augenblick biss sie sich auf die Lippe. Sie war hier, um reinen Tisch zu machen. Die Zeit der Unterwürfigkeit gegenüber ihren Eltern musste endlich vorbei sein. Kein ständiges Bedanken bei Selbstverständlichkeiten, kein Schweigen mehr, wenn ihr Vater seine Monologe hielt und ihr subtile Vorwürfe machte, dass sie mit ihren Fähigkeiten bei der Polizei gelandet war.

»Sehe ich meine Tochter also endlich mal wieder. Sind erst Wochen oder sogar schon Monate vergangen?« Carl Steen näherte sich aus dem weitläufigen Garten. Er trug Gummistiefel und seine grüne Latzhose, an die sich Emma noch aus Kindheitstagen erinnerte. Offenbar war er mit seinen Rosen beschäftigt gewesen, wie die kleine Gartenschere in seiner rechten Hand vermuten ließ.

Schon zur Begrüßung startete er also mit einem Vorwurf. Tatsächlich hatte sie ihre Eltern nach ihrem USA-Urlaub noch nicht wieder gesehen. Es war eine unausgesprochene Selbstverständlichkeit zwischen ihnen, dass sie diejenige war, die ihre Eltern besuchte. Emma konnte an einer Hand abzählen, wie oft die beiden in ihrer Wohnung zu Besuch gewesen waren. Es lag also nur an ihr, ob sie sich sahen oder nicht. Und wenn es gerade mal nicht passte, weil sie zum Beispiel die schwedische Regierung vor einem Putsch retten musste, knallte er ihr direkt einen Vorwurf an den Kopf.

Sofort fühlte sie wieder diese Verkrampfung, die immer ihren Körper lähmte, sobald ihr Vater anwesend war. Heute würde sie aber nicht zulassen, dass sie hier saß wie das Kaninchen vor der Schlange.

Sie beobachtete ihn, während er sich an den Tisch setzte. Sein graues Haar war nicht mehr so dicht wie früher, seine Bewegungen waren nicht mehr so flüssig. Er war alt geworden. Nächstes Jahr würde er in Rente gehen und seine Praxis schließen, dann konnte er sich endlich den ganzen Tag lang um seine Rosen kümmern. Mit ihnen reden und sie berühren, wie er es wohl nicht einmal bei ihrer Mutter tat.

»Vor einigen Jahren hatte ich das zweifelhafte Vergnügen, mit August Björk zu sprechen«, sagte Carl Steen, nachdem er den ersten Schluck Kaffee getrunken hatte. »Er hatte mich kontaktiert, weil er mehr über den sogenannten Halo- beziehungsweise Horn-Effekt erfahren wollte.«

»Der erste Eindruck«, sagte Emma.

»Richtig. Das schien ihm sehr wichtig zu sein. Er wollte wissen, ob er sich auf einen positiven ersten Eindruck verlassen kann oder ob unser Gehirn uns manchmal ein Schnippchen schlägt.«

»Weil er Angst hatte, Menschen zu vertrauen?«

»Das hat er so nicht gesagt, aber meine Analyse nach neunzig

Minuten Gespräch mit ihm war eindeutig. Dieser Mann muss sehr schlechte Erfahrungen in seinem Leben gemacht haben, dass er jeden Menschen, der für ihn arbeiten sollte, einer Art psychologischem Test unterziehen wollte. Man will sich nicht vorstellen, wenn er wirklich an die Macht gekommen wäre. Gut, dass ihr ihn aus dem Verkehr gezogen habt.«

Emma runzelte die Stirn. Hatte ihr Vater das gerade wirklich gesagt? Das war für seine Verhältnisse ein überwältigendes Lob gewesen. Die Wut über seine erste Bemerkung und der Vorsatz, ihm endlich die Meinung zu geigen, lösten sich wie geplatzte Seifenblasen vor ihrem inneren Auge auf.

Sie musste sich dagegenstemmen. Es war klar, dass ein Moment kommen würde, wo sie ins Zweifeln geriet. Aber sie durfte es nicht zulassen, dass sie wieder alles schluckte und schwieg.

»Wie geht es Niklas?«, fragte ihre Mutter plötzlich.

»Wie bitte?« Emma war völlig perplex über diese Frage.

»Jetzt sag nicht, ihr habt euch getrennt?«

»Nein, also ich meine …« Sie stockte. Was sollte sie sagen? Die Wahrheit? Dass ihre Beziehung pausierte, weil er unter Wahnvorstellungen litt? Oder einfach so tun, als wäre alles in bester Ordnung? Sie entschied sich für Letzteres.

»Niklas geht es gut. Die letzten Tage waren natürlich nicht einfach für uns beide. Wir erholen uns gerade.«

»Du kannst ihn gerne mitbringen, er macht einen netten Eindruck.«

Emma schüttelte innerlich den Kopf. Was passierte hier gerade eigentlich?

»Es geht uns natürlich nichts an, mit wem du zusammen bist, aber zum ersten Mal haben wir ein gutes Gefühl. Darum würde es uns freuen, wenn –«

»Es ist mir egal, was ihr denkt«, brach es auf einmal aus ihr heraus. »Mein ganzes Leben lang habt ihr alles, was ich getan habe, schlechtgeredet. Ich kann mich an keinen einzigen Moment erinnern, in dem ihr euch über etwas gefreut habt, was ich gemacht habe. Nichts, worauf ihr stolz wart. Ich bin heute hier, um euch zu sagen, dass ich das nicht länger ertragen kann. Ihr müsst euch nicht dafür entschuldigen, wie ihr euch in der Vergangenheit verhalten habt, aber –«

»Wir haben unseren Frieden geschlossen«, unterbrach ihre Mutter sie. »Mit dir, deinem Freund und auch mit deinem Job. Egal, was du an alten Geschichten auf Lager hast, behalte sie für dich. Wir haben sicherlich nicht alles richtig gemacht, aber es bringt nichts, wenn wir uns jetzt gegenseitig beschimpfen.«

»Weil es euch verletzen würde, wenn ich erst mal richtig loslege. Ich lasse mir von euch nicht mehr vorschreiben, wann und was ich zu sagen habe.«

»Dein Vater wird sterben. Die Ärzte geben ihm noch zwei Monate.«

»Was …?« Emma erstarrte und fand keine Worte mehr.

»Pankreaskarzinom, Bauchspeicheldrüsenkrebs«, sagte er. »Erblich bedingt. Schon mein Vater und auch mein Großvater sind daran gestorben. Der Tod kommt in diesem Fall mit Siebenmeilenstiefeln.«

»Aber kann man denn nichts dagegen machen? Was ist mit einer …?«

»Ich möchte in Würde sterben. Wenn es eine realistische Hoffnung gäbe, würde ich mich einer Chemotherapie unterziehen und den Kampf annehmen, aber dieser Krebs bedeutet nun mal mein Todesurteil.« Er zuckte mit den Schultern und nahm einen weiteren Schluck Kaffee. Nicht ohne sein Gesicht schmerzverzerrt zu verziehen und seine Hand auf den Bauch zu legen.

»Erzähl uns von Kalifornien«, sagte er nach einer Weile des Schweigens. »Hast du Fotos dabei?«

Emma saß regungslos auf ihrem Terrassenstuhl. Die Situation überforderte sie. Bis vor wenigen Minuten war sie noch fest entschlossen gewesen, sich gegen ihren Vater zu stellen. Sogar ganz mit ihm zu brechen, falls er kein Verständnis für ihre Position hatte. Sie wollte sich von den Fesseln lösen, die sie seit Jahrzehnten in Gegenwart ihrer Eltern trug.

Und jetzt musste sie all das hinunterschlucken und stattdessen akzeptieren, dass ihr Vater schon in wenigen Wochen
nicht mehr da war. Sie sollte Kuchen essen und Kaffee trinken.
Und von ihrer Reise durch Kalifornien erzählen. Einfach so
tun, als wäre alles in Ordnung.

Sie schüttelte den Kopf.

Dann holte sie ihr Handy hervor und öffnete die Foto-App.
Nach wenigen Sekunden hatte sie gefunden, was sie suchte. Sie
hielt ihrem Vater das Bild hin, auf dem sie vor der Golden Gate
Bridge stand, und begann zu erzählen.

Denn eine Sache im Leben konnte sie tatsächlich besonders
gut. Etwas, das sie von ihren Eltern gelernt hatte: so tun, als sei
alles in Ordnung.

Vor die Hunde

Zwei Wochen später

Die Fassungslosigkeit des ersten Moments war einer unbändigen Wut gewichen, die auch jetzt noch anhielt, Stunden nachdem er den Briefkasten geöffnet hatte. Niklas saß seit zwanzig Minuten in seinem Auto und wartete vor dem Haus in der Ramusgatan, in dem Pernille wohnte. Der erste Brief, den er geöffnet hatte, war die Vorladung gewesen. Emma hatte ihn tatsächlich wegen Körperverletzung angezeigt. Wohl wissend, dass jeder im Präsidium nun wusste, dass er im Wahn auf sie losgegangen war. Die Anzeige kam vollkommen aus dem Nichts. Er hatte zehn Tage im Krankenhaus verbracht, um sich von seiner Gehirnerschütterung zu erholen. Mindestens zwei weitere Wochen war er jetzt noch krankgeschrieben.

Emma hatte ihn in den ersten Tagen zweimal besucht, um ihm ein paar Zeitschriften und Obst vorbeizubringen. Ihre Gespräche waren allerdings ziemlich unterkühlt gewesen. Es hatte keine Berührungen gegeben, sie hatte ihm nicht einmal ein aufmunterndes Lächeln geschenkt. Aber sie war immerhin da gewesen. Nichts hatte darauf hingedeutet, dass sie ihn anzeigen würde, vor allem auch, weil er seit der Sache am Ribban keine Trugbilder mehr gesehen hatte.

Den zweiten Brief hatte Emma ihm persönlich geschrieben. Sie hatte erklärt, weshalb die Anzeige ihrer Meinung nach notwendig sei. Sie würde sie sofort wieder zurückziehen, wenn er sich einer Therapie unterzog. Er könne nicht einfach so weitermachen, als sei alles in Ordnung mit ihm. Beim nächsten Mal wären vielleicht keine Menschen in der Nähe, die ihn zurückhielten. Nur wenn er sich professionelle Hilfe holte, würde sie ihm eventuell wieder vertrauen können. An eine

Beziehung sei momentan allerdings von ihrer Seite aus nicht zu denken.

Ihre Worte waren nüchtern, aber hier und da war herauszulesen, wie schwer die Situation auch für sie war und wie sehr die vorläufige Trennung ihr zu schaffen machte.

Seine Wut richtete sich nicht gegen Emma. Er liebte sie. Und er hatte einen großen Fehler begangen. Wie sollte er da wütend auf sie sein?

Nein, es war Pernille, die sein Blut zum Kochen brachte. Sie hatte ihn gestalkt, beleidigt und bedroht. Sein Haus mit Hassbotschaften beschmiert und Emma den Tod gewünscht. Doch das Schlimmste war, sie hatte sich in seinen Kopf gefressen. Direkt in seinen Verstand. Wie ein tödliches Virus sorgte sie dafür, dass er nicht mehr er selbst war. Seine Beziehung war dabei draufgegangen, und möglicherweise musste er sich aufgrund der Anzeige sogar Sorgen um seine berufliche Zukunft machen. Dazu kam, dass er vielleicht auch erblich bedingt zur Schizophrenie neigte. Etwas, das er, wann immer es in ihm hochkam, mit allen Kräften, die er aufbrachte, von sich wegschob.

Er musste Pernille endlich zur Rede stellen. Ihr unmissverständlich klarmachen, dass sie sein Leben nicht länger zerstören konnte. Dass er sich ab jetzt dagegen zur Wehr setzen würde, wenn sie ihn noch einziges Mal terrorisierte. Und zwar mit allem, was ihm zur Verfügung stand.

Niklas seufzte. Welche Mittel standen ihm denn im Kampf gegen eine psychisch kranke und drogenabhängige Frau überhaupt zur Verfügung? War nicht die einzige Chance auf ein normales Leben, wenn er das tat, was er am Ribban geglaubt hatte zu tun, als er stattdessen Emma angegriffen hatte? Dem Ganzen ein Ende zu bereiten und Pernille einfach …

Er verbat sich selbst, den Gedanken zuzulassen. Er hatte ohnehin Grenzen überschritten, von denen er niemals gedacht hätte, diese zu überschreiten. Ein Mord sollte nun wirklich nicht noch dazukommen.

Als er die Fahrertür öffnete, atmete er tief durch. Die Temperatur war während seines Krankenhausaufenthalts endlich wieder auf ein normales Niveau für Anfang September gefallen. Seit gestern wehte ein kühler Wind, der Herbst steckte offenbar in den Startlöchern.

Die Tür des Mehrfamilienhauses stand offen, sodass er unbemerkt in das Treppenhaus schlüpfen konnte. Er war zum ersten Mal hier. Pernille wohnte seit dem Frühjahr im kleinen Stadtteil Seved, der im Zuge der Gewaltausbrüche in der Vergangenheit bereits traurige Berühmtheit erlangt hatte. Unvorstellbar, wenn er an die elegante Pernille von damals zurückdachte, die in einer schicken Altstadtwohnung gelebt hatte.

Auf dem Klingelschild hatte Niklas gesehen, dass Pernille im obersten Stockwerk wohnte. Er nahm die Treppe bis in die vierte Etage, wo es zwei Wohnungstüren gab. Pernilles Name stand auf einem Zettel, der mit Klebestreifen an der linken Tür befestigt war.

Weil er keine Klingel entdecken konnte, klopfte Niklas. In dem Moment bewegte sich die Tür ein kleines Stück. Sie war nur angelehnt. Augenblicklich überkam ihn ein ungutes Gefühl. Trotzdem schob er die Tür noch etwas weiter auf.

Er erkannte den Geruch, der ihm entgegenschlug, sofort. Obwohl noch vergleichsweise schwach, hatte er keinen Zweifel daran, dass es sich um Verwesungsgeruch handelte.

Ihm wurde schlecht. Beim Gedanken daran, dass Pernille hier tot in ihrer Wohnung lag, verkrampfte sich alles in ihm. Einen Moment lang war er versucht, einfach abzuhauen und einen anonymen Notruf bei den Kollegen zu tätigen. Aber so feige wollte er nicht sein: Eben noch hatte er ihren Tod als Chance betrachtet, sein eigenes Leben wieder in die Spur zu bringen, und jetzt wollte er sich nicht einmal davon überzeugen, dass sie tatsächlich tot war.

Niklas betrat die Wohnung und hielt sich die linke Hand vor den Mund. Bereits im Flur herrschte ein heilloses Durcheinander. Ein umgestürzter Schuhschrank, aufgerissene und durchwühlte Schubladen einer Kommode, Scherben einer Vase und eine Spritze, an der noch Blut klebte.

Langsam ging er weiter, warf einen kurzen Blick in die Küche und das Schlafzimmer, wo es ähnlich chaotisch aussah, und betrat dann das Wohnzimmer. Pernille lag auf dem Sofa. Arme und Beine weit abgespreizt vom Körper. Wie Gliedmaßen einer Marionette. In ihrer linken Armbeuge steckte noch die Nadel.

Niklas blieb in zwei Körperlängen Entfernung stehen und sah sich eine Weile in dem Zimmer um. Es gab nichts, was darauf hindeutete, dass sie nicht durch eine Überdosis ums Leben gekommen war. Das Bedürfnis, sie aus nächster Nähe zu betrachten, wollte sich allerdings auch nicht einstellen.

Seine Gedanken kreisten längst um etwas anderes. Etwas, über das er im Krankenhaus lange nachgedacht hatte: Wollte er das alles eigentlich überhaupt noch? Das eigene Leben riskieren? Während das Private vor die Hunde ging? Vielleicht waren auch nur Malmö und die Kripo einfach nicht mehr der richtige Ort für ihn. Eine Vorstellung, die ihn einerseits traurig machte, aber andererseits auch reizte. Am meisten schmerzte ihn das Ende seiner Beziehung.

Sein Bewerbungsschreiben an die Reichsmordkommission lag schon seit einigen Jahren auf seinem Notebook. Er hatte immer wieder mit einem Wechsel geliebäugelt, um sich um die großen Fälle im Land zu kümmern. Etwas in Niklas sagte ihm, dass vielleicht die Zeit dafür gekommen war.

Alle Bücher von Jesper Lund und unter seinem Namen Jobst Schlennstedt

Auch als eBook erhältlich

Krimi mit Niklas Zetterberg und Emma Steen

Schwedensommer
ISBN 978-3-7408-1133-4

Schwedenlicht
ISBN 978-3-7408-1659-9

Krimis mit Jan Oldinghaus

Westfalenbräu
ISBN 978-3-89705-768-5

Dorfschweigen
ISBN 978-3-89705-996-2

Sennegrab
ISBN 978-3-7408-0526-5

Velmerstot
ISBN 978-3-7408-0819-8

Mord auf Westfälisch
ISBN 978-3-7408-1502-8

www.emons-verlag.de

Krimis mit Birger Andresen

Tödliche Stimmen
ISBN 978-3-89705-561-2

Der Teufel von St. Marien
ISBN 978-3-89705-624-4

Möwenjagd
ISBN 978-3-89705-825-5

Traveblut
ISBN 978-3-89705-918-4

Küstenblues
ISBN 978-3-95451-110-5

Todesbucht
ISBN 978-3-95451-299-7

#hanseterror
ISBN 978-3-95451-813-5

Nebelmeer
ISBN 978-3-7408-0079-6

Lübsche Wut
ISBN 978-3-7408-0310-0

Lauerholz
ISBN 978-3-7408-0679-8

Weißer Sand
ISBN 978-3-7408-1336-9

Sturm über der Ostsee
ISBN 978-3-7408-1950-7

Tod in der Wiek
ISBN 978-3-7408-2216-3

Krimis mit Simon Winter

Spur übers Meer
ISBN 978-3-95451-450-2

Lübeck im Visier
ISBN 978-3-95451-691-9

www.emons-verlag.de